KB026597

세계는 읽을 수 없이 아름다워

세계는 읽을 수 없이 아름다워

염승숙 소설

문학동네

수하에게

차례

거의 모든 것의 류 _009

추후의 세계 _047

오래전 고독 _083

비하인드 더 신즈—오래전 고독 _121

빗소리와 무無의 소리 _151

작가와 그의 문제들 _193

충분히 근사해 _229

해설 | 오은교(문학평론가) 딛고 선 땅이 흔들릴 때 _267

작가의 말 _286

거의 모든 것의 류

하진은 앞을 보고 있다. 정확히는 벽. 앉아 있는 하진의 곁을 모두가 지나간다. 아무나. 누구라도 지나다닌다. 문 여닫는 소리와 변기 물 내리는 소리와 수도 밸브 열고 잠그는 소리를 하진은 듣는다. 소리이고 소음이고 수치이고 모욕인 그것을. 하진은 자신에게 주어진 대기의 상황이 선뜻 이해되지 않는다. 화장실 앞 벽 쪽으로 책상을 옮겨두고 자신을 앉혀두는 이 말 못할 강제에 대해 곱씹어 생각한다. 어처구니없고 불쾌하여 항의했으나 하진에게 돌아오는 말은 건조한 한마디뿐이었다. 알겠으니 자리를 벗어나지 마세요. 하진은 되돌아와 다시 앉는다. 알겠다. 자리를 벗어나지 마라. 제자리를 지키는 것에 대해 가만히 있어야 하는 것에 대해 이 모든 불편과 부당을 견뎌야 하는 것에 대해 화를 감추지 못하다가 하진은 기어이 깨닫는다.

개구리.

머리카락이 있는 개구리가 되었구나.

개구린데 머리카락이 있어서 모멸은 이미 견딜 수 없이 내게 달라붙어 있구나.

이건 류가 쓴 소설에 있던 내용이었다. 머리카락이 있는 개구리라니. 처음엔 웃었었다.

하진은 그 시절의 류에 대해 생각하는 걸 멈추지 못한다.

류에 대해 생각하는 건 사랑에 대해 말하는 것.

사랑을 물어야 하는 것.

사랑이 아니었다고 손 내저을 수 없으면서도 하진은 그 시절의 류를 사랑했던 것인지 고민한다. 류를 사랑하게 되었다는 사실만이 가여워 그저 자기연민에 도취되었을 뿐은 아닐까 하고. 아니다. 아니야. 류를 사랑한다고 믿어버렸던 것뿐인지도 몰라. 최면을 걸었는지도. 류를 사랑하는 것과 사랑했다고 믿는 것에는 어느 정도의 낙차가 있을지? 모르겠다. 나는 외로웠어. 하진은 부정한다. 그리고 묻는다. 인간은 타인을 자신보다 더 오래 생각할 수 있는 존재인가? 그것은 가능한가?

이제 와 류를 떠올리는 일이 어떤 의미인지 확신이 서지 않는다. 무엇이 진실이든 진실은 어디로든 가버리고 시간에 마모된 인간만이 남아 있다.

나는 많은 걸 잃어가고 있어요.

하진은 중얼거린다. 곁에 없는 류에게. 멀리 있는 그에게.

그 당시의 하진은 대체로 몇 가지 복합적인 문제에 다다라 있었는데 어쩌면 그건 문제라기보다는 한계에 가까웠다. 더이상은 못해. 누군가 팔다리를 사방으로 붙들고 늘어진다 해도 아니 그만 이제 더는 안 해. 못하겠어. 널브러지고 싶은 마음뿐이었으니까. 하진은 지레 겁먹거나 쉽게 포기하는 성격이 아니었는데도 그랬다. 욕심이 많고 질투가 강한 타입은 아니었지만 굳이 꼽자면 민폐 끼치는 걸 싫어하는 쪽. 그래서 학교 안과 밖 어디에서든 꽤 진득하고 성실하다는 평가를 받는 편이었다. 그런데도 뭔가를 하고 또 하고 계속해나가도 자꾸만 숨이 막혀왔고, 체력적으로나 정신적으로도 나가떨어지고 말았다. 오랜 투병 끝에 중환자실에서 눈을 감은 엄마의 손을 붙들고 하진은 극도의 피로에 가까운 절망감을 느꼈다. 더이상은 못하겠다는 속내를 엄마에게 들켜버린 것 같아서. 엄마가 이제 그만 놔줄게, 라고 한 것 같아서. 끝이 날까 싶은 순간에 정말 끝이 나버렸는데 하진은 울지도 못했다. 남아버린 딸에게 죄책감마저 안겨준 엄마가 원망스러웠고 그보다는 훨씬 더 스스로가 혐오스러웠다.

소식을 듣고 모여든 외가 식구들 사이에서 하진은 휩쓸리며 장례를 치렀다. 아마도 이모나 외숙모였을 누군가의 도움으로 상복을 입고 고름을 맸다. 조석으로 제를 올리고 향을 피우는 것, 비용을 셈하는 일이나 발인에 이르기까지 친척어른들과 사촌들 뒤로 주춤주춤 물러났다. 엄마가 떠났다는 사실에, 그녀의 죽음 앞에서 하진은 기진맥진했다. 이제 조신하게 있다가 시집가야지. 발인을 앞둔 이른 아침에 뜨거운 육개장을 후룩거리며 외삼촌이 말했다. 하진은 멍한 눈빛으로 그렇게 말하는 외삼촌 쪽으로 천천히 고개를 돌렸는데 어쩐지 외삼촌이 입고 있는 볼품없는 상복에만 뒤늦게 눈길이 갔다. 왜 그렇게 크고 헐렁한…… 다른 사이즈는 없었어요? 묻고 싶었지만 목소리가 잘 나오지 않았다. 외삼촌과 마주 앉아 있던 외숙모가 손에 쥔 숟가락을 상에 내려놓고 대꾸했다. 네 삼촌이 한평생을 조신하게만 있어봐서 아무것도 모르잖니. 네가 이해해라. 외삼촌은 아무 말도 들리지 않는다는 듯 육개장 그릇에 코를 박고 있었다. 한 상에 휘 둘러앉은 사촌들이 맹렬하게 고개를 끄덕여주는 것으로 하진을 위로했지만 외삼촌은 다시 고개를 들고 꿋꿋이 우물거리며 말했다. 이제 내가 네 부모나 마찬가지야.

납골당에서 집으로 돌아와서야 하진은 멍하다고 느꼈을 뿐인 상태가 온전치 않았다는 걸 알게 되었다. 어깨를 에두르던 어떤 기운이나 줄기가 끊기고 한 시절이 완전히 끝나버렸다는 인식만

이 뇌리를 파고들었다. 엄마도 하진도 따분한 시간이라고만 여겼는데 엄마가 더는 곁에 없다는 것만으로 하진은 절망했다. 세계의 문이란 문은 모조리 닫혀버린 듯 정체된 공기 속에서 절실히 고독하고 굳건히 암담했다.

십여 년 가까이 질기게 이어져온 엄마의 암세포는 병증이었다기보다는 엄마 자신에게 부과된 숙제, 따분한 일기 쓰기 같은 거였다. 날마다 쓰지 않을 수 없고 써야만 하는 거지만 딱히 쓸 말도 없는. 너는 직장 다니고 사람들과 어울리니 얼마나 좋으니. 엄마는 심심해. 입원과 퇴원을 지루하게 반복하면서 엄마는 병실 침대에 누워 입을 삐죽거리기도 했는데 그건 엄마가 언제나 시무룩하고 주눅들어 보이는 하진에게 할 수 있는 최대한의 배려였다. 하진은 그럴 때마다 어 좋아, 좋아 죽겠어, 라고 제법 어리광 부리듯 투정했지만 속으로는 그렇지 않았다. 전혀. 하진은 자신의 일과나 일상의 소소한 부분들을 엄마에게 털어놓거나 설명하지 않았다. 자신의 힘듦을 감당할 수 있을 정도로 엄마가 강하다고 생각하지 않았으니까. 엄마는 충분히 아픈 사람이었다. 그러니 그건 하진이 가질 수 있는 자연스럽고 당연한 태도였다. 엄마가 미안하고 안쓰러워 답답해했을 거라는 걸 하진은 짐작하면서도 알지 못하는 척 굴었다. 그런 것까지는 감당할 수 없었다.

하진은 인문계 고교를 졸업했지만 대학에 가지 않고 바로 일을 시작했다. 스물아홉 즈음까지도 이런저런 아르바이트를 전전하며 경리나 단순 사무직으로 옮겨다녔다. 가방끈이 짧은데다 경력을 쌓기가 쉽지 않아서 그랬다. 엄마의 병원비와 약값, 최소한의 생활비를 벌어 보태기 위해 가리는 것 없이 일했지만 '후려침'을 당하기가 예사였다. 새벽의 편의점에선 손님에게 위협이나 희롱을 당하기 일쑤였고, 그럴 때마다 뒤따라오는 행인처럼 두려움이 끈질기게 따라붙었다. 이러다 허벅다리나 어깻죽지 정도는 깨진 유리병으로 손쉽게 찢기겠다 싶을 때 머리를 내젓고는 다른 지역 편의점이나 프랜차이즈 식당으로 옮겨다니곤 했다. 그러다 어느 동네의 규모가 작은 보습학원에 전일제로 취직이 되었는데 하진은 그 일을 유독 오랜 시간 기억하고 있다.

쌤, 이거밖에 못 받아요? 강사용 책상에 방심하고 놓아둔 다이어리를 훔쳐본 아이가 눈을 둥그렇게 뜨고 물었었다. 수업이 시작되기 전에 청소를 마치고 잠시 앉아 있던 때에 깜박 잊고 치워두지 못한 거였다. 하진은 강사가 아니었고 강의실 청소나 비품 정리, 복사와 출력 등 오만 가지 잡무를 도와줄 뿐이었지만 학원 안에서는 선생으로 불렸다. 그것 말고는 달리 대체할 부름말이 없어서이기도 했다. 다이어리일 뿐이니까 특별히 의식하지 않고 들어오는 돈과 나가는 돈을 급히 휘갈겨놓았던 건데 그걸 읽고 낄낄거리던 열세 살 아이의 말에 하진은 제법 상처를 받았다. 와, 우리 쌤 거지네. 야, 너희 이제 쌤한테 아이스크림 사달라고 하지 마,

그거 되게 양심 없는 거!

거지…… 어린애 눈에도 거지만큼 적었던 월급의 숫자들. 한순간에 우스워져버린 그날의 모멸을 떨쳐버릴 수 없어서 아마도 하진은 서둘러 그곳을 그만둬버렸을 것이다. 선생님, 갑자기 그러시면. 원장은 난감해하며 하진의 손을 잡고 만류했지만 선생님이라니, 하진은 그런 호칭에도 모욕을 느꼈다. 차라리 모욕을 사랑하라고 명령받는다면 하진은 기꺼이 그렇게 했을지도 몰랐다. 그러나 모욕은 단지 모욕일 뿐이어서 고개를 들기 어려울 정도로 머리가 어지러웠다.

하진은 밤새워 구직 공고 사이트를 들락거리며 스타트업이나 중소기업 어디라도 뒤늦은 취직을 하려 애썼다. 고졸이니까, 신입이니까, 여자니까…… 하진은 마음이 쪼그라들지 않도록 단단히 잡도리하면서 면접을 보고 시선을 견디고 시간을 버텼다. 거지네. 이따금씩은 아이들의 웃음소리가 끈질기게 베개에 달라붙는 걸 느끼며 잠들고 깼다. 그러나 그마저도 얼마 지나지 않아 깨닫게 되었다. 사무용 책상과 의자에 앉는다고 해서 그게 자리를 가졌다는 뜻은 아니라는 걸. '자리'를 갖는다는 건 단순히 면적이나 공간을 차지했다는 의미는 아니라는 걸. 인간이 자기 내부에서 솟아오르는 안락과 만족으로 충만해질 수 있다는 건 그렇게 쉽지만은 않다고. 결코.

하진은 자주 자리를 옮겨야 했다. 이직의 사유는 대부분이 도산이었다. 월급이 밀리는 경우가 허다했고, 노동청에 진정을 넣어도 기어이 퇴직금을 받지 못하기도 했다. 대표나 사장 직함을 달고 미스 리, 미스 리 불러대던 상사들은 조정 당일에도 나타나지 않고 서면으로 기다려달라는 답변만을 보내오곤 했으니까. 인정상 조금만 더. 그런 말들을 쭈뼛쭈뼛 반복했다. 미스 리 그렇게 안 봤는데 사람이 왜 그리 정이 없어? 이 바닥도 알고 보면 좁아, 그렇게 맘을 나쁘게 쓰면 어딜 가도 안 돼. 어느 날 불쑥 힐난하듯 걸려오는 전화들이 하진은 무서웠다. 나쁘다고, 내가 나쁘다고, 내가 왜 나쁘지, 나쁜 게 누군데…… 하진은 자신이 어째서 비난받아야 하는지 알 수 없었다. 이해되지 않고 억울해서 화가 나다가 그러나 결국에는 무력해졌다. 할 수 있는 일이 없어서, 불안하기만 해서 하진은 번호를 바꾸고 돈 받는 것에 미련 두지 않았다. 옷깃에 매달린 가격표처럼 불렸던 미스 리, 미스 리…… 돌이켜보면 이십대 시절 전부가 그런 싼값의 서글픔과 모욕의 날들이었다고 하진은 생각했다. 이제 곧 서른인데. 그런 마음으로 회사에 다녔다. 정시보다 일찍 출근하고 정시보다 늦게 퇴근하며 주어진 일에 책임을 다하려고 노력했다.

견딘다. 버틴다. 그런 생각만으로 다녀온 직장을 하진은 엄마가 위독해지기 전에 그만두었다. 초중고 독서 논술 교재를 발간하는 사업체로, 하진이 입사했을 즈음에는 고전의 주요 대목을 어린이 명작쯤으로 짧게 추리는 작업을 하다가 점차로 교과서에 수록된 문학작품을 변용하여 토론용 논술 문제집도 만들었다. 하진은 여기서도 탕비실 관리와 단순한 사무 업무를 도맡았는데 그래도 처음엔 어느 정도 흥미가 일었다. 교재라면 안정적인 수익이 보장되는 사업이 아닐까 조금은 안도했다. 드디어 확실한 집단에 소속되었다는 안정감, 무리에 포함되었다는 안도감을 잠시 느꼈다고 해야 할까. 이 조그만 안심이 하진에게 위안을 주었다. 하지만 신문기자 출신이라는 대표의 고약한 말버릇을 참아주기가 어려웠다.

처음엔 농담이나 유머로 그럭저럭 받아넘기려 했다. 간략하게 치른 면접에서부터 대표는 이력서를 보자마자 대놓고 그런 말들을 부려놓았던 것이다. 요즘 말로 흙수저라고 한다지? 맞나? 아버지 없이 대학도 못 갔으면 뭐…… 왜 그 자리를 박차고 일어나지 않았는지 하진은 빈번히 후회했다. 모욕을 당하는 게 습관화되었나 싶어 옆구리 어디쯤을 빠근해하면서. 대표는 툭하면 하진에게 다 안다는 듯 네 사정을 훤히 꿴다는 듯 뭐든 헤아린다는 듯 말을 걸어왔다. '수저'라는 말을 들먹이는 게 시대 흐름을 읽고 최신 트렌드를 놓치지 않는 증거라도 되는 것처럼 끈질기게 굴었다. 종이컵이나 커피믹스가 부족해도, 복사기나 프린터가 고장나도, 원고 작업이 늦어져 교재 마감일이 어그러져도, 인쇄를 마친 교재에서 일러스트나 지문이 뒤바뀌는 사고가 나도, 제출받은 업무일지가 탐탁지 않아도 대표는 하진에게 화풀이했다. 미스 리, 이거 하나 제대로 못해? 하여간 흙수저는 이래서 안 된다니까……

하다못해 점심시간 다함께 둘러앉은 식당에서 공깃밥 한 그릇을 다 비워도 대표는 물끄러미 하진의 얼굴을 바라보았다. 흙수저가 대우받으려면 말이야, 어디서고 잘 자란 티를 좀 내야 돼. 안 그래? 평소에도 식탐이 많았던 대표의 아가리에 계란말이를 처넣는 상상을 하면서, 흙수저 밑에는 일회용 수저도 있는데 거기까진 모르시나봐요, 말대꾸하는 자신을 그려보면서도 하진은 입을 다물었다.

말 못할 말. 대표는 그런 말도 스스럼없이 잘했다. 김치찌개 국물에 밥을 비벼 퍼먹거나 돼지고기를 쌈에 싸서 욱여넣으며 말했다. 이제 저런 뉴스 그만 봐야 해. 국민들의 사기를 떨어뜨리잖아. 울고 짜고 지겨워 죽겠다고! 하진만이 아닌 모두가 심적으로 무척 가라앉아 있었던 때. 남해의 깊고 차가운 바닷속에 아이들이 있다, 라는 생각에서 그 숨막히는 우울에서 벗어나지 못했던 때. 몸서리치면서 잠을 설치면서 세계의 지면 어딘가로 끝도 없이 머리를 박아 침투해들어가고 싶은 기분으로 일과를 견디던 때. 대표가 그런 말 못할 말들을 트림하듯 내뱉을 때마다 더할 수 없는 부끄러움을 느끼다가도 대꾸하거나 항변하지 못한 채 밥알을 삼키는 자신에게 하진은 더 큰 분노를 느꼈다.

얼굴이 벌게져선 입도 벙긋하지 못하고 집으로 돌아온 밤마다 그러니 괜한 화가 솟구쳤다. 병상에 누워 있는 엄마가 그립다가도 그립지 않았고 엄마의 품이 간절해지다가도 철저히 무시하고 방관하고만 싶어졌다. 혼자인 게 싫었고 영원히 혼자가 될까봐 눈물이 났다.

매일 아침 눈을 뜨면서, 헝클어진 머리를 빗질하고 바지를 허리께에 맞춰 입고 지퍼를 올릴 때마다 그래서 하진은 또다시 모욕이란 것에 대해 생각했다. 생각하지 않고는 생각에서 벗어날 수 없으니까. 거울 앞에 서서 괜찮아, 잘하고 있어, 라든가 그만둬 까짓것, 과 같은 말을 짐짓 입 밖으로 내뱄지만 더 큰 모욕을 받은 것 같은 기분에 휩싸였다. 해답도 대안도 없는 세계에서 끝 간 데 없이 고독하리라는 예감만으로 하진은 초조했다. 그리고 어느 날 툭, 내부에서 뭔가가 끊어졌다. 끊어지는 걸 감지했다. 갈비뼈나 위장 어디쯤에서 정말로 뭔가가 투둑, 하고. 더이상은 못해, 더는 안해. 하진이 대표의 코앞에 사직서를 들이밀고 병원으로 달려간 지 열흘이 채 못 되어 엄마는 중환자실로 이동되었다. 엄마는 거기서 한 주도 머물지 못했다.

외삼촌에게 전화가 걸려온 건 장례를 치르고 한 달이 다 되어갈 즈음이었다. 뭐하냐. 외삼촌이 하진에게 물었다. 그냥요. 그냥 있어요. 하진은 덤덤히 말했다. 인간은 누구나 고독하고 매순간 슬픔을 느끼니까 그리고 그것을 타인에게 납득시킬 수 있을 만큼의 관대를 갖지 못하기에. 하진은 자신의 감정을 누구에게도 이해받을 수 있다고 여기지 않았다. 그것을 바라서는 안 된다고 생각했다.

계속 집에만 있을 거냐. 네 나이도 서른이다. 수화기 너머로 짐짓 무던한 한숨이 이어졌고, 이리 내놔봐요…… 먼 데서 목소리가 들리더니 외숙모가 하진의 이름을 크게 불렀다. 네 삼촌 딱 하나밖에 없는 친구 덕을 이제 좀 봐야겠어. 하진은 감정의 높낮이 없이 외숙모의 말을 들었다. 내성적이고 고집 센 외삼촌에겐 고등학생 때 사귄 단 한 명의 친구만이 있다고 엄마도 여러 차례 말했던 적이 있었다. 하진도 그걸 알았다. 평생 초등학교에 재직한 외삼촌이 교감이나 교장이 되지 못하고 평교사로 퇴직한 것을 두고 엄마는 내심 안타까워했으니까. 네 삼촌이 사람 사귈 줄만 알았어도…… 그러면서도 외숙모가 교장 선생님이란 사실은 또 자랑스럽게 여겼다. 대장부야, 여자 대장부. 멋지지 않니?

엄마는 혼잣말처럼 아니 노랫말을 흥얼거리기라도 하듯 외숙모가 교장직에 취임하던 날 말했었다. 하진아, 꼭대기까지 올라가보는 기분은 어떨까? 엄마는 궁금해. 외숙모의 목소리가 귓불에 닿는데 엄마의 말이 자꾸만 축축이 달라붙어오는 듯했다. 엄마도 올라가보고 싶었어, 꼭대기랄 게 있다면 별 가까이로. 그때 엄마의 지친 눈은 취임식이 열린 강당 한구석에 미처 치우지 못하고 세워져 있던 크리스마스트리에 가닿아 있었다. 화려한 오너먼트와 은색 반짝이에 둘러싸인, 분명한 초록이지만 또한 분명히 모형에 불과했던 플라스틱 트리. 세모꼴 모양의 트리 꼭대기에 붙어 있던 그 샛노란 별. 자신이 무슨 말을 하고 있는지도 모르고 또 제 얼굴이 얼마나 기묘한 씁쓸함으로 얼룩져 있는지도 알지 못하는 엄마 앞에서 하진은 다른 말을 보태지 않고 등허리를 쓱쓱 문질렀다. 꼭대기를 알지 못하는 건 하진도 마찬가지였으니까. 엄마 기다려, 내가 별 따다줄게. 이런 말이라도 호기롭게 내뱉어서 엄마를 웃길 줄 아는 스무 살이었다면 좋았을걸. 엄마 저 별 가짜야, 진짜는 여기 있지! 손이라도 따뜻하게 잡고 가슴께에 대어줄 줄 아는 스무 살이었다면 정말이지 좋았을걸. 하진은 먹먹했다.

외삼촌의 친구가 출판사를 하는데 거기 가서 일해보지 않겠느냐고 외숙모는 덧붙였다. 어려운 일은 아닐 거라고. 재밌지 않을까 한다고. 하진은 꼭대기를, 꼭대기에 올라가보고 싶었다는 엄마를, 엄마가 도달하지 못했던 정상이란 것을 자꾸만 떠올리면서 그저 아무래도 좋다는 생각만을 했다. 어디라도 좋다고. 어디라도, 나를 그저 남처럼 놓아두어버릴 수만 있다면.

하진은 그곳에서 류를 만났다.

하진은 사무실이 있는 건물 일층 카페에서 외삼촌의 친구분과 인사했다. 짤막한 업무 관련 이야기를 나누었을 뿐인데 정직하고 너그러운 분이라는 인상을 받았다. 사장님이라고 부르면 될까요? 하진이 물으니 깜짝 놀라 손사래를 쳤다. 내가 육십대 중반이긴

하지만 이래봬도 퇴직하고 첫 독립이야. 사장은 너무 낯간지럽고 그냥 우리끼린 이름을 부르자. 위에도 한 명 또 있어. '편'으로 부르라는 말에 하진은 좀 겸연쩍었지만 약간의 설렘도 느꼈다. 좋은 분을 만난 걸까. 그래본 적이 거의 없었는데. 하진은 의심도 되고 긴장도 되었다. 편은 상하관계가 아니라 같이 일하는 동료라고 생각해주면 좋겠다고 말하며 손을 내밀었다. 숫기 없고 고지식한 외삼촌이 그나마 이분 곁에선 마음이 편안했겠구나. 하진은 편의 두툼한 손을 잡았다.

계단을 오르고 문을 열자 조촐한 크기의 사무실이 보였다. 낮은 파티션이 둘러진 책상 네 개가 놓였는데 한 자리엔 커피포트와 찻잔들이 오밀조밀 쌓여 있었다. 좀 작지? 우리 셋이 다야. 편은 머쓱하다는 듯 껄껄 웃었다. 이렇게 시작하는 거지, 뭐. 이 친구가 날 많이 돕고 있어. 하진씨의 도움도 많이 필요하니까 잘 부탁합니다. 편의 존대에 하진은 저도 모르게 계속해서 고개를 숙였다. 저도요. 저도 잘 부탁드립니다. 하진이 옆자리에 가방을 내려놓았을 때 류는 의자에서 엉거주춤 일어나 어쩔 줄 몰라했다. 박수라도 칠 것 같은 모양새로 두 손을 모았다가 하진이 앉으니 따라 앉았다. 그런 뒤엔 흰빛을 내뿜는 모니터 화면과 두툼한 원고 더미를 향해 어깨와 목을 자연스레 구부렸다. 책상 위 모니터 주변으로는 한눈에도 다양한 종류로 보이는 책들이 제멋대로 뒤엉켜 쌓여 있었다. 웅크린 류의 너른 어깨가 너무 가깝게 느껴져서 하진은 몸을 다시 고쳐 앉았다.

류를 처음 보았을 때 하진의 느낌은 뭐랄까, 그걸 뭐라고 표현해야 할까, 어떤 불쾌였다. 유쾌하지 않은 상태. 즐겁지도 기분이 좋지도 않은 불편한 마음이 불길처럼 일어났다. 지금은 안다. 그것이 극강의 호감을 느끼는 찰나의 자기방어 태세가 아니었을까 하고. 모르는 사람이 너무 갑자기 마음에 들어버리면 말로 표현 못할 자기혐오가 동반되고 마는 것이다.

쉽게 굴지 마.

쉽게 보이지 마.

너를 지켜……

누군가 어깨를 쥐고 뒤로 바싹 당겨버리는 기분이라고 해야 할까. 하진은 류가 이상한 사람이라고 생각했다. 사실이 아닌데도 지레 단정했다. 한두 달이 넘도록 꽤 오랜 동안이나 그랬다. 너무 말이 없고 너무 숫기가 없고 너무 골몰하고 또 너무…… 아무튼 이상한 사람이야. 그럼에도 류를 바라보고 그에 대해 지속적으로 생각하는 것을 멈출 수 없었다. 첫날 나란히 했던 그의 둥그런 어깨, 목덜미까지 올라오던 푸른색 체크 셔츠의 낡은 깃, 어쩐지 희한하게 불룩 튀어나온 셔츠 앞섶의 주머니, 원고에 집중할 때 약간 내밀어지는 아랫입술, 콧등으로 살짝 내려가는 안경테, 투명한 안경알 너머로 슬쩍슬쩍 보이는 깊은 눈빛, 약간 구불거리는 머리칼……그런 사소하고 쓸데없는 것들을 어째서 거듭 힐끔거리게 되는지

하진으로서도 알 수 없었다. 류가 아니라 나야. 이상한 건 나라고. 하진은 저도 모르게 내쉬어지는 한숨마저 갑갑하게 느꼈다.

편의 회사는 전자책을 만들었다. 저작권료를 지불하지 않아도 되는 외국 고전소설들을 한국어로 번역해 이북으로만 출간하는 방식이었다. 나는 모험을 즐기는 편은 못 되나봐. 아무래도 조심스러우니까. 일단은 이것부터. 편은 어깨를 으쓱해 보였다. 류가 원고를 번역해서 보내주면 하진은 단순 오탈자와 띄어쓰기를 점검했다. 전공자는 아니지만 한국어니까 별것 아니지 않을까 했는데 참담하게도 어려웠다. 도무지 이런 단어가 있나 싶고, 이제까지 알고 써왔던 맞춤법이 다 틀렸었구나 머리를 긁적이는 경우도 많았다. 작업한 원고를 편이 시간과 신경을 써서 두 번 세 번 더 봐주는 게 미안해서, 하진은 출근 첫날 편이 건네준 우리말 맞춤법 사전을 마르고 닳도록 보려고 애썼다. 너무 애쓰지는 마, 토할라, 하고 편이 농담해도 하진은 나쁘지 않았다. 피해를 끼치고 싶지 않았고 월급 받는 만큼의 몫은 하고 싶었다. 무엇보다 하면 할수록 교정 교열이라는 말이 마음에 들었다. 처음으로 일다운 일을 하고 있다는 기분이 들었을 정도로. 처음에는 글자를 보기에 급급했는데 점차로 소설의 내용이 눈에 들어오는 것도 흥미로웠다. 어느 날 퇴근 무렵부터는 번역이 끝난 류의 원고가 초조히 기다려지기도 했으니까.

하진이 류에게 받아서 가장 처음 읽은 건 『부활』이었는데 하진은 뒷부분이 궁금해진 나머지 인터넷 중고서점에서 책을 주문해 보기도 했다. 주말 이틀을 몰아 뚝딱 읽어치우고 나니 줄거리는 이렇구나 알게 되었지만 뭔가가 다르다고 느꼈다. 뭐지. 뭐가 좀 다른데. 하진은 여러 날을 잠들기 전에 찜찜한 기분으로 부스럭부스럭 책을 들춰보았다. 그리고 며칠 뒤 아침에 류가 출력해놓은 번역 원고를 읽는 중에야 알게 되었다. 내용은 다르지 않았지만 하진이 읽은 책과 류의 문장은 달랐다. 엇비슷한 문장이 쓰여 있는데 가만 들여다보면 마음으로 다가오는 결이랄까 파동이랄 게 달랐다고 해야 하나. 읽는 맛이 다르게 느껴졌다고 해야 하나.

좀 다른 것 같아요.

붐비는 식당에서 셋이 머리를 맞대고 점심을 먹는 때에 하진은 일하기는 좀 어떠냐고 물어오는 편에게 말했다. 다르다는 말에 류는 숟가락을 잠깐 입에 물고 눈을 끔벅였다. 저 『부활』을 처음 읽어봐서요…… 책을 사서 한번 쭉 읽어봤는데 내용은 같지만…… 하진이 부끄러워 우물거리자 류가 다시 입속에 넣었던 숟가락을 빼냈고 그와 동시에 편이 가볍게 웃었다. 문체가 다르다는 말이지요? 번역하는 사람마다 사용하는 문장의 리듬감, 습관, 이런 게 다 다를 테죠 아무래도. 노어노문 전공이지만 이 친구 소설을 쓰니까. 류는 묵묵히 밥을 먹고 반찬을 집었다. 하진은 그런 류를 바라보았다. 번역도 하고 소설도 쓰는구나. 하진은 서툴게 고개를 끄덕였다.

간간이 혼자 있을 때면 하진은 포털 사이트에서 류의 이름을 검색해보기도 했다. 소설가로서의 류에 관한 정보는 나오지 않고 류와 동명인 교수나 기업가, 기자의 것이 대부분이었다. 하진은 구글의 15페이지쯤에 이르러서야 그가 십오 년 전 등단한 지방 문예지의 지면을 발견할 수 있었다. 그것 외에 달리 출간된 류의 단행본은 없는 듯했다. 보름쯤 지나서 하진은 호기심에 문예지를 펴낸 출판사로 전화를 걸었지만 없는 번호라는 음성만이 들려왔다. 하진은 조금 실망했다.

그러다 우연치 않게 마지막 포스팅이 두 해 전쯤으로 적힌, 오래 방치된 듯 보이는 어느 블로그에서 하진은 류의 등단작 전문을 읽게 되었다. '신인상 당선작'이라고 쓰인 카테고리 안의 게시물이었다. 하진은 즐겨찾기를 해놓고 그것을 읽다가 어느 날엔 출력해서 전부 다 읽었다. 꿈에서 치타를 보았다, 로 시작되는 류의 소설은 자못 도전적인 어조로 진행되었는데 하진으로서는 난해했다. 도무지 이해가 안 된다고 말하기는 미안하고 이해했다고 말하기엔 자신 없었다. 말하자면 처음부터 이런 대목.

> 꿈에서 치타를 보았다.
>
> 꿈에서 치타를 보았다고 하면 보통 치타에게 쫓기거나 치타를 쫓거나 하는 걸 예상할 텐데 그런 건 아니었고 아무튼 치타에게

쫓기는 무엇을 바라보고 있었단 말이야.

무엇이 무엇이냐고 하면 사실 조금 어처구니가 없고 할말이 딱히 없는데 이유는 정말 할말이란 게 없어서는 아니고 그 무엇이라고 하는 게 말하기가 좀 그러니까 아무리 꿈이라곤 하지만 말하기가 좀 머쓱할 정도로 황당해서. 하지만 또렷이 기억을 하고 있다. 그건 개구리였어. 머리카락이 있는 개구리라고. 정말이지 똑똑히 기억이 난다는 사실이 왜인지 모르지만 괜히 수치스러울 정도로 그건 정확히 팩트라는 거지. 꿈속에서 벌어진 팩트라니 그 자체로 말이 안 된다는 건 알고 있어. 믿지 않을 수도 있지. 믿지 않는 게 당연해. 어차피 꿈이고, 꿈속에서 벌어진 일이라는 거니까. 황당한 건 자연스러울 수도.

그러니까 말하자면 꿈에서 치타에게 쫓기는 개구리를 보았는데 그 개구리는 머리카락을 휘날리면서 그 길고 탐스러운 검은색 머리칼을 휘휘 날리면서 날쌔고 날렵한 치타보다 한두 걸음 정도를 아슬아슬하게 점프하듯 달려가더란 말이야. 나는 심판도 구경꾼도 못 되는 채로 그냥 그것을 보았고 그것을 보고 있는 나 자신을 또 의식하게 되었는데 누군가 말했지. 그것을 쓸 거야? 그것을 쓸 거냐고? 나는 우물쭈물하고 누군가는 또 말했지.

그것은 말이 안 돼.

그런 것은 말도 안 돼.

그런 것 따위 말도 말아!

누군가가 누구인지는 모르겠어. 다만 목소리가 들려왔지. 어느 곳 어느 방향에서 오는지도 알 수 없었어. 말이 안 돼? 처음에는 주눅이 들었는데 그런 것은 말도 안 된다니까 점차로 슬퍼졌어. 그런 것 따위, 라고 하니까 억울해졌지. 왜. 왜냐고 나는 묻고 싶어졌다.

치타가 개구리를 뒤쫓는 건 말이 안 돼?

치타가 개구리 같은 걸 쫓아가는 건 말도 안 돼?

개구리에게 머리카락이 있다니 말도 말아?

다시 또 목소리가 들려왔고 그것을 들었다.

이런 것을 말하고 이런 것에 대해 쓴다면 언제고 치타의 앞발에 머리채가 휘어잡힐 개구리가 되고 마는 것이다.

하진은 류가 부려놓은 문장들이 쉽지 않았고 류의 소설이 또한 어려웠다. 머리카락이 있는 개구리라니. 개구리는 양서류니까 아니 양서류가 아니라 해도 머리카락이 있다니 어떻게 해석해야 하는지 알 수 없었다. 몇 번을 반복해서 읽어보았지만 마찬가지였다. 하지만 이런 문장에 밑줄 그었다.

도달할 수 없는 지점을 갖는다는 건 슬픔을 줘.

하진은 류가 어디에 가닿고자 했는지, 끝내 그곳에 다다르지 못할 거라는 예감으로 류는 슬펐는지 그런 게 궁금했다. 소설가와 소설가가 쓴 소설 속 화자는 전혀 다르다고 편에게 얼핏 들었지만…… 그렇지만 류가 쓴 거니까 류의 생각이니까 그것을 썼을 때의 류의 머릿속과 류의 감정들을 알고만 싶었다. 아무리 개구리의 세계라고 해도 개구리가 단 한 마리만 있을 수는 없을 테니까 그 개구리도 집단이나 사회에 속해 있는 거라면 힘들었겠다…… 그냥 머리카락이 있는 거라면 괜찮은데 머리카락이 있는 걸 말도 안 된다고 하고 그런 것 따위, 라고 해버리면 정말 슬프고 억울했겠네…… 하진은 류가 쓴 '슬픔'이라는 글자에 오래도록 시선을 두었다.

류의 『부활』을 다 읽은 하진은 다시 류가 내미는 『폭풍의 언덕』을 읽었다. 그리고 늘 침착하고 과묵한 류가 하진에게 처음으로 지진이에요, 하진씨, 라고 말한 건 하진이 그 책의 마지막 장 교정을 마치고 펜 뚜껑을 만지작거리고 있을 때였다.

지진.

그날 류가 중얼거렸을 때 하진은 알아듣지 못했다. 머리에 물음표가 뜨는 정도였다고 해야 하나. 습관처럼 오른쪽 어깨너머를 흘깃 바라보자 류가 고개를 왼쪽으로 틀어 하진을 보고 입을 벌렸다.

지진이에요, 하진씨.

류는 과민한 동물처럼 진지했고 하진은 당황했다. 나란히 붙은 책상에 앉아 일을 시작한 지 반년이 다 되어가는 동안 류는 하진과 제대로 눈을 맞춰온 적이 없었다. 하진씨라니. 이름을 알고는 있었구나. 류는 항상 여기 또는 여기 있습니다, 책상에 보시면, 제가 늦었죠…… 와 같은 말만을 반복해왔기에 하진은 새삼스레 생경한 기분에 사로잡혀 류가 뱉어낸 자신의 이름을 혀끝에서 궁굴렸다.

저요?

하진이 딴소리를 하자 류가 고개를 저었다.

아니요, 지진이요.

류가 빤히 바라보며 또 말했지만 하진은 선뜻 알아차리지 못했다. 지진이라고 할 만한 아무런 기미도 전조도 느껴지지 않았고, 사무실 공기는 편안했으니까.

글쎄요……

하진은 두리번거리다 의자를 끌어당겨 앉고 볼펜을 딸깍이며 류를 또 슬쩍 보았다. 류는 양팔을 벌려 책상의 모서리를 잡고 꼼짝하지 않았다. 마치 거대한 지구라도 붙들고 있는 듯 결연해 보였다. 그러다 류가 다시 말했다.

꽉 붙들어요.

뭘요?

하진이 볼펜 쥔 손에 힘을 주며 저도 모르게 물었다.

지구를요?

그런데 혹시 모르니까 머리를……

류가 덧붙이는 때에 하진은 발밑이 흔들리는 걸 느꼈다.

어, 저도요, 지금 저도.

흥분하는데 발바닥에 전해오는 진동 그리고 뒤이어 책상이 뒤틀리듯 흔들리면서 책과 필기구와 머그잔 따위가 우르르 오른쪽으로 기울어져 바닥으로 떨어졌다. 하진은 제 머리 위로 쓰러진 스탠드의 금속 갓 부분에 이마가 찢어졌다. 하필이면 책상 네 개를 아우르는 키 큰 스탠드가 하진의 자리 옆에 바투 세워져 있었기 때문에 그랬다. 처음에는 알지 못했다. 흔들림이 멈춘 뒤 하진은 번개가 스친 듯 통증이 일어나는 이마로 손바닥을 가져다댔다. 수그린 제 몸을 공중에서 덮어버린 모양새로 류가 스탠드를 붙들고 있는 건 그제야 보였다.

하진은 병원에 가서도 류와 나란히 앉아 대기하고 또 나란히 앉아 상처를 치료했다. 하진은 '나란히'라는 말에 대해 떠올렸다. 그건 하진이 딱히 의도하지 않아도 자연스레 머릿속으로 되새김되는 단어였다. 옆으로 나란히 배치되어 있는 자신과 류의 책상을 바라볼 때마다 자신과 류의 어깨가 높이는 달라도 방향은 같게 놓인 걸 의식하게 될 때마다 하진은 사전을 열어 조용히 그 뜻을 찾아보곤 했으니까. 나란히…… 모양이 가지런하고 평행한 상태…… 풀이된 뜻은 또다른 단어의 풀이를 찾아보게 만들었다. 가지런하다는 건 고르다는 것…… 고르다는 건 한결같고 순조롭다는 의미…… 하진은 '가지런하다'와 '순조롭다'라고 쓰인 문장 위로 뚜껑 닫은 펜을 톡톡 두드렸다. 지금껏 그게 무엇이든 순조롭다는 기분을 느껴보지 못했다. 탈이 없고 말썽 없던 때가 없었다. 그런데 이마가 찢어진 채로 병원 복도 의자에 류와 앉아 있는 때에 하진은 좋다는 생각을 했다. 좋다…… 어째선지 이유를 명확히 말할 수는 없었다. 그저 나란히 있어 안심되는 기분이었고 그런 기분이 느껴지자 엄마와의 이별 이후 처음으로 무사하다고 생각했던 것 같다고 하진은 속으로 되뇌었다. 무사해요, 엄마. 나는요. 무사해요. 엄마도 무사해요? 여기 아닌 거기서 무탈하고 무사해요?

하진은 왼쪽 눈썹 뼈 바로 위쪽을 세 바늘 꿰맸고 류는 왼쪽 손바닥에 화상을 입었다. 스탠드의 몸통으로 손을 뻗었는데 잡고 보니 전구 소켓이었다고 류는 아파하지도 않고 말했다. 하진은 이마에 두툼한 반창고를, 류는 거의 손 전체를 휘감는 소독 밴드를 붙였다.

치료받고 이제 가려고요. 네. 네. 알겠습니다.

병원을 나서며 류는 외근이었던 편과 통화했다.

그만하길 다행이래요.

편의 말을 전해주고 류는 천천히 돌아섰다. 하진과는 반대 방향이었다. 그 찰나에 하진이 어떻게 류의 팔을 붙들 수 있었는지 하진으로서도 알지 못한다. 세상엔 설명되지 않는 일투성이지만 류와 관련한 거라면 그게 무어든 하진은 말문이 막혔다. 이성적이지도 논리적이지도 못했다. 다만 지진이에요, 하진씨, 라고 류가 말했던 그때에 모든 건 시작된 게 아닐까. 하진은 긴 시간 곰곰이 생각하는 버릇이 들었다.

지진이에요, 하진씨.

류가 자신의 이름을 손 내밀듯 불러주는 순간만을 이윽고 기다려온 것처럼. 스탠드가 기울었듯 하진의 마음도 삽시간에 기울어졌던 것이다.

배고픈데 밥…… 드실래요?

하진은 류를 붙잡고 물었다. 류는 망연히 하진을 바라보았다. 그 잠깐의 시간마저 하진은 견디기가 어려워 아니에요, 됐어요, 갈게요, 라는 말이 혀끝에 맴도는 순간 류가 걸음을 옮기며 말했다.

술이나 마시러 가죠.

이례적인 지진으로 인해 시끌시끌한 뉴스 화면을 앞에 두고 하진과 류는 마주앉았다. 원형의 철제 탁자 위로 백반 이인분과 소주와 빈 잔 두 개가 놓였다. 차갑다…… 몸에 밴 듯 차가운 소주병을 반사적으로 손에 쥐는데 류가 천천히 그것을 빼앗아갔다.

따라주고 그러지 마요. 각자 따라 마시는 게 좋아요.

류가 좋아요, 라고 말했을 뿐인데 하진은 낯선 그러나 기분좋은 편안함을 느꼈다. 발밑이 언제 흔들렸는지 잊을 만큼. 찢겨 꿰맨 이마의 아픔이 잊힐 만큼. 하진은 아무래도 좋았다. 충분히 소란하고 시끄러운 식당 내부와 빠르게 식어가면서도 그 순간만큼은 거센 열기 같은 걸 내뿜고 있는 동태찌개랄지 하다못해 하진의 방향으로 가지런히 놓인 반질반질한 스테인리스 숟가락과 젓가락이랄지 그냥 다 좋았다.

하진은 칼칼한 찌개 국물과 함께 한 잔 두 잔 소주를 따라 마시던 밤을 기억하고 있다. 투명한 잔을 그득 채우는 투명한 술이 맛있었다. 차가운 것을 마셔서 속을 뜨겁게 데우는 일이, 그것을 반복하는 일이 즐거웠다. 더워지고 또 더워져서 하진은 그날 그렇게 제 속을 덤덤히 게워낼 수 있었던 걸까 생각도 해본다. 아마도 꽤 당돌하고 맹랑하다고 여기지 않았을까, 류는. 그렇게 보이기는 싫은데. 입이 절로 삐죽여지기도 하면서. 취해서 많은 부분 뒤틀리고 헝클어지는 걸 느끼며 하진은 이런저런 말을 떠들었다.

나 봤어요. 일부러 보려고 한 건 아닌데 어쩌다가.

류와 류를 찾아온 여자를 하진이 몰래 지켜보았던 적이 있었다. 그랬던 장면들을 고집스레 끄집어내면서 하진은 슬쩍 류의 눈치를 보고 류의 안색을 살폈다. 류는 별로 동요하지도 않고 고개를 끄덕였다. 그랬구나, 그랬어요, 하는 투로.

미인이시던데요.

그만 말하자 싶으면서도 하진은 괜히 오기가 생겨서 멈추지 못했다. 누구예요? 무슨 사이예요?라고 묻지는 못하고 그날 그랬다, 어쩌다가 보았다, 두 분 하는 이야기를 들은 건 아니다…… 주절거렸다. 소주를 입안에 털어넣을 때마다 이마가 따끔거렸다. 마침 프린터 토너가 떨어져서 편의 부탁으로 문구점에 다녀오는 길이었는데 건물 입구에서 류가 누군가와 마주하고 서 있던 모습을 하진은 보았다. 여자는 화가 나 보였고 류는 벌을 받듯 서 있었다. 내 애는 내가 키워! 돈푼이나 가져다줄 생각 말고 없는 듯이 살아, 알았어? 고개를 숙이고 섰던 류의 등허리 어디쯤을 하진이 물끄러미 바라본 걸, 류가 사무실로 들어간 뒤에도 한참을 서 있었던 걸 그것까지 말하지는 않았다.

에이, 재미없어……

자기 얘기를 하는데도 별 반응이 없는 류가 답답해서 하진은 짜증을 부렸다.

뭐 그래요? 사람이.

내가 뭘요.

나이가 한참 많은 류에게 하진이 취기를 빌어서 핀잔을 주는데도 류는 머리만 긁적였다.

참 재미없다, 벽이네 벽, 아 정말 재미없는 사람이야.

하진이 홧김에 마신다는 듯 소주를 들이부을 때마다 류는 어리둥절한 눈빛을 해 보였다. 그러다 결국엔 하진을 따라 소주를 마셨다. 마시는 일 말고는 아무것도 모른다는 듯. 마셔야 뭔가를 감형받기라도 하는 것처럼 생경한 얼굴로. 하진은 그 눈빛과 표정을 자꾸만 보고 싶었다.

하진은 류에게 엄마 이야기도 했다. 엄마가 아프면서 철이 들었다고, 엄마가 너무 오래 아파서 하진은 아픔에 무뎌졌다고. 류는 묵묵히 들어주었다. 장례를 치르고 나서는 엄마를 꼭 내 손으로 죽인 것 같은 기분이었어요. 하진은 울지 않고 허탈하게 웃었다. 내가 그랬거든요. 중환자실에서 호흡기를 쓰고 누워 있는 엄마한테. 이제 그만해. 그만 가요, 엄마. 멀리 가서 좀 편해져요. 왜 그랬을까 생각했어요. 내가 왜 그런 말을 했을까. 힘들어서는 아니었어요. 사는 게 힘들지 않았던 적 없었는데요. 그냥 나는…… 내가 가질 수 있는 게 없구나 그런 생각을 했던가봐요. 내가 별로이거나 별 볼 일 없는 사람이라고는, 그 정도로 자존감 없지는 않은데요, 그게 아니라 그냥 여기선…… 그냥 지금은…… 내가 가질 수 있는 게 참 없구나 싶었어요. 그게 엄마여도요.

식당 밖으로 나와 류의 부축을 받고 걷던 길가 어디쯤에서 하진은 스칠 듯 말 듯 류의 입술을 훔치기도 했다. 그래놓고는 비가 왔나봐요, 키득키득 발 구르며 웃었다. 축축한 밤의 공기를 들이마시는 시늉도 하고 명랑하게 굴었다. 하진이 그날만큼 마음놓고 타인에게 어리광 부리고 싶었던 때는 없었다. 류는 화내거나 하진 않았다. 조심해요, 하진씨, 라며 서툴게 하진의 어깨 부근을 붙들었다. 하진 때문에 류도 같이 휘청거렸고 두 사람이 기우뚱 흔들리는 그 순간을 밝히는 달무리가 뚜렷했다. 하진은 낮게 떠 있는 달 언저리를 바라보는 때에 이르러서야 울었다. 눈물이 솟는 걸 멈출 수가 없었다. 말할 줄도 화낼 줄도 모르고 좋다 싫다 표현할 줄도 모르고 오면 오는 대로 떠나가면 떠나가는 대로 뭐든 놓아주고 또 놓아버리는 남자가 너무 싫어서 그런데 이렇게 싫은 마음을 멈출 수가 없어서 이 남자의 눈과 손에서 쓰이는 단 한 줄의 아름다운 문장이 되고 싶어서 하진은 꺽꺽 울었다.

우리 자요. 같이요……

술의 힘을 빌어서 어처구니없는 짓을 했다고 하진은 자책했다. 어떻게 그런 말을 또 그런 행동을 했을까. 미처 알지 못했던 스스로의 엉뚱한 용기가 어리석고 기괴하게까지 느껴졌다.

류가 다음날부터 서툴지만 세심하게 자신을 챙기려 하는 걸 하진은 의식하면서도 어쩔 줄 몰랐다. 병원에 같이 가요. 류가 말해도 아니에요, 손을 내저었고 저녁 먹고 갈래요? 하고 류가 물어도 아니에요, 고개를 흔들었다. 아니라는 건 그러니까…… 그러니까 아니라는 건…… 뭔가 설명해야 한다고 생각하면서도 하진은 아무 말도 못했다. 그런 헛헛한 문답이 오가고 며칠이 지나자 류는 차츰 입을 다물었는데 하진은 그때에야 다시 류의 둥그런 어깨와 체크 셔츠의 깃과 안경 너머 자리한 그의 눈빛을 흘깃거렸다. 하진은 류가 상처받은 걸 알았지만 알면서도 자신이 없었다. 호감과 동시에 불쾌로 얼룩진 이 비뚤어진 마음이 정확히 무엇을 의미하는지 정의내리지 못했다. 하진은 누군가 머뭇거리는 제 목덜미를 획 잡아챌 것만 같아서 초조했다. 자신의 이런 불편한 심기를 눈치챈 류는 다른 의미로 상심했을 거란 것도 모르지 않았다. 다 알면서도 하진은 그 모든 과정에서 한 발짝 떨어져 류와 자신을 방치했다.

애초에 무언가 갖는 건 불가능해.

무엇이든 욕심을 내지 않으려 자기를 단속하는 것. 그건 하진이 익숙하게 고수해온 삶의 방식이었다. 그럼에도 하진은 내면에 뿌리깊이 자리한 체념의 정체를 고민하지 않을 수 없었다.

딱 한 잔만 마실게요. 앞에 앉아만 있어줘요.

이후에 류가 퇴근하는 하진의 팔을 붙들었던 어느 날, 하진은 우동을 류는 매운 제육볶음이 놓인 탁자를 두고 마주앉았다.

상처 남았네요.

하진이 고개를 들자 류는 손가락으로 하진의 이마를 가리켰다.

아, 흉터. 흉터죠. 상처가 아니라.

류가 더듬거렸다. 하진은 고개를 끄덕였다.

나는 다 나았습니다.

제법 톤을 높여 말하며 류는 소주를 마시고 양념이 묻은 돼지고기를 집어먹었다. 하진은 우동의 면발을 뒤적일 뿐 제대로 먹지 못했다. 서로 간의 침묵이 어색하진 않았다. 하진은 그저 그 밤의 공기를 의식했다. 두 사람을 에워싸고 있는 이 공기는 잠시 머물렀다가 금세 사그라지거나 어딘가로 이동해갈 것이다, 우리도…… 어디선가 본 문장이기나 한 듯 생각하며 멍하니 있는데 류의 목소리가 들려왔다.

옳아요.

시간이 흐르고 류는 탁자 아래 발을 까닥거리며 말했다.

우리는 모두 나름의 방식대로 옳아요. 틀린 건 없잖아요. 나는 나이도 많고…… 하진씨 원망 안 해요. 좋아합니다.

하진은 붉어진 얼굴을 제대로 들지 못했다. 달아오른 뺨과 그 더운 열기에 섞여든 그날의 밤바람, 아무 대꾸도 못하는 하진의 곁을 메우는 주변의 시끄러운 소리, 소리들…… 그뒤로 류는 천천히 다시 예전으로 돌아갔다. 여기 또는 여기 있습니다, 책상에 보시면, 제가 늦었죠…… 와 같은 말만을 반복하던 류로.

그뒤로 지진이에요, 하진씨, 하던 류의 목소리는 가끔 환청처럼 들렸다. 하진이 물끄러미 바라보면 류는 언제나처럼 책상 위의 원고나 모니터에 코를 박고 있거나 피곤한 눈빛으로 멍을 때리거나 더러는 자리를 비웠다. 어쩌다 한 번쯤은 눈을 마주치길 바라지 않은 건 아니지만 우연히 서로 바라보았다 해도 그뿐이었다. 류는 하진의 마음을 불편하게 만들지 않겠다는 듯 아무렇지도 않게 대했다. 지진이에요, 하진씨, 흔들려요, 하진씨. 흔들리나요. 가끔 하진은 홀로 중얼거렸다. 비가 내린 밤, 동그란 보름달의 굴절된 빛 아래서 류와 함께 있었던 노란 밤을 간직했다.

그 물기 짙은 밤에 하진은 류의 셔츠 주머니가 항상 불룩한 이유를 알게 되었다. 류가 벗어놓은 셔츠의 주머니엔 잘게 찢긴 종이처럼 얇실한 크기의 포스트잇 여러 장이 구겨져 있었다. 알록달록 색도 다양한 포스트잇이 쓰레기인가 했지만 아니었다. 깨알같이 글자들이 쓰여 있었다. 하진은 한 장 한 장 꺼내 읽었다. 기차, 아파트 104호, 코끼리, 푸른 가면, 빙하의 집이라든가 그는 약속 장소로 향하는 내내 다른 생각을 하고 있었다, 나는 막다른 골목에 멈춰 섰고 그제야 뭔가가 잘못되었다고 느꼈다, 그녀는 단단히 얼어붙었다, 와 같은 문장도 있었다. 이게 다 뭐예요? 하진이 물으니 류는 그거…… 하고 말 줄이다가 손바닥으로 얼굴을 문댔다.

소설을 쓰려고요.

얼굴 가린 손을 내리지 않는 류를 하진은 가만 바라보았다. 문득 생각나는 것들을 적은 거구나. 잊지 않으려고…… 머릿속을 스치는 편린들을, 빠르게 지나가는 단상들을 뜰채로 건지듯 주머니에 모아놓았구나. 하진은 언제나 뭔가 곱씹거나 또한 뭔가 놓쳐버린 사람 특유의 안타까움이 배어 있는 류의 얼굴을 보았다. 온전히 이해할 수는 없었지만 이야기를 만들고 쫓아가느라 늘 마음이 바쁘고 허했겠다 싶었다. 류가 잠든 사이에 하진은 이불을 들추고 일어나 류의 셔츠 주머니 속을 다시 들여다보았다. 그리고 그 안에서 두세 장 연이어 붙어 있던 포스트잇 한 장을 떼어내 자신의 이름을 적었다.

하진.

제 이름 적힌 종이를 주머니에 넣어두고 하진은 어쩌면 예감했는지도 몰랐다. 류가 써내지 못할 허구 속에 류가 좀처럼 이어나가지 못할 스토리 속에 분명 자신도 있으리라고.

류와 가까워지지 못한 건 절대 류의 탓이 아니었는데도 하진은 때때로 서운하고 서글픈 기분에 휩싸였다. 그럴 때면 퇴근하고 집에 돌아와 류의 소설을 읽었다. 꿈에서 치타를 보았다, 라고 시작되는 류가 쓴 단 한 편의 소설을 반복해서 더듬었다. 머리카락이 있는 개구리를. 머리카락이 있어서 수치와 모멸을 느꼈던 개구리를. 치타에게 쫓기는 개구리를. 그리고 세상에 발표되지 않은 그의 또 다른 소설들을 상상했다. 그는 미처 완성하지 못한 소설의 조각들을 어디에 보관하고 있을까. 하진은 이후로도 류를 생각하다가 류의 소설을 생각했다. 류가 썼고 류가 쓰고 있고 류가 쓸 소설을. 서랍에 들어 있거나 들어 있지 않은 소설을. 가끔은 류를 생각하는 것과 류의 소설을 생각하는 것 중 어느 것이 더 진정일까 고민도 했다. 류도 류의 소설도 류를 생각하고 류를 그리워하는 자신도 무엇 하나 이해할 수 있는 게 없다고도 진저리치면서.

하진은 류와 두 해가 조금 못 되도록 같이 지냈다. 지냈다는 표현이 적절할지 모를 일이다. 근속이라는 말이 더 적당할지도. 하진은 류가 번역해주는 『좁은 문』과 『폭풍의 언덕』 『전쟁과 평화』와 『자기만의 방』을 읽었고 그러는 동안 편의 추천으로 국비로 지원받는 출판 편집자 과정도 이수했다. 하지만 편은 의욕을 갖고 뛰어들었던 사업에서 점차로 시들하게 손을 떼버렸다. 아내가 아프게 되니까 집중이 잘 안 되네요. 편은 쓸쓸히 말했었다. 헤어지기 전에 류는 한동안 물가가 싼 베트남 어디쯤에 머물며 소설을 쓰려 한다고 했다.

어디서든 스스로를 아껴줘요.

류가 하진에게 악수처럼 건넨 마지막 말이었다. 끝까지 이해 못할 소리를 한다고 생각했지만 그러면서도 하진은 때때로 그 말을 떠올리는 자신을 타인처럼 들여다보기도 했다. 골똘히 여기지 않을 수 없는 그 말을. 그뒤로는 얘기를 몇 번 건너 들었을 뿐 만나지 못했다. 하진은 사무실을 정리하면서 편이 과분하게 소개해준 어느 기업의 사보 발간 팀으로 이직했다. 마찬가지로 복사, 출력, 잘디잔 커피 심부름과 외부 인터뷰를 진행하는 선임의 보조로 뛰어다녔다. 크게 티나지 않게 그러나 여전한 무시와 업신여김을 당했고 모멸이란 것에 대해 꾸준히 생각했다. 이따금씩 편에게 문자를 받았다. 잘 지내느냐고, 류도 잘 지내고 있는 것 같다고, 우리 같이 잘 지내자고.

이곳으로 온 지 이제 일 년 남짓. 하진은 앞을 보고 있다. 정확히는 벽. 아무 일거리도 주어지지 않고, 아무라도 누구라도 하진을 지나쳐다닌다. 자리를 벗어나지 마세요. 하진은 동일한 지시를 듣고 그 지시는 반복된다. 자리를 지키세요. 매일같이 하달되는 수치와 모욕은 그침이 없고 그것을 어떻게 받아들여야 하는지 하진은 대체로 자신이 없다. 알아서 그만두라는 말이겠지. 알면서도 거듭 어리둥절하다.

도달할 수 없는 지점을 갖는다는 건 슬픔을 줘.

하진은 류의 문장을 머릿속에 액자처럼 내걸고 바라본다. 일생 가닿을 수 없는 곳으로 가닿고자 하니까 인간은 슬프지…… 도달하고 싶지만 도달할 수 없는 지점을 살면서 마음속에 품고만 있어야 하니까 인간은 슬프다…… 나도 그렇다, 고 하진은 중얼거린다. 그리고 깨닫는다. 평생 단 한 번도 접해보지 않은 텍스트와 같이 류는 하진에게 슬픔으로 남았다는 걸. 류와 함께하는 것을 택하지 않았던 자신의 일그러진 마음 또한 도무지 이해할 수 없다고 느끼며. 이해되지 않고 가닿을 수 없는 것에 대해서 그러니 계속 생각할 수밖에 없다고 하진은 생각해버린다.

류는 지금 어디일까.

어디에 어느 미지의 자리에 어깨를 웅크리고 앉아 있을까. 백지를 앞에 두고 얼마나 긴 시간 허둥대며 눈을 빛내고 있을까. 소설을 처음 쓰기 시작했을 땐 분명 즐거웠는데 이젠 잘 못 쓰겠어요. 자꾸 위축되고요. 하진은 자리를 벗어나지 않은 채로 귓가에 맴도는 류의 말에만 귀기울인다. 같이 있었던 단 하룻밤에 나눈 류의 이야기를 자꾸만 끊기는 기억 속에서 포스트잇처럼 주워 붙인다.

어디서든 스스로를 아껴줘요.

그랬던 말도 떠올린다. 그러나 그런 말조차 너무나 좁혀지지 않는 간극과 같은 것이라고 하진은 머리를 흔든다.

우리에게 지진은 언제 일어났고 또 언제 그쳐버렸던 것인지? 모르겠다. 어제의 류도 다음날의 류도 하진에겐 언제나와 같은 류였고 거의, 모든 것의 류였다. 그랬는데도 하진은 류에게 가닿지 못했고 또한 그랬으므로 류의 어떤 지점과 류의 어떤 슬픔과 류의 어떤 머리카락…… 그 무엇이라도 잊거나 잃지 않으려 애쓰면서도 동시에 하진은 쫓기는 개구리나 된 기분으로 크게 울고 싶은 마음을 감추고 앉아 있다. 지구라도 꽉, 붙들고 싶은 심정이 되어서.

추후의 세계

손님도 없고 해서 티백 하나를 꺼냈다. 커피를 마실까 했지만 날도 찌뿌듯하니 히비스커스를 골랐다. 찻잔 밖으로 끈을 늘어뜨리고 뜨거운 물을 부었다. 달아오르듯 이내 붉게 우러나는 찻물을 바라보았다. 딱히 시간을 재진 않고 적당히 붉어졌다 싶을 때 즈음 티백을 건져냈다. 오디오의 볼륨을 높이고 찻잔을 손에 쥔 채 창 가까이로 다가갔다. 겨울이고 종일 구름이 많았다. 히터가 가동되고 있는데도 어깨를 에워싸는 찬 기운이 가시지 않았다. 쏟아지겠는걸…… 중얼거리며 한 모금 마셨다. 뜨끈한 것이 혀끝에 닿았다가 목을 타고 내려갔다. 얼마 전 내린 눈이 미처 다 녹지 않은데다 해조차 나지 않으니 밖은 유난히 잿빛이었다. 사방에 중소기업과 온갖 병원이 운집한 골목이어서 작은 카페들이 언제나 북

적이는데 오늘은 오가는 사람이 드물었다.

출근 시간도 지났고…… 나는 한동안 창밖에 시선을 두고 오늘이 며칠일까 갸웃거리며 그저 나른함에 취했다. 어, 저긴 한 명 들어가네. 검정 코트를 입은 단발머리 여자가 앞집 카페로 들어가 창가 테이블에 자리잡고 앉는 모습을 무심히 보았다. 어디서 많이 본 얼굴인데. 저런 얼굴을 본 적이 있는 것 같은데. 뭘까…… 하고 지켜보게 되었다. 딸랑. 그러다 문에 매달아둔 작은 종이 울리는 소리가 나서 뒤돌았다. 손님이다, 다 못 마셨는데 하는 지루한 마음이었을 뿐이었다가 놀라서 아, 하고 멈췄다. 오른손의 엄지와 검지로 찻잔을 쥔 그대로, 창가의 바 자리에 앉은 자세 그대로 나는 움직이지 못했다. 잠시잠깐이었다. 문을 열고 들어왔던 남자는 몸도 얼굴도 바짝 굳었다가 열고 들어온 문으로 뒤돌아나갔다. 종소리가 유난스레 크게 울렸다.

나는 두 눈을 껌벅거리다가 히비스커스 한 모금을 더 마셨다. 남자의 진회색 코트 자락이 눈에 밟혔다. 지난날에 남자는 내게 코트 입은 모습을 보여준 적이 없었다. 장소 불문하고 언제나 점퍼 차림이었으니까. 그때는 대충 주워 입어도 됐다. 젊었고 정말 많이 움직였다. 코트보다 점퍼를 입는 쪽이 자연스러웠다. 이 나이 쯤 되니 남자가 코트 입은 걸 다 보네. 우리 보지 않은 지 오래되었구나, 오랜 시간이 흘렀구나 생각하게 되었다. 마지막으로 만났던 게 스물아홉이었지. 개수대에 찻잔을 내려놓으며 지나간 시간을 셈했다. 햇수로 십 년.

우린 꽤나 담백하게 헤어졌었다. 미련 둘 것은 없다는 투로 느리고 천천히 서로의 영역으로부터 달아났다. 아닌가, 깨끗하고 싱거운 이별 따위가 있을 리 없나. 이 좁은 서울 바닥에서 한 번도 마주치지 않을 거라고 여긴 건 아니었지만 그래도 이런 꼴로, 라고 생각하다가 꼴은 무슨, 싶어 나는 입술을 깨물었다. 뭐가 어때서? 발끈하다가 금세 시무룩한 마음이 들었다. 그냥 와서 좀 도와줘. 아르바이트생 구하기도 너무 어렵고 좀 지쳐서 말이지. 큰아버지는 수화기 너머로 끈질기게 설득했다. 일은 어렵지 않아, 머신만 다루면 되는데 너는 머리가 좋아서 걱정 안 한다, 라고 구슬리다가 결국에는 근엄한 말투로 네 엄마 생각도 해야지, 했다. 네 엄만 너만 생각해. 더는 듣고 싶지 않아서 알았어요, 하고 답했다. 집에만 박혀 있지 말고 매장에 나오게 해 사람 구실을 시켜달라는 게 엄마의 부탁이라는 걸 모르지 않았다. 모를 수가 없었다. 그게 힘들어요 내 엄마가 나만 생각해서, 라고 대꾸하지는 않고 전화를 끊었다. 진심은 언제고 숨겨지는 법이니까. 엄마를 사랑하는 이유와 엄마가 피로하게 느껴지는 이유는 전혀 다르지 않은 법이니까. 그러고 보니 남자와는 왜 헤어졌었더라?

길이 없어.

그 시절의 남자는 그런 말을 입버릇처럼 내뱉었다. 때늦은 후회나 뒤늦은 진심을 전하듯 중얼거렸다. 전역하고 졸업하고 취업 준비에 골몰하던 시기였다. 행정을 전공했는데 꼭 대기업을 고집하진 않고 이런저런 기업에 꾸준히 원서를 넣었다. 공무원 시험 준비를 이 년 정도 했었다고 말한 건 사귄 지 반년은 지나서였다. 남들처럼, 남들 다 하잖아 공무원 준비…… 그렇게 말하며 잔치국수를 후룩거리던 남자의 얼굴이 기억난다. 휴-복학을 반복하며 가까스로 졸업한 뒤 사진을 공부하던 나 또한 다르지 않아서 우리는 늘 주머니가 허룩했다. 허기가 지면 분식집이나 무한리필집을 찾았고 그렇게 아낀 돈을 긁어모아 모텔도 배가 곯은 기분으로 들어갔다 나왔다. 길이 없어, 길이. 남자는 갈라지는 목소리로 말하곤 했다. 목이 마른 듯 조급한 표정으로.

아마도 남자는 시시때때로 자신이 그런 얼굴을 한다는 건 몰랐겠지만 그와 사귀는 일 년간, 나는 늘 긴장 상태의 흥분을 내보이던 그의 갈급한 초조를 감싸안지 못했다. 길이 없어. 남자의 말을 들으며 나는 그와 함께라면 영원히 길을 잃어도 좋다는 연애 초기의 무모한 설렘에서 조금씩 벗어났다. 좀 그만둘 수 없어? 내 딴엔 도저히 참을 수가 없어서 소리를 빽 지르고 말았던 날, 짬뽕 면발을 입에 문 남자가 지어 보인 그 어리둥절한 얼굴이란. 자기가 그 말을 너무 자주 한다는 것도 남자는 의식하지 못했겠지. 필연적으로랄까. 빈번히 싸우게 되었다. 최선을 다했다고 스스로를 위안하면서도 공모전에 수도 없이 낙방하던 걸 견딜 수 없어 하던 때였다. 이제 좀 그만둘래, 그만두는 게 낫지 않을까…… 어쩌면 나 자신에게 되묻는 경고와도 같은 질문이었는지도 모르는데 점차로 나는 남자와 함께라면 영원히 길을 잃어버리고 말 것 같다는 지겹고도 잔인한 불안을 느꼈다.

우리는 멀어졌다. 제대로 기억도 나지 않는 사소한 말다툼으로 싸우고 돌아선 뒤 각자 집으로 돌아가서 누구도 먼저 연락하지 않았다. 얼마간은 기 싸움에서 지지 않겠다는 오기였을지도. 그러나 그것으로 끝. 한두 달이 지나고서야 새삼스레 이별하고 말았다는 사실을 자각했다. 어쩌면 서둘러, 진저리를 치며 전력을 다해 서로에게서 벗어났는지도 모를 일이다. 돌아보니 별로 담백하진 않았구나. 수도를 틀어 찻잔을 물로 헹구어내며 나는 고개를 흔들었다.

헤어지고 몇 해 뒤 찰스 부코스키의 시를 주제로 열린 사진전을 찾았을 때 나는 남자를 떠올렸다. 사진 아래 적힌 부코스키의 시구에서 머리칼을 헝클어대던 지난날 그의 말을 발견했기 때문이었다.

하지만 길이 없어,
나는 앉아서 화분들을 바라보며
마음속으로 식물들에게 말을 걸어,
날 사랑할 수 없어?
여기서는 뭔가 일어날 수 없나?*

---

* 찰스 부코스키, 『사랑에 대하여』, 박현주 옮김, 시공사, 2016, 60쪽.

그때에야 나는 그가 중얼거리던 말의 의미를 이해했다. 사랑해줘. 날 사랑해줘. 세계든 누구든 제발 좀 나를 '제대로' 사랑해줄 수 없어?라는 뜻이었다는 걸. 가진 것이 없고 가질 수 있는 것도 없고 모든 진실은 눈앞에서 감춰지며 멀리 가버리게 마련이라고 생각하던, 어리석고 회의적인 젊은 날이었다. 어디에도 소속될 수 없을 것만 같다고 온몸으로 하소연하던 남자의 비루하고도 애통한 투정을 받아주기에 말하자면 나의 세계는 너무도 작고 좁았다. 나 하나 들어앉아 웅크리기에도 비좁은. 옳다고 믿는 방향으로 인생을 움직여왔다고 믿었지만 지나고 보니 결국에는 그저 상대에게 타인들에게 이 세계에게 사랑받고 싶었을 뿐인 투정 어린 인정 욕망이었음을 이제는 안다.

길이 없어. 하지만 길이 없어. 남자와 마찬가지로 나 역시 자주 곱씹어 궁얼거리며 이 나이까지 왔구나 싶은 기분. 뭔가 일어날 수 없냐고 항변하듯 바랐으나 바람은 바람으로 그쳤을 뿐인 허탈함. 어쩐지 서글퍼지고 말았다. 내친김에 개수대에 모아놓았던 머그와 찻잔들을 전투적으로 씻어두고 뒤돌았는데 남자가 서 있었다.

그게 그러니까…… 나는 여러 번 불렀거든.

그가 다시 돌아와 쭈뼛거리는 걸 나는 조금 비현실적이다 싶은 눈으로 보았다. 머리칼이며 어깨며 팔다리 할 것 없이 함씬 젖어든 채였다.

이게 무슨……

나도 모르게 입 벌리는 와중에 쾅! 소리가 들렸다. 깜짝 놀라서 목과 어깨가 절로 움츠려졌다. 고개를 틀어 창밖을 바라보았다.

세상에.

거센 빗줄기가 내리꽂히는 광경이 눈에 들어왔다.

천둥 치더니 순식간이더라. 무섭게 쏟아지네.

남자가 고개를 절레절레 흔들며 코트 앞섶을 손으로 털었다. 그 모습을 보는데 나도 모르게 농담하고 말았다.

우중이네.

나는 젖은 손 닦는 수건 중에 깨끗한 걸 꺼내 그의 가슴께에 내밀었다.

무슨 개그야.

수건을 받아들며 그가 대답했다. 어쩐지 힘없어 보이는 웃음을 입가에 매달고서였다.

개그는 무슨. 사실인데.

십 년 전의 동갑내기로 돌아가는 기분에 취해서 나는 앉아 앉아, 빠르게 손을 휘저었다. 어서 앉아, 뭐 줄까, 물으며 오디오의 볼륨도 살짝 낮췄다. 남자의 이름은 우중. 비가 올 때면 빗속에 그를 세워두고 우중이네, 하고 놀리던 옛 시간이 프레임에 갇힌 장면처럼 떠올랐다. 십 년 전 헤어졌던 내 가난한 연인이 이토록 캄캄하고도 세찬 빗속을 뛰어오다니.

현실은 때때로 짓궂어서 나는 사 년간 이어진 전 남편과의 결혼 생활에서도 비 오는 날이면 가끔 우중을 떠올렸다. 잊으려고 애쓴다고 해서 잊을 수 있는 이름은 아니었으니. 나도 모르는 새 우중이네, 중얼대다가 아차 싶어 남편이 어디 있나 티나지 않게 두리번거리기도 했었다. 정작 남편과는 수십 년 만에 찾아온 가뭄이라던 메마르고 건조한 늦가을에 헤어졌지만 서로 다른 방향으로 돌아서 걷던 그날에 행여 빗방울이라도 떨어졌다면 또 언제고 부지불식간에 생각나는 말장난처럼 우중이네, 곱씹었을지도 모를 일.

우중은 창가에 바싹 붙어앉았다. 나는 커피를 내리는 사이사이에 그를 흘깃거렸다. 한눈에 알아보기는 했지만 사실은 많이 놀랐다. 그는 한때 내가 눈을 맞추고 입술을 비비던 남자가 맞는지 확신할 수 없을 정도로 말라 있었다. 눈두덩이 푹 팰 정도로 많이 마르고 살갗도 거칠해 보여 쇠약한 인상이었다. 어쩐지 나는 그에게서 조마조마하다는 느낌을 받았다. 비를 맞아서 그렇다고 하기엔 유독 낯빛이 어두웠고 어딘지 모르게 지쳐 보였다.

나는 찻잔 가득 뜨거운 커피를 부어서 테이블로 가져갔다. 우중은 잠시 그 속을 빤히 들여다보았다.

커피가 까맣기만 한 건 아니구나.

잔을 들어 한 모금 마시고는 따뜻하다, 라는 말을 한숨처럼 뱉었다. 입가에 한기를 매달고 온 듯 그는 파랗게 질린 입술을 부들거렸다.

오랜만이네.

어, 그러네.

말하고는 어색해서 서로 입을 다물었다.

손님이 좀 없지? 이 시간대가 그래. 내 가게는 아니고 큰아버지의 매장인데 그냥 잠깐…… 떠들다가 입술을 맞물었다. 쓸데없는 걸 알릴 필요는 없다고 속으로 잡도리하게 되었다. 우중은 머리를 주억거리며 그렇구나, 했다. 별다른 걸 덧붙이진 않고 다만 그렇구나, 그렇구나, 두어 번 반복했다.

여긴 어떻게.

어, 그냥…… 지나다가.

한번 더 말을 주고받고서야 나는 그의 동공이 어지러이 흔들리는 걸 알아차렸다. 무슨 일 있어? 쉽게 입 밖으로 튀어나오려는 무신경한 말을 나는 삼켰다. 무슨 일이 없는 사람도 있을까. 각자에겐 모두 각자만의 일과 사정이 있다. 나도 있지. 무슨 일이라고 부를 만한 것이 분명히. 그러니 묻지 말자. 듣지 말고 알지 말자. 나는 조용히 커피를 마셨다. 그도 말하지 않았다. 볼륨을 낮춰놓은 노래와 차창에 비 긋는 소리만이 적막을 메웠다.

한동안 들이붓듯 쏟아져내리는 빗줄기를 구경하다가 한 잔 더 줄까 싶어서 우중을 건너다보는데 그는 창밖으로 온 신경을 집중하고 있었다. 그 모습을 맥없이 지켜보게 되었다. 그는 시선을 바깥에 두면서도 어떤 망설임의 태세로 찻잔의 테두리를 검지로 매만졌다. 여전하구나. 나는 속으로 생각했다. 둘이서 어쩌다 카페에 가면 잔에 남은 찻물을 검지로 찍어 테두리에 문지르던 우중의 버릇이 떠올라서였다. 나는 그런 행동에 이따금 질색하며 좀, 쫌, 쪼옴, 하고 잔소리했지만 그로서는 집중하는 사이 무심결에 나오는 것이어서 정작 그는 내가 뭐에 예민하게 구는지 모르겠다는 얼떨떨한 표정을 지어 보이곤 했다. 잔 받침에 고인 찻물을 보고야 냅킨을 찾아 주섬주섬 닦아내던 그의 손가락들. 그 길쭉하고 투박한 손가락이 그저 좋았던, 그랬던 때도 있었지.

우중과 만났던 스물여덟에 나는 폐업 직전의 극장을 등지고 선 채 피켓을 들고 있었다. 쌀쌀한 칼바람이 불던 초봄이었고 그곳은 ㄱ, 내가 유년 시절을 보낸 고향이었다. 나의 대입으로 인해 가족 모두가 서울로 상경했던 터라 스무 살 이후로는 ㄱ에 간 적이 없었다. 초중고를 모두 졸업했다고 해도 지방의 아이들이 그렇듯 커서는 각지로 뿔뿔이 흩어진 탓에 딱히 연락하고 지낼 만한 친구도 없어서 더 그랬다. ㄱ은 뭐랄까 다시는 돌아가지 않아도 좋은 빈 집 같았다.

그래도 야간 자율 학습을 빼먹고 몰래 숨어들곤 하던 그곳만은 가끔 그리웠다. 소도시의 중앙역 뒷골목에 자리했던 허름한 단관 극장. 개봉이 한참 지난 오래된 필름을 사들여 싼값에 다시 틀어주는 재상영관이어서 시간을 때우거나 한잠 자려고 들어오는 이들 말고는 관람 손님이 드물었다. 나는 매표소 창구에 앉아 있던 노인이 조는 틈을 타 교복 상의를 가방에 구겨넣고 허리를 한껏 숙인 뒤 줄달음치거나, 엔딩 크레디트가 올라가도 꼼짝하지 않고 앉아서 티켓 없이 한번 더 관람하거나, 간판에 내걸린, 주연배우의 얼굴이 유성물감으로 그려진 조악한 영화 포스터를 보며 낄낄거렸다. 저게 정말 디캐프리오란 말이야? 소스라치기도 하면서.

극장의 폐업 소식은 전시 때문에 종종 들여다보곤 하던 텀블벅 사이트에서 알게 되었다. '추억이 사라지지 않도록 지켜주세요'라는 제목의 페이지에는 재건축으로 허물어지려는 건물을 매입해 단관 극장으로서의 명맥을 이어가도록 도와달라는 내용이 게시되어 있었다. 첨부된 사진 속의 장소를 나는 한눈에 알아보았다. 검붉은 벽돌로 쌓아올려진 좁은 현관, 말도 안 되게 못 그린 포스터가 매달린 높은 삼각 꼴의 지붕. 후원금은 애초 목표했던 금액의 팔십 프로 가까이나 모아지고 있었다. 이 허름한 극장 따위 아무려나…… 싶어질 줄 알았는데 어쩔까 고민하게 되었다.

나는 밥 한끼 덜 먹지 하는 호기로운 마음으로 소액을 결제했다. 그러자 극장 앞에서의 후원회 결성식에 참가해달라는 이메일이 바로 도착했다. 공모전 마감도 끝나고 실컷 잠이나 잘까 싶었던 주말에 나는 호기심 반 진심 반으로 카메라를 챙겼다. 훌쩍 올라탄 시외버스 좌석에 몸을 묻었을 땐 방전되듯 노곤해졌다. 트렌치의 계절이 분명했으나 좀더 두터운 코트나 패딩을 입었어야 했다고 후회되던 스산한 날씨였다.

오후 네시. 극장 앞엔 삼사십 명은 족히 될 법한 사람들이 모여 있었다. 나는 사람들 틈바구니를 헤치고 푸른 천막 가까이 갔다. 그 안엔 스텝으로 보이는 남녀 서넛이 분주히 움직이고 있었는데 내가 쭈뼛거리며 서 있는 걸 보고 누군가 다가와 이름과 이메일 주소요, 하며 에이포 용지 더미를 뒤적였다. 내가 말하니 맞습니다……라며 종이 묶음을 살펴보던 그는 이내 말을 흐리고는 고개를 들어 나를 바라보았다. 아마도 나는 뭔지 몰라 두 눈을 껌벅였을 거였다. 왜 그러냐는 듯, 지금 뭐하냐는 듯. 어, 아, 그러니까…… 그는 서둘러 몸을 숙이곤 발밑에 널브러진 박스에서 무언가 꺼냈다.

나는 후원자에게 기념품으로 지급되는 배지를 받았다. 단관 극장과 영화표 모양의 배지 두 개를 요리조리 살펴보다가 천가방에 바로 매달고는 코를 훌쩍이며 운집해 있는 사람들 사이에 섞였다. 이후로는 낯모르는 이가 쥐여준 피켓 따위를 들고 두통이 올 것 같은 바람을 정면으로 맞아야 했다. 카메라를 꺼내들 수도 없었다. 정말 구질구질한 날이다, 라고 중얼거리며 헝클어진 머리를 매만지는데 누군가 곁에 와서 슬쩍 섰다. 나 몰라보네? 어, 아, 그러니까 하며 내게 기념품을 준 남자였다. 머릿속에 커다란 물음표가 생기는 와중에도 나는 거센 바람 탓에 눈을 제대로 뜨지 못했다. 너 누군데? 하고 물었을 뿐. 누군지도 모르면서 반말이야? 남자는 웃었다. 네가 반말하니까. 대꾸하니 남자는 또 웃었다.

여러분의 정성 어린 후원에 힘입어 우리의 극장은 이제 한 걸음 더 나아가…… 두 시간가량의 결성식이 끝나고 이어진 포차 뒤풀이에서 나란히 앉은 뒤에야 나는 남자와 내가 십 년 전 열여덟, 졸음에 겨워하는 노인의 시야를 피해 극장에 제법 여러 번 함께 숨어들곤 했다는 걸 기억해냈다. 아, 너. 아 그래 너, 그래 그때 너, 소리를 말 더듬듯 반복하는 동안에 이런저런 장면들이 스쳐갔다. 가방에서 지갑을 꺼내드는 나에게 "좀만 기다리면 표 안 끊어도 되는데" 하며 날 불러 세웠던 어느 날의 남자애가 부지불식간에 어떤 이정표처럼 떠올라 과거의 안내자처럼 나를 인도하는 기분이었다. 그래 나, 그래 그때 나, 하고 그가 장난치듯 대답하며 우리는 술을 꼴깍꼴깍 나눠 마셨다.

〈러브레터〉와 〈오! 수정〉 같은 영화들을 티켓 없이 연달아 보던 열여덟의 우중과 나에 대해 우리는 떠들어댔다. 〈러브레터〉를 보고 나선 버스 터미널에 있는 레코드점까지 한참을 걸어가서 오리지널 사운드 트랙을 샀고, 〈오! 수정〉을 보고 난 뒤엔 숟가락이니 포크니 하며 한참을 찧고 까불었다. 〈타이타닉〉을 연달아 보고 나와서는 러닝타임 세 시간 반짜리를 두 번이나 보다니 미쳤지, 미쳤어, 둘이 같이 고개를 절레절레 흔들어댔었지. 초등학교나 중학교 동창도 아닌 그저 이웃한 남고와 여고 소속으로 딱히 이성관계로 사귀었다고도 할 수 없었고, 해가 바뀌고 입시 준비에 치이면서는 자연히 멀어지고 말았지만 이야기할수록 지난날의 삽화들이 가슴에 소소히 남았다는 걸 알았다.

〈러브레터〉를 보고 〈오! 수정〉을 보고 〈타이타닉〉을 보던 나이에 사랑은 지극히 빤한 이해와 도무지 알 수 없는 몰이해 사이에 있는 아리송한 것이었다. 어두컴컴한 극장 안에 몰래 숨어들곤 하던 우리가 십 년 후 다시 이 극장에서 만나 우연한 연애를 시작하리라고는 짐작조차 할 수 없던 나이였다고나 할까. 지나가다 못 보고 지나칠 순 있어도 그렇게 가까이서 얼굴 보며 못 알아볼 수가 있어? 소주 한 잔을 두 번에 꺾어 마시며 우중이 짓궂게 볼멘소리를 하고, 아니 그게 아니라 미치게 부는 바람 때문에 내가 눈을 못 떠서, 라며 변명을 하다가 그날 우리는 포차에 호프집, 노래방에 이어 또다른 포차로까지 밤 내내 붙어 있게 되었다. 근데 왜 이렇게 변했어? 변하긴, 남자다워진 거지, 실랑이도 하면서. 새벽즈음 취기에 달아오른 열기를 식히려 애쓰던 나를 따라 나온 그가 찬 손으로 내 뜨거운 뺨을 감쌌는데 그의 긴 손가락이 너무 의식되어서 도리어 더 붉어지고 말았던 기억은 내게만 있다. 내일부터 따뜻해질 거야. 우중은 그렇게 말했다.

그러니까 왜 이렇게 춥게 입었어, 라고 하지 않고 내일부터 따뜻해진다고 말해서 나는 그 순간 그렇게 말해준 그가 좋아졌다. 지독하게 심신을 흐트러뜨리는 이 바람이 그치면 내일부터는 정말 볕도 내리쬐고 꽃도 필 것 같아서. 트렌치코트를 입어도 춥지 않고 남들에게 추워 보이지도 않을 것 같아서. 진짜 봄이 시작될 것만 같아서. 무엇보다 우중은 그렇게 말해주는 사람이었다. 너는 잘못이 없어. 너는 잘못한 게 없어. 다 좋아질 테니 안심해. 안심해도 좋아…… 그게 날 두근거리게 만들었다. 초조하게도, 애달프게도 했다. 그러나 우리의 봄날 같은 연애는 꼬박 일 년간 지속되었을 뿐 길이 없어, 라는 시 같고 주술 같은 평생 잊히지 않는 상처를 남기고 끝나버리고 만다는 걸 그때의 나는 예감조차 하지 못했다.

한 잔 더 마셔도 될까.

우중이 찻잔을 손에 쥐고 다른 한 손으로 감싸안는 걸 무감하게 보다가 나는 아, 어, 그래, 했다. 의자를 뒤로 밀고 일어나 주방으로 들어가면서도 그의 눈꼬리와 입매와 목덜미와 손톱 끝에 매달린 저 피로의 근원이 뭔지 나도 모르는 새 고심하게 되었다. 누군가에게는 나 역시 그런 얼굴이겠지…… 입을 다무는 것처럼 눈을 한 번 꽉 감았다가 떴다.

인상 좀 풀어라. 엄마는 저녁 즈음에 지나가다 들렀다는 되도 않는 핑계를 대며 카페로 나를 보러오곤 했다. 나보다도 더 피곤하면서, 어느 날은 곤죽이 다 된 얼굴을 하고는 퇴근길에 찾아와 서비스직에서 활기차고 따뜻한 표정은 필수야! 얼토당토않은 잔소리도 덤으로 얹었다. 서비스직이라니. 엄마 나는 지금 누구에게 서비스할 기분이 아니라고요. 항변하고 싶은 마음이 들어도 그만둬버렸다. 왜. 엄마는 왜냐고 묻겠지만 내가 이유를 말해도 결코 이해하지 못할 테니까. 그래서 그게 왜, 사진은 누구나 찍는 거고 얼마든지 또 찍을 수 있는데 뭐가 문제야, 지금은 잠시 쉬면 돼……라고 말하는 엄마는 평생 내가 하는 일이 정확히 무엇인지 알지 못할 거라고 나는 결론내렸다. 내가 뭘 하고 싶고 무엇에 혹은 어디에 다다르고자 하는지 엄마는 전혀, 조금도 모른다고.

쉬면서 한번 만나보면 어떠니? 이이도 한 번 다녀왔는데 애는 없단다, 다행이지…… 엄마가 내민 낮모를 얼굴의 증명사진 따위를 들여다보면 더욱더 그런 생각이 들었다. 그럴 때면 당신의 살을 찢어 세상에 나왔는데 정작 그에게서 언제까지고 그 어떤 이해나 위로도 받을 수 없을 거라는 작은 절망이 샘솟았다. 나는 모르는 척 사진을 밀쳐두고는 서명은 많이 받았냐고 물었다. 화제를 바꾸자 엄마는 옅은 한숨을 내쉬며 학생들은 착하니까…… 웅얼거리고 돌아섰다. 엄마는 대학에서 청소 노동자로 일해왔는데 긴 시간 근무해온 직원들을 정규직으로 채용하지 않고 용역업체 소속으로 전환한다는 발표에 두 달이 넘도록 본관 앞에서 농성중이었다. 엄마에게서 오래된 먼지 더께와 같은 고단함이 읽혔다.

큰아버지 말대로 나는 다만 불효하고 있나. 모자라지도 넘치지도 않는 남자를 만나 다시 가정을 꾸리고 아이를 낳아 기르는 삶이 아니라면 그것은 정말 엄마에게 크나큰 슬픔을 남기나. 엄마를 슬프게 하지 않기 위해서 산다면 그러면 나는, 내 인생은 뭐가 남나.

단란하게 살아야 해, 여자로서 기쁨은 그게 다야, 라고 엄마는 지지난밤에 말했었다. 나는 그냥 한 인간으로서 기뻐지고 싶다고,

힘든 건 단지 그거라고 잠결에 옹알이하듯 혼잣말하면서도 아침에 깨고 나니 그 단어가 이질적으로 느껴졌다. 단란이라니. 여럿이 원만하고 즐겁고 화목한. 그런 거라면 일찌감치 사별한 엄마도 그다지 단란하지는 못했는데. 엄마의 우울을 지탱하는 건 그런, 채워지지 않는 '단란'과 같은 걸까. 엄마에게 나는 한평생 줄거나 메워지지 않고 번져나가는 틈새나 균열 같았던 건 아닐까. 머리가 아파와서 굵고 짧게 숨을 내쉬었다.

나는 보온 포트에 담긴 따끈한 커피를 새 잔에 따랐다. 그사이 한번 더 번개가 번쩍이고 천둥이 내리쳤다. 잦아들던 빗줄기가 빠르게 거세어졌다.

난방 온도를 높였는데도 좀 춥지? 얼마든지 더 마셔.

건네주는 커피를 우중이 고마워, 하고 받았다. 좀더 홀짝이고 잔을 내려놓고 나선 또 오래오래 손끝으로 테두리를 문질렀다. 비는 쏟아졌다 그치고 다시 쏟아지기를 거듭했다.

〈기다려줘〉네.

불현듯 우중이 말했다. 김광석을 듣는 건 오랜만인데 좋아하는구나 지금도, 라고도 덧대었다.

어…… 줄기차게 틀어놓는 것 중 하나지.

내 말에 그는 고개를 끄덕였다.

기억난다, 그러고 보니 넌 이 노래가 윤리적이어서 좋다고 했었지…… 노랫말이 윤리적이라고.

우중이 그런 말을 입 밖으로 꺼내자 나는 새삼스럽게 과거의 나와 얼굴을 마주하는 기분이 들었다. 어느 쌀쌀한 밤의 포차에서였나, 때마침 김광석의 목소리가 라디오에서 연달아 흘러나오고 이 곡을 함께 들으며 가사를 흥얼거리는 순간에 나는 그렇게 말했던 것도 같았다.

잘 들어봐, 나는 너를 이해한다고 단정 짓지 않잖아, 오만하지 않잖아, 상대를 이해하지 못하는 걸 인정하고 '마음에 이르는 그 길'을 찾겠다고 하잖아, 이해할 수 있을 때까지 기다려달라잖아, 이 얼마나 선한 의지야, 멋지지 않아? 소주 한잔에 뜨끈한 어묵 국물을 삼키며 이 얼마나 윤리적인 태도냐고, 수다스레 부려놓던 열에 달뜬 흥분들을 우중이 기억하고 있다니 괜스레 부끄러워졌다.

이제 점심때나 되어야 손님이 몰릴까 짐짓 딴생각을 하며 창에 붙어앉으려는데 그때에 그가 저기에, 라고 말했다. 뭐? 나는 고개를 돌려 되물었다. 저기에. 그가 손가락을 들어 재차 가리켰을 때 나는 창밖의 거리를 보았다. 저기에? 거리엔 그저 미처 녹지 못한 눈이 쌓인 질척한 아스팔트와 상가에서 내놓은 그러나 아직 치워지지 않은 쓰레기봉투…… 그가 무엇을 가리키는지 나는 두리번거리며 살펴야 했다. 그의 시선이 진회색 도로를 사이에 두고 맞은편에 위치한 또다른 카페를 향해 있다는 걸 알아차리기까지는 시간이 걸렸다.

내 와이프인데.

말하는 우중의 미간이 일그러졌다. 어쩐지 고통스러운 표정이었다. 나는 창가에 바투 다가앉아 테이블 위에 놓인 찻잔에 골똘히 시선을 주고 있는 여자를 바라보았다. 아, 저이라면 아까 들어간. 그런데 지금 둘이 뭐하는데, 라는 질문을 나는 속으로 감췄다. 말대로라면 부부가 골목을 사이에 두고 위치한 카페에 따로 앉아 있고, 남편이 아내를 지켜보고 있다는 건데 선뜻 그 이상을 묻기가 어려운 분위기였다. 우중도 우중의 아내도 뭐랄까, 세상을 다 잃은 침통한 얼굴이었다고나 할까. 그런 얼굴을 하는 사람에게 무언가를 묻기란 쉽지 않다. 무엇이 들려올지 모르니까. 차마 답을 듣기도 전에 두려워지는 느낌을 주는 어두운 기운의 의미를 모르지 않으니까. 나는 감지하듯 그와 그의 아내를 번갈아 살폈다. 아마도 이대로 시간이 흐르고 비가 그치고 날이 개고 해가 비춘다면 자리를 이동해가는 오후의 볕과 그 볕을 따라 창밖으로 수그러지는 그녀의 긴 그림자를 볼 수도 있겠지만 그녀가 입은 검정 코트만큼이나 세상은 빛 한 점 없이 적요하고 캄캄했다.

아이를 보냈어. 얼마 전에.

우중은 잠시 숨을 몰아쉬었다. 그 모습을 빤히 쳐다보기가 난처해서 나는 고개를 수그렸다. 찻잔을 쥐어도 보고 한 모금 더 마시기도 하면서 그가 힘겹게 이어가는 짤막한 말들을, 건너뛰었다가 다시 돌아오기도 하는 길지 않은 말들을 조합하며 들었다.

우중의 네 살배기 딸아이는 하원 시간에 낯선 여자의 손을 잡고 사라졌다. 그의 아내가 어린이집에 도착한 건 그뒤로 십여 분쯤이 흘러서였다. 이모라고 그랬어요. 전화해서 어머님을 바꿔줬는데 분명히 어머님 목소리였어요. 정말 똑같았는데. 지금처럼 그렇게 그, 그, 망설이듯 느린 말투도요. 교사는 울먹이며 발을 굴렀다고 했다. 정말이에요. 정말이에요. 아내는 교사가 되풀이해서 내뱉는 정말이라는 말을 되씹으며 그날의 저녁을, 이후로도 세 번의 낮과 밤을 경찰서에서 보내야 했다. 정말. 정말이라니. 아내는 거짓이 없으면서도 겉으로 드러나지 않은 어떤 것, 그것이 '정말'이라는 말의 의미라면 그게 대체 무엇인지 불안과 공포에 휩싸이지 않을 수 없었다. 그리고 사흘째 되어 이모라던 여자가 나타났을 때는 그 어떤 분노나 구원도 이 세계엔 존재하지 않으리라고 직감했다. 재미로 그랬어요.

그것이 다였다, 고 우중이 말하는 순간에 뭐라 대꾸해야 할지 몰라서 목구멍으로 쓴물이 올라오는 걸 느꼈다. 재미로 그랬어요. 포털 사이트 뉴스란의 기사 제목으로 본 적이 있던 것도 같았다. 사회면에 관련 기사와 사진만 해도 여럿 쏟아지던 사건이었다. 장난이었다고, 평소에 성숙해 보인다는 말을 많이 들어서 엄마 옷장에서 그럴듯한 옷을 꺼내 입고 헤어롤을 말아봤다고, 마스크를 쓴 열여섯의 여자아이가 플래시 세례를 맞으며 머리를 푹 숙였던가 아닌가.

소꿉놀이를 하다가 나왔다는 거야. 아파트 지하실에 아이를 남겨두고 왜 혼자 나왔느냐고 물으니까 그냥…… 그냥이래. 그냥 지루해져서 나왔는데 뭐가 문제냐는 투로. 있잖아 나는, 그애의 검고 단단한 눈동자를 보는데 무참해서, 인간도 세계도 너무 무참해서 머리가 돌아버릴 것 같았어. 와이프는 더했겠지, 나보다 더하면 더했지…… 내가 그 마음을 그 심정을 온전히 이해할 수 있을까. 그걸 이해하는 순간을 기다려달라고 내가 말할 수 있을까.

우중의 말을 들으며 나는 아랫입술을 깨물었다.

미안하다 이런 말……

그는 갈라지는 목소리로 말끝을 흐렸다. 나는 아니야, 했을 뿐 말문이 막혀서 더는 대답을 잇지 못했다. 와이프는, 하고 그는 다시 입 벌려 말했다. 네 달이 지나도록 그간에 아내는 실어증에라도 걸린 듯 전혀 말하지 않았다고, 애초에 말이라는 걸 잊은 사람처럼 지냈다고, 죽은 듯 자고 죽은 듯 깨어 있었다고, 그런데 간간이 풍경이나 찍어 올리며 방치하던 SNS 계정에 일주일 전쯤 글 하나를 게시했다고. 나는 건너편 카페에 고집스레 앉아 있는 그의 아내를 눈에 담았다.

누구라도 찾아와주세요, 용서를 빕니다……

그렇게 적어놓았다는 그녀를. 아이의 죽음을, 뜻하지 않은 사고였을 뿐인 생의 함정 같은 지점에서 그녀는 그 모든 죄의 시작이 자신인 양 굴고 있다고 우중은 말했다. 그녀가 용서를 빌고 싶어하는 상대도, 진실로 용서하고자 하는 대상도 모호하기만 하다고.

어떻게 해야 할지 모르겠어.

그는 찻잔을 깨뜨릴 듯 힘주어 감싸쥐었다. 그의 눈두덩이 붉어지는 걸 그러나 무언가 분명히 견디고 있는 이의 그것을 나는 망연히 보았다.

어떻게 해야 할지 모르겠다고, 이 모든 걸 어떻게 되돌릴 수 있느냐고 나 또한 말했었다. 오래되지 않았다. 사진작가로서의 불명예도, 남편과의 이혼도, 엄마와 큰아버지의 등에 떠밀려 매장에 나오는 것도 오래된 것은 아무것도 없다. 오래된 것은 없고 다만 현재 겪고 있는 것. 모든 실패와 좌절과 상처는 진행형이다. 세상은 이런 식으로 어쩌면 꽤나 극진하달 정도로 엄혹하다. 이따금 향 좋은 원두를 그라인더로 갈아낼 때조차 끔찍한 기분이 여전히 가시지 않고 있다는 걸 절감하기도 하니까. 모두 가버리고 무어든 지나간다고 믿지만 결국 되돌릴 수 있는 건 아무것도 없다는 점에서 인간은 필연적으로 패배자라는 생각만이 절절히 들기도 하는 거니까. 이겨낼 수 없어. 나는 널 이길 수 없으니 제발 안심해. 절망의 얼굴을 한 누군가 찾아오면 어느 때고 즉시로 이런 대답을 하고 돌려보낼 태세를 갖추며 그간의 나는 방어적으로 단련되었다고 믿었는데. 우중을 보고 있으니 그냥, 나는 그냥 슬펐다. 아마도 예전의 나였다면 우중과 그의 아내의 모습을 사진으로, 이 찰나의 슬픔을 박제하고 싶은 충동에 시달렸을지도 모르겠다.

서른이 넘어서까지 나는 공모전에는 끝내 당선되지 못했다. 장려나 가작 정도여도 만족했을 텐데 기회가 주어지지 않았다. 언제까지나 아무런 이력도 가질 수 없을 것만 같아서 나는 만성 스트레스에 시달렸다. 데뷔는 뜻하지 않은 곳에서 이루어졌다. 서른셋의 어느 여름날에 나는 대형 쇼핑몰 안으로 들어섰다. 약속이 있다거나 한 건 아니었고 지나다가 단지 더워서, 온몸에 매달린 이 끈끈함을 좀 식히고 갈까 싶어서 시원한 에어컨 바람이 나오는 출입구에 잠깐 머물 생각이었다. 쇼핑몰은 자동 회전문을 중앙에 두고 고급 대리석으로 마감된 양쪽 벽, 그 아래로 왼쪽은 분수대 오른쪽은 벤치로 꾸며져 있었다. 가운데는 싱그러운 조경. 바깥과 달리 기분까지 산뜻해지는 서늘함에 취해서 나는 뷰파인더에 눈을 대고 멋들어진 쇼핑몰의 내부를 바라보는 중이었다.

대리석 벽면이 무너져내리던 그 갑작스러운 순간에 뒷걸음질을 치면서도 셔터를 누른 건 정말이지 우연이었다. 손가락 끝에 경련이 일었을 만큼의 연사였고, 무엇을 찍은 건지 찍은 게 사실이 맞는지 전혀 확신할 수 없을 정도로 심장이 빠르게 뛰었다. 도무지 믿기지가 않았다. 충격 속에 사람들의 고성과 사이렌 소리가 겹치고…… 망부석처럼 서 있던 내게 다가와 직접 목격하신 거예요? 혹시, 라며 카메라를 손으로 가리킨 방송기자에게 사진을 전송해준 건 글쎄 그건 우연이었을까. 내 사진은 뉴스에 보도되고 전국으로 송출되었다.

대리석의 벽면에 크랙이 가고 일순간 건잡을 수 없이 붕괴되어버리고 말던 순간에 내가 찍은 건 그 밑의 벤치에 앉아 있던 한 여자, 허리춤에 포대기를 두르고 있던 아기 엄마였다. 사진 속에는 아기의 얼굴은 보이지 않았지만 멍한 눈빛의 아기 엄마만이 무너지는 대리석 속으로 함몰돼버리는 아주 짧은 동안이 담겼다. 그리고 잔인하게도 그것이 나의 데뷔 작품이 되었다. 여론의 탄식과 조롱을 동시에 받았지만 신경쓰지 않으려 했다.

이후로는 어디든 불려다녔다. 내가 찍은 사진을 필요로 하는 곳이라면 가리지 않고 사진을 찍었다. 유명 배우와의 화보, 신진 디자이너와 진행하는 전시 협업, 공익광고 연출까지 일은 끊임없이 밀려들었다. 개봉 예정인 영화의 티저 포스터를 찍기 위해 제작사에 갔다가 명함을 주는 대신 밥을 사겠다고 말한 대표와 사귀게 되고 순탄히 결혼도 했다. 예술을 하진 못하더라도 이렇게 사진 찍는 일을 하면서 살아갈 수는 있을 거야, 지문이 닳도록 셔터를 누르고 화이트노이즈를 조절해가면서 말이지, 쓸쓸히 자조하며 시간을 흘려보냈다. 그러나 한 장의 사진이 나를 구원했듯 다시 또 한 장의 사진이 나를 몰락시킬 거란 걸 나는 또한 알지 못했다.

몰랐어요. 나는 진술해야 했다. 몰랐다고. 당연히 친구나 애인 사이인 줄로만 알았다고. 거듭해서 같은 말을, 내게는 지극히 진실이고 사실인 말을 아이러니하게도 진실처럼 또 사실처럼 말하기 위해 애써야 했다.

그날 나는 강남의 한 공원에서 하이패션 화보를 찍고 있었다. 전위적이거나 예술적이지 않은, 대중에게 친숙하면서도 다소 색다른 질감의 사진을 찍어달라는 제안을 받고는, 11월의 차가운 저녁놀을 배경으로 캐시미어코트를 걸친 모델들을 렌즈에 담았다. 뒤로, 뒤로. 정확하진 않지만 아마도 디지털에서 흑백필름 카메라로 바꾸며 코트 주머니에 두 손을 푹 찌르고 있는 양 갈래 머리의 모델에게 그런 말을 하고 있을 때였던 듯한데. 뒤로, 조금만 더 뒤로. 렌즈에 눈을 대고 몇 번 더 그 말을 하다가 나도 모르게 모델의 뒤쪽, 야트막한 언덕을 오르는 한 쌍의 남녀에게 초점을 맞췄다. 외국인 여자와 한국인 남자, 아니 여자가 한국인이고 남자가 외국인인가 확실하지 않지만 별다른 의도 없이 셔터를 눌렀다. 다정해 보이는 뒷모습이었다. 귀여운 국제 연인쯤으로만 여겼다. 그게 다였다. 나는 나의 일에 몰두했다.

필름을 인화하는 과정에서 그 우연한 포착은 기분좋은 결과물로 이어졌다. 이후로 나는 그 사진을 개인 전시의 티켓에 인쇄했을 만큼 유난한 애정을 가졌다. 겨울 초입의 지는 석양을 배경으로 모로 누운 억새가 도처에 깔려 있는 언덕배기. 그곳을 찬찬히 오르는 두 남녀의 뒷모습이 묘하게 애틋하면서도 그로테스크해 보여 마음에 들었다고나 할까. 내 개인전의 테마는 '사랑'이었다. 통속이 아닌 보편을, 관념이 아닌 구체를 말하고 싶었다.

그러나 전시 마지막날 찾아온 어느 중앙지의 기자는 내게 이 사진을 찍은 날짜와 상황을 콜콜히 캐물은 뒤 그 자리에서 아이패드를 꺼내 피디에프 파일을 열었다. '이별 통보에 무차별 폭행, 여자친구 야산에 묻어'. 그것이 기사 제목이었다. 이들은 국제 연인이 아니에요. 여자는 외국인이 아니고요. 염색 머리였던 걸까요? 흑백이라 사진만 봐서는 뚜렷하지 않지만. 아무튼 헤어지기 전에 딱 한 번만 만나달라며 불러내선 데리고 올라간 거죠. 여자가 살해되기 전에 마지막으로 본 목격자시네요, 작가님은. 기자가 갤러리를 떠나고 다음날 경찰서에 와서 참고인 조사를 받으라는 출두 고지서를 받았다. 내 사진은, 첫 전시회의 티켓에까지 인쇄해 배포한 사진은 데이트 폭력이 살인으로 이어진 범행 직전의 장면으로 알려지며 세간의 큰 관심을 모았다. 이후로는…… 이후로는 아무것도 찍을 수 없었다.

넌 실의에 빠졌을 뿐이야. 남편은 나를 위로했지만 의욕을 잃었다는 것만으로 내 절망의 상태를 이야기할 수는 없었다. 나는 몰락했다고 느꼈다. 내 안의 세계가 헝클어지고 바스러져 그러니까 멸망하여 모조리 없어지는 걸, 보잘것없이 형체를 잃어버리는 걸 감각했다. 심정적으로 그랬다. 한번 그것을 경험하고 나자 가라앉은 기분이 좀처럼 나아지지 않았다. 재건은 어렵다고, 나는 나를 일으켜세울 수 없고 결정적으로 내 안에서 뭔가가 죽어버렸다는 것만을 인지했다. 내 안에서 어떤 빛과 같은 것이 순식간에 꺼져들었고 나는 순순히 어둠 속에서 눈을 뜨고 감길 반복하며 살아가게 될 거야…… 그런 불길한 예감만이 비바람처럼 나를 휘감고 젖어들게 만들었다.

그리고 그제야 나는, 무너져내리는 대리석의 파편들과 그 찰나에 부유하던 보송한 먼지 더미 속으로 사라져버린 아기 엄마에게 내가 얼마나 큰 부채감과 죄의식을 지니고 있었는가를 깨닫게 되었다. 타인의 비극을 지렛대 삼아 양지로 건너온 나의 걸음을 돌아봤어야 했다고. 속죄해야 했다고도.

나조차도 스스로를 설득할 자신은 없이 나는 그저 엄마에게로 도망쳤다. 익숙한 품안에 고요히 숨어들고만 싶었다. 남편은 도저히 견딜 수 없다는 듯 고개를 외로 틀며 나를 떠나갔다. 아내라는 역할의 수행자를 기대했던 남편에게 나의 절망은 예상 가능한 범위 바깥에 놓인 것이었다. 생각지도 못한 뜻밖의 영역. 아쉽지 않았다. 그는 이성적으로 나를 위로했으나 그에게선 일말의 위안이나 내밀한 평화도 얻을 수 없었으니까.

나는 빈 테이블에 홀로 앉아 있는 우중의 아내를 응시했다. 눈길을 모아 똑바로. 우리의 이 모든 불행은 다만 시기적으로 우연히 겹쳐버린 불운일 뿐일까. 물을 수만 있다면 묻고 싶었다.

와이프랑 소개팅으로 만났는데 말이야. 언제 반했는지 알아?

우중은 우울한 미소를 띠며 말했다. 고통스레 붉어진 그의 안색이 플래시가 터지듯 아주 잠깐 밝혀지는 걸 보았다.

가까스로 직장을 잡고 매일 야근에 회식에 머리가 어질어질하던 때였거든. 시력이 나빠졌는지 눈도 뻑뻑하고 목도 뻐근하고 그런 때 있잖아…… 동기가 소개팅을 해준다기에 못 이긴 척 끌려 나와 점심시간에 만났는데 이탈리안 레스토랑에서 마주앉은 여자의 얼굴은 고사하고 메뉴판의 글자도 제대로 눈에 안 들어오지 뭐야……

그는 찬찬히 복기하듯 말했다. 기운이 빠져 늘어지듯 빛은 이내 사그라졌다.

머리통을 흔들며 나는 아마 그런 말을 했을 거야. 미안합니다, 아무것도 못 읽겠네요. 그러니까 와이프가 대답하는 거야. 이 세계가 좀, 읽을 수 없이 아름답기는 하죠…… 웃기지. 그제야 여자의 얼굴이 제대로 보였어. 보게 되더라고. 우리 사는 이 세계가 읽을 수 없이 아름답다고 말하는 여자가 너무 미치게 환해서…… 가슴이 뛰었어. 그랬던 시절이 있는데 우리에게는. 아니 내가 지금 무슨 말을 하는 거지, 네 앞에서 이런 얘길 늘어놓게 될 거라고는…… 미안해, 오랜만에 만났는데.

무슨.

나는 손사래 쳤다. 사과받기엔 그의 추억이 지나치게 어여뻤다. 그렇게밖에는 생각되지 않았다.

지금도…… 아직도 아름다울까?

그는 찻잔을 잡았던 두 손으로 뒷머리를 감싸쥐었다.

인생은 〈러브레터〉도 〈오! 수정〉도 아니었어. 있잖아 그저, 그저……

깍지 낀 우중의 손가락이 가늘게 떨렸다. 유리창을 사이에 두고 내리꽂히는 빗소리는 그침이 없었다. 코끝이 시큰해지며 나는 분노도 뭣도 아닌 허망함만을 느꼈다. 우중과 나는 어째서 이런 때에 이런 모습으로 조우하게 되었을까.

다다르고자 했던 곳으로 조바심내며 줄달음치기에만 바빠서 언제나 그것만이 허기처럼 일상을 잠식해버려서 지나간 우리의 사랑과 이별은 서툴렀다. 그토록 어색하고 서먹하던 이십대의 청춘으로부터 벗어난 지도 오래되었다. 그래도 그때는 무엇이든 실패하고 상처받아도 좋다는 관용과 포용이 우리의 세계에 존재했다. 부족한 자신을 스스로 다독이고 용서하고 새로이 시작할 수 있는 단순함. 말마따나 읽을 수 없이 아름다운 난독의 세계였는지도 몰랐다. 그건 명백한 청춘의 윤리였다.

그러나 지금, 그때의 우리로부터 우리는 너무 많이 걸어와버린 것이나 아닌가 하는 기분이 든다. 그 시절의 우리와 지금의 우리는 분명히 다르다. 달라졌다는 걸 알고 있다. 그렇다고 해서, 시간이 놀라운 속도로 우리를 이끌어왔다고 해서 충분히 상처받았어야 했다는 것은 아니다. 그런 상처가 결코 치유되지 않을 내상처럼 몸에 꼭 각인되어야만 비로소 어른이 될 수 있는 건 아니니까.

길이 없어.

우중이 고개를 들지 않고 있는데도 그의 목소리가 먼 데 어딘가의 종소리처럼 들려오는 듯했다.

하지만 길이 없어, 여기서는 뭔가 일어날 수 없나?……

마음이 끝 간 데까지 물크러져 풀어지는 기분이 전신을 뒤덮었다. 뭔가 일어났으면 좋겠다고 안달복달하던 젊은 날이 있었는데. 추후. 나는 추후에 대해 생각했다. 추후의 세계랄 게 있다면 그러니까 일이 지나간 얼마 뒤에 이전의 시기를 돌아보는 세계가 있다면 인간이 저마다의 삶의 선택과 행위들을 이끈 것이 어떤 힘이었는지 알 수 있게 될까, 하고.

나는 빗줄기가 잦아드는 걸 멍하니 주시했다. 우중에게 어떤 말이라도 건네고 싶었는데 뭘 말해도 다 시답잖은 것일까봐 입이 썼다. 진정한 위로라는 게, 타인이 타인을 위로한다는 게 가능할까. 나는 홀로 고개를 젓다가 한기를 느끼고 자리에서 일어났다. 온풍기의 온도를 조금 더 높였다. 따뜻한 바람의 세기를 조절한 뒤 테이블로 돌아왔다.

쌀쌀하네.

달리 뭐라 말해야 좋을지 몰라서 나는 뺨이 달아올랐다. 답답했다. 아무리 고민해도, 무엇을 이야기해야 할지 감을 잡을 수가 없었다. 그러다 우중이 아…… 하고 나지막한 음성을 뱉었을 때 나도 번뜻 고개를 들게 되었다. 꼼짝하지 않고 앉아 있던 그의 아내가 느릿한 걸음으로 카페를 나서고 있었다.

가봐야겠어.

그는 서둘러 코트 주머니를 뒤적여 지갑을 꺼냈다.

됐어, 됐어.

나는 손을 내저었는데 그는 아니야, 아니야, 하며 만원 지폐 한 장을 테이블 위에 놓아두고 일어섰다.

아니야 이건, 어 그러니까 반가워서.

말과 다르게 우중의 표정은 암울했다. 나는 더 말하지 않고 고개를 주억거렸다.

잘 지내.

그가 또 말했다.

아 참, 우산이 어디 있을 거야.

내가 일어서자 그가 아니야, 소리를 두어 번 더 되풀이했다.

잠잠해진 것 같은데 뭐. 그냥 갈게.

그는 코트의 깃을 세우고 단추도 채웠다. 또 올래, 다음엔 아내분과 함께, 그러면 정말 따끈하고 맛좋은 커피를 만들어줄게…… 라고 인사하고 싶었는데 목구멍 언저리에서만 맴돌고 말았다.

추워. 조심히 가.

다 좋아지리라 믿어, 힘내, 라는 말도 어쩐지 모형 같고 제스처인 것만 같아서 건네지 못하고 나는 추워, 소리만 했다. 추워, 너무 추워, 그러니까 부디 조심히…… 그런 마음으로. 문 앞으로 걸어간 우중이 내 말에 슬쩍 돌아섰다.

여전하네.

응?

추위 많이 타는 거.

내가 그랬나.

그랬지.

그가 힘없이 웃었다. 소리내지 않고 조용히. 내가 짧게 손을 흔들려는데,

따뜻해질 거야.

그가 윤기 없는 목소리로 덧붙였다.

응?

오후부터. 오후부터 따뜻해진대.

그는 내 대답을 듣지 않고 서둘러 문을 열고 나갔다. 딸랑딸랑. 가벼이 흔들리는 종의 쇳소리를 들으며 나는 조금 멍했다.

누가 누구한테……

찰박이는 거리를 구둣발로 밟고 뛰어가는 그의 뒷모습이 보이지 않을 때까지 지켜보았다.

그가 떠난 뒤에야 괜한 눈물이 비어져나왔다. 어쩐지 분했다. 분하고 서글펐다. 모형 같고 제스처 같아서 포즈 같고 기만 같아서 차마 건네지 못했던 진심을, 변형되고 왜곡될까 두려워 쉽게 하지 못했던 위로를 무심코 부려놓고 간 그가 놀라워서. 인간이 이렇게나 어설프고 우연하고 따스하고 가여워서.

이 비루하고 황폐한 세계에 남겨진 단 하나의 테이블이라도 된

다는 듯 나는 자리로 돌아와 다 식어버린 찻잔을 가만히 내려다보았다. 얼마 지나지 않아서 또 문에 매달아놓은 종이 흔들리는 소리가 들렸다. 뒤이어 한 무리의 소음도 달라붙어왔다. 어쩜 이렇게 쏟아져. 그러니까 말이야, 이 한겨울에 어쩌면…… 뒤돌아 움직여야 한다고 생각하면서도 나는 자꾸만 머뭇댔다.

오래전 고독

부고는 오지 않았다. 오늘을 넘기기 힘들 것 같다던 어른의 상태는 하루가 지나고 이틀이 지나도 그대로인 듯했다. 제이는 종이컵과 믹스커피 한 봉을 집어들었다. 나일론으로 성글게 만들어진 검은 상복이나 다급히 타들어가는 향 따위가 코끝에서 아른거리는 걸 느끼며 컵 안으로 뜨거운 물을 따라 넣었다. 의식하지 않으려 했지만 며칠째 어느 것에도 제대로 집중하지 못하는 나날이었다. 잘 녹지 않는 커피 가루를 휘젓다가 한 손에 옮겨 쥐고 제이는 의자를 빼서 앉았다. 그리고, 자신이 아무것도 잊지 않고 있다는 사실에 새삼 놀랐다.

제이의 부모는 그녀가 열여섯이던 무렵 아파트 뒷산에서 사고로 죽었다. 원인은 동반 실족이었는데, 제이는 그것이 너무나 우스꽝스럽다고 생각했다. 부모가 산책 삼아 단란히 손을 잡고 뒷산에 올랐을 리는 없었다. 제이의 눈에 그들은 헐뜯기 위해 매일같이 눈을 마주치는 사이였고, 언제나 서로를 미워했다. 애틋이 가슴 떨렸을 부모의 어느 호시절을 제이는 전혀 상상하지 못하고 자랐다. 그들의 허망한 마지막은 이해되지도 믿기지도 않는 것이었다. 우린 어디로도 안 가요, 그러니 아파트고 뭐고 아무것도 손대지 마세요! 다섯 살 터울의 세이가 단호히 소리쳤을 때에야 제이는 비로소 안도했었다. 말썽이라는 듯 난감한 표정으로 수군거리는 친척들 앞에서였다.

세이는 어땠는지 몰라도, 제이는 부모의 죽음을 떠올리게 될 어떤 계기나 증거와도 마주치지 않으려 애쓰며 지냈다. 남보다도 못한 친척들의 야멸참이나 무심함에 상처를 받았다고도 생각했지만, 인생이 그렇지, 깊이 담아두진 않으려 했다. 조용히 외면하는 것. 서로의 안부에 대해 콜콜히 캐묻지 않아 평온한 관계. 제이는 그것만을 원했다. 친손녀데 돌아가시면 내려와봐야지, 라고 전화가 걸려온 뒤로는 그러나 신경이 분산됐다. 언제가 될지 모르니 준비는 하고 있도록 해. 하루이틀이 지나자 그 말이 따갑게 목을 죄어왔고, 그럴수록 피곤해졌는데, 제이는 그런 자신이 남루해 어른에게 죄스럽다가도 또다시 피로해지고 마는 걸 어쩌지 못했다. 어른을 뵀던 적도 까마득히 오래전이었다. '돌아가시면'이라는 전제로 부고만을 기다리고 있는 일상은 남의 옷을 걸친 듯 거추장스러웠다.

언니는 뭐하고 있을까.

세이의 번호를 눌러봤으나 신호음만 이어질 뿐 연결되지 않았다. 잠들었거나 외출했을 수도 있는데 제이는 세이와 통화가 되지 않을 때마다 여전히 마음이 졸아들었다. 종료 버튼을 누르고 전화기에 뜬 날짜를 들여다보다가 제이는 불쑥 곱씹었다. 4월…… 원형탁자를 마주하고 자리한 이단짜리 소형 냉장고에 절로 눈길이 갔다. 냉동실 손잡이 언저리에 노란색 스티커 한 장이 붙어 있었다. 세월호 1주년 잊지 않겠습니다. 눈을 비비고 싶다고 생각하면서도 제이는 아무것도 하지 못하고 잠시 멍하니 있었다. 날짜가 언제 또 이렇게 되었지…… 머릿속이 어지러웠다. 어느새 벌써 4월 중순, 이라는 생각에 캄캄히 함몰되었다가 가까스로 정신을 차린 건 누군가 탕비실 문을 열고 들어와 테이블 위를 두드린 순간이었다.

여기서 뭐해요?

윤이 조심스레 말을 걸었고,

아…… 그냥. 커피요.

제이는 주저하며 일어났다. 윤은 제이의 손에 들린, 좀처럼 줄지 않은 채로 이미 다 식어버린 커피잔을 힐끔거리면서도 더는 아무 말 하지 않고 제이가 냉장고 앞을 지나 문밖으로 빠져나가는 걸 주시했다.

어때요, 제이씨? 우리 이런 걸 만들어봤는데.

제이는 사무실로 들어서자마자 누군가가 잡아끄는 손길에 이끌려 더듬더듬 걸었다. 직원들 몇몇이 몰려들어 둥근 정수리를 맞대고 아이패드를 들여다보는 중이었다. 빠르게 넘어가는 화면엔 시대별로 가장 유명했던 영화들만 골라 패러디한 포스터들이 담겨 있었다. SF, 액션, 드라마, 무협, 장르도 다양했는데, 네 귀퉁이마다 노란 리본 마크를 새기고 아직 돌아오지 못한 아이들의 이름을 상하단에 나누어 적은 추모 포스터였다.

좋은데요.

제이는 말했다.

광화문에 가려고요.

누군가 말했고, 제이는 그들의 곁에서 부재중이었던 세이를 잠시 생각했다. 일단 이걸로 프린트해둘까요? 배지는 로고로만 단순하게 씌우고, 라고 의논한 뒤 모두가 찬찬히 흩어지자 제이도 걸음을 옮겼다.

자리로 돌아와 모니터를 바라본 지 얼마 되지 않아 제이의 책상 위에 무언가 조심히 놓였다. 사무실 앞에 위치한 프랜차이즈 카페의, 익숙한 종이컵이었다.

아…… 그냥. 커피요.

윤이 그런 말을 내뱉고는 미소 지었다.

포스터는 봤어요, 참?

묻는 윤에게, 제이는 그저 고개만 끄덕여 보였다. 윤은 소년처럼 말간 얼굴로 부끄럼을 감추며 돌아섰다. 제이는 관심 없다는 표정을 지으면서도 파티션 너머로 둘 사이를 집요하게 관찰하고 있는 동료들의 시선을 고스란히 느꼈다. 잘했어, 윤, 잘하고 있어, 속으로 응원이라도 하고 있을지 몰랐다. 꽤 큰 사이즈의 커피를 앞에 두고 제이는 아랫입술을 깨물었다. 아…… 그냥 커피요, 라니. 제이는 탕비실에서 자기가 했던 말을 잊지 않고 유머라는 듯 되돌려주는 윤에게 미안해졌다. 마시지 않고 타놓기만 했던 커피잔을 유심히 보고는 굳이 사무실 밖의 카페로 가서 더 크고 더 뜨거운 커피를 주문했을 그 마음에. 애정 어린 친밀함이라는 건 이런 일방적인 관계에서 쌓이지는 않는다고 제이는 고집스레 생각했다. 윤의 고백을 거절한 지도 한 계절이 흘렀다.

제이는 지난해 여름휴가가 끝난 직후에 이곳으로 자리를 옮겨왔다. 여남은 명의 사무실 동료들은 보기 좋게 그을린 얼굴들로 그녀를 환영해줬다. 대부분 기혼이었던 그들이 다소 부자연스러운 행동으로 윤과 제이를 붙여놓으려 한 게 가을 즈음이었으니 불편한 시간은 오래 이어져온 셈이었다. 아니라고 손사래도 쳐보고, 예의를 갖춰 자리를 빠져나가도 봤지만 소용없었다. 동료들은 짓궂은 어린애들처럼 윤을 떼밀었다. 윤이 부탁한 것인지 동료들의 주동인지 알 길은 없었지만 제이는 어느 쪽이든 달갑지 않았다.

윤이 아주 사교적이고 호방한 성격이었다면 동료들 앞에서 좀

더 단호히 거부했을지도 몰랐다. 하지만 윤은 누가 봐도 유하기만 한 사람이었다. 중키에 호리호리한 몸집의 외형은 상관없었다. 남자 치곤 섬세하고, 나긋한 말씨에, 배려심이 많고, 주어진 어떤 일 앞에서나 차분히 생각하는 편이었다. 물론 윤이 동료들의 신뢰를 받는 게 그런 부드럽고 신중한 성품 덕이라는 걸 제이도 알았다. 윤은 참 좋은 사람이야, 그렇지? 하고 동료들이 기대에 찬 눈빛으로 물어올 때마다 제이가 그렇죠, 라고 맞장구를 친 건 거짓이 아니었다. 제이는 진심으로 윤이 좋은 사람이라고 여겼다. 그러나 그뿐이었다. 제이의 대답이 희망찬 어조로 부풀려져 윤에게 전달되었다고 해도 어쩔 도리가 없었다. 윤은 좋은 사람이지만 느리고, 우유부단하고, 누구보다 따뜻해서 누구보다 상처받기 쉬워 보였다. 애인이 되고 싶다거나 평생을 약속할 만한 가까운 사이가 되고 싶지는 않았다. 제이는 좀더 마음놓고 의지가 될 만한 사람을 사랑할 수 있었으면 했다.

유약하다고만 여겼는데 윤은 한 해의 끄트머리에 집 앞으로 찾아왔다. 성탄절에, 딴에는 큰 용기를 낸 것일 텐데 제이는 무정히 굴었다. 귀찮다는 듯 심드렁한 태도로 여러 번 전화를 받지 않았고, 집 앞에 오래 세워두었다. 그러다 심상치 않은 날씨에 제이는 한숨을 쉬며 신발을 꿰어 신었다.

제이씨는 나를 너무…… 너무 고독하게 해요.

고백을 거절한 뒤 돌아선 제이가 윤에게서 서늘히 들은 말은 그것이었다. 폭설이 내리는데 우산도 없이 공원에서 삼십 분이나 서 있느라 제이는 지쳐 있었다. 돌아서면 붙들고, 돌아서면 붙들고. 윤은 끈질겼다. 너무…… 너무 고독하게 한다니. 끝끝내 윤의 손길을 뿌리치고 집으로 돌아가면서 제이는 윤이 말한 '너무'라는 부사어에 대해 한참이나 생각했다. 너무, 너무나, 과히, 지나치게…… 나는 그를 어떤 냉연한 마음의 한계로 몰아간 것일까. 제이는 당황스러웠다. 한숨인 듯 기도문인 듯 윤이 내뱉은 '고독'이라는 말도 낯설고 난해하기만 했다.

그 다음날 윤은 출근하지 않았다. 병가를 내고 이틀간 쉬고 나온 윤은 해쓱해 보였지만 제이에게 어떤 눈치도 주지 않았다. 평소와 다를 바 없이 동료들에게 하는 만큼 똑같이 대해주었다. 점심시간이면 으레 다가와 뭐 먹고 싶어요?라고 물었고, 사무용 의자가 불편하진 않은지, 비품이 떨어지진 않았는지 소소한 것들을 자주 챙겼다. 그런 윤을 물끄러미 바라보는 동안이면 제이는 그가 말한 '고독'이라는 말에 대해 생각하곤 했다. 고독…… 세상에 홀로 떨어져 있는 듯이 매우 외롭고 쓸쓸함. 포털 사이트에 무심코 검색해본 단어의 결과는 그런 뜻이었다.

제이는 '세상에 홀로 떨어져 있는 듯이'와 '매우 외롭고 쓸쓸함' 사이에서 부유하듯 마음을 썼다. 매우 외롭고 쓸쓸하다고 윤은 말했던 것이다. 망망대해 같은 이 세계에서 영원히 혼자인 기분. 심연 같은 고립의 상태를 제이 역시 겪었고, 겪어왔다. 그 마음을 충분히 헤아리지 못한다고 할 수 없으면서도 외면하기란 난처했다. 그런 부담감과 싸우며 한 계절이 지났던 것이다. 윤의 고백도, 제이의 거절도, 동료들은 모르는 체 굴었다. 윤이 내색하지 않았을 수도 있었다. 이 불편함을 지속하지 않으려면 그만둬야 할까, 매일 고민하면서도 조금만 참으면 다시 원래 자리로 돌아갈 수 있겠지…… 제이는 머뭇댔다. 생각보단 일이 고되지 않았고, 재미도 있었다. 윤 때문이 아니라면 보다 더 무탈하고 미미한 생활을 이어갔을 거였다.

제이는 여름이 오기를 기다리며 모니터로 시선을 돌렸다. 모니터 속엔 옛날 영화 포스터 한 장이 띄워져 있었다. 오래되어 찢기고 색이 바랜 부분들을 긴 시일에 걸쳐 세밀히 손본 뒤 스캔한 것이었다. 변색되고 오염된 영화 포스터들의 원형을 복원하는 것이 제이의 일이었다. 미술관에서 일하던 제이는 영상자료원과의 전시 협업 때문에 단기적으로 자리를 옮겨온 파견 직원이었다. 영상자료원이 보유한 오래된 자료들을 복원 및 보존 처리한 뒤 전시하는 것이 이 작업의 종착지였다. 여름이 오면 전시가 시작될 예정이었다. 제이는 마우스를 잡아 쥐었다. 마우스 패드 가까이 윤이 놓아두고 간 커피가 손날에 닿자 뜨거운 기운이 밀려왔다. 종이컵에 담겼는데도 쉽게 식지 않은 채였다.

업무의 성격 탓일지도 모르지만 제이는 일을 하다가도 문득 '복원'이라는 단어에 대해 더러 생각했다. 찢기거나 잘려나간 자리를 메우고, 지워지거나 색 바랜 흔적들을 더듬어 원래대로 해놓는 것에 대해서. 현존하는 가장 오래된 영화 포스터인 〈임자 없는 나룻배〉의 원형 복원을 힘겹게 마쳤을 때는, 제이가 일을 시작한 지도 서너 달이 지났을 무렵이었다. 원장은 포스터뿐 아니라 앞으로 있을 필름의 복원도 제이씨가 도와줘야 하지 않겠냐고 떠들어대며 흡족해했지만, 제이로서는 별다른 감흥이 없었다. 회화작품의 복원사로 일하고 싶었던 제이는 영상자료원으로 차출됐을 때 말 못할 패배감에 휩싸였었다. 미술관에서 근무하는 신입 복원사들 중 외국 유학 경험이 없는 사람은 제이뿐이었다. 제이도 그것을 잘 알았다. 되돌릴 수 있는 것은 없었고, 없으니, 주어진 환경에 적응해야 한다고 마음을 다잡았다. 어쩔 수 없다고. 어쩔 수 없는 것은 다만 어쩔 수 없는 것. 어찌해볼 도리가 없는 것이라고.

그러나 가을이 지나고 또 겨울이 되면서 제이는 현실에 순응하고 수긍해 가만히 있는 것 또한 패배감에 젖은 자의 또다른 제스처임을 깨달았다. 그리고 자신이 '복원'이라는 말을 곱씹었던 이유는, 그 말의 의미가 '원래대로 해놓다'에 있는 것이 아니라 '회복하다'라는 것에 있기 때문이라고 결론내릴 수밖에 없었다. 회복이라니. 제이는 이 세상의 그 어떠한 훼손도 온전한 복원은 불가능한 것이 아니냐고 생각했다. 복원은 영구적인 것이 아니다. 시간이 흐르면 다시 복원되어야만 한다. 거듭 반복되는 복원의 무한 속에서 복원은 그저 한시적인 재현일 뿐, 소실이나 상실을 애초에

'없었던' 것으로 만들지는 못하는 것이다. 그러니 회복이란 더더욱 가능하지 않은 것. 이 모든 절망감은 세이 때문이었고, 그런 이유로 제이는 오래도록 울적했다.

제이가 대학을 졸업한 직후에 세이는 결혼했다. 스물아홉이었고, 상대는 입사 동기인 기영이었다. 혼자 지낼 수 있어. 난 괜찮아. 고집부리는 자신을 바라보던 세이의 눈빛은 언제고 잊히지 않았다. 그 눈빛에 흔들리지 않기 위해 긴 밤 때때로 울음을 삼키는 적도 있었다. 그건 아마도 세이 역시 마찬가지일 거라고 제이는 생각했다. 잘 부탁해요. 처음 소개받는 자리에서 기영은 제이에게 말을 놓지 않았다. 겸손하고 매너 있는 태도가 제이는 마음에 들었다. 저도 언니 잘 부탁드려요 형부, 라고 제이가 대답했을 때 수줍은 듯 귀밑까지 붉어지던 기영의 얼굴도 좋았다. 단단하고 아름다운 부부가 되어주길. 제이는 예식 날 세이의 등뒤에서 속삭이듯 빌었다.

둘은 평범히 지냈다. 맞벌이하면서도 다투지 않았고, 다정히 서로를 위했고, 이따금 주말이면 차를 끌고 찾아와 드라이브를 가자며 제이를 졸랐다. 그러면 셋은 한강 둔치 어디쯤 자리를 잡고 도시락을 먹거나 시답잖고 쓸데없는 일상사들을 화제로 떠들어댔다. 석양이 질 무렵 둘이 오붓이 자전거를 타도록 제이는 얼굴에 책을 덮고 자는 척하길 즐겼다. 세이와 기영은 그것을 알면서도 적당히 모른 척해주었을 것이다. 그간에 세이는 두 번의 계류 유산을 겪고 회사에서도 퇴직했다. 둘의 결혼생활은 겨우 오 년간 이어졌을 뿐이었다.

기영은 지난해 3월에 가뭇없이 사라져버렸다. 세이는 그것이 불가능하다고도, 불가해하다고도 말했다. 불가능한 것과 불가해한 것에는 어떤 차이가 있는 건지 제이는 알지 못했지만, 하릴없이 고개를 주억거렸다. 있을 수 있는 일과 있어서는 안 될 일 사이에서, 벌어져서는 안 되는 일과 이미 벌어져버린 일 사이에서, 아무것도 선불리 확신하거나 함부로 근심하지 못했다. 세계는 이해할 수 없는 일들로만 가득했다. 제이는 괴로워하는 세이 곁에서 그녀 역시 부지불식간에 사라져버릴까봐 어깨를 옴츠렸다.

기영이 홀로 배낭을 메고 여행을 떠나기 전에 대해서라면 제이도 조금은 알고 있었다. 그즈음 기영은 세이에게 회사를 그만둬야 할 것 같다고 토로해왔었다. '아무래도'라고 힘주어 말하면서도 무슨 일인지 정확히 설명해주지 않는 기영이 야속했어. 때때로 퉁명스러워지거나 언성을 높여 싸우려 드는 것도 기영답지 않았지. 밤이면 잠을 통 못 이루는 것 같았고, 멍하니 앉았다가도 뜻 모를 분을 삭이는 듯 머리칼을 흩뜨렸고 말이야. 세이는 직장에서 기영의 스트레스가 큰 탓일까, 갸웃거리며 제이에게 고민을 털어놓았다. 기영을 이해하려 노력했던 세이의 묵묵한 기다림을 제이는 지켜봐주었다. 어느 날엔가 세이는 퇴사 전 긴밀히 지냈던 여직원과 메신저로 대화를 나누다가 기영에 대해 넌지시 떠보았다고 한숨 쉬기도 했다. 여직원은 기영이 말하지 않더냐고 묻고는 일방적으로 당했지 뭐, 하고 덧붙였다. 계오, 라는 이름이 흘러나왔다.

계오라면 세이도 잘 알았다. 세이가 퇴사하기 한 해 전쯤에 입사한 후배였다. 사근사근히 기영을 형처럼 따랐고, 또 잘 챙겼다. 기영도 누구보다 계오를 친근히 생각했던 것 같았다. 봄, 가을로 사내 체육대회라도 있는 날 저녁이면 아니 그러니까 계오가 정말 웃긴 녀석인 게, 라며 기영이 쉬지 않고 떠들어대곤 했던 걸 세이는 천천히 상기했다. 그런데 무슨 일이 있었는지는 몰라도…… 여직원이 말하곤 잠시 멈췄다. 미안, 잠깐 부장이 뭘 좀 시켜서, 라며 채팅이 다시 이어지기까지의 십여 분간 세이는 한기를 느끼며 경직돼 있었을 거였다.

계오 말이야, 사람 그렇게 안 봤는데 아주 무례하더라고. 기영씨가 아무리 허물없이 대해줬대도 그렇지, 선배이고 상사 아냐? 차마 입에 담지도 못해, 갑작스레 기영씨한테 막말을 해대는데…… 말도 마, 직원들 다 있는 사무실에서 폭언도 그런 폭언이 없었어. 서로 간에 무슨 일이 있었는지는 모르지만, 어떤 이유로라도 밑엣사람이 그런 욕설을 무람없이 퍼부을 수가 있어? 자기한테 말 안 했다는 것도 이해가 간다. 기영씨가 좀 반듯하니, 나라도 정말 화가 나고 황당했을 거야.

여직원의 얘기는 단순했지만 세이의 그 어떤 의아함도 해갈시켜주진 못했다. 전제했듯 그것은 여전히 서로 간에 무슨 일이 있었는지 모르는 일이었다. 그녀의 말대로라면 계오는 그날 그렇게 기영에게 입에 담지 못할 폭언을 쏟아낸 뒤 사무실을 빠져나갔고, 다음날부터 출근하지 않았다. 오랜 무단결근으로 계오는 자연히 사직 처리됐다. 대체 무슨 일이 있었던 걸까. 세이는 아무것도 알아차릴 수 없었다. 혼란스러워하는 세이에게 제이가 아무런 답을 해주지 못한 것도 같은 이유에서였다.

기영이 장기 휴가를 내고 여행을 다녀오겠다며 파리한 얼굴로 동의를 구했을 때 세이가 붙잡지 못했던 건, 결국 세이 역시 짐작에 짐작을 거듭할 수밖에는 별도리가 없었기 때문이었다. 어쩌면 기영도 계오의 행동을 이해할 수 없어서, 짐작만으로는 아무것도 알아차릴 수 없어서, 그것이 힘에 부치지 않았을까 하는 결론에 이르러서였다. 말을 배트처럼 휘두르는 폭언에도 사람은 멍이 들 테고, 기영은 상처를 받았던 거겠지. 기영이 말해주지 않는 부분까지 미루어 짐작하고 짐작한 대로 보듬어주고만 싶었어. 기영을 그렇게 혼자 떠나게 두면 안 될 것 같다고 만류하는 제이에게 세이는 해명하듯 말했다. 그러나 석 달을 기약하고 떠나간 기영이 다시 돌아오지 않았을 때, 제이는 세이가 받았을 고통의 무게에 대해 차마 짐작할 수 없다는 괴로움만을 느꼈다.

어느새 일 년이 지난 일이지만 제이는 그날을 또렷이 기억하고 있었다. 기영을 보내고 내내 기력 없이 처져 있던 세이와 만나 저녁을 먹었다. 면은 내키지 않는다는 세이의 말에 제이가 데려간 작은 기사식당에서였다. 둘은 손님으로 꽉 차 시끌시끌한데다 텔레비전이 크게 틀어져 있어 더 정신없는 식당을 비집고 들어가 간신히 자리를 차지했다. 거지꼴이 돼서 동남아 곳곳을 누볐나봐. 세이는 백반을 주문한 뒤 기영의 안부를 전해왔다. 그러니까 같이 가지, 왜 유부남을 혼자 내보내고 그래?라는 타박에도 픽 웃어버리고 말던 세이여서, 제이는 사정이랄 만한 어떤 걸 조목조목 따져 묻지는 못한 터였다.

제이가 볕에 잔뜩 그을린 얼굴로 하와이풍의 반팔 셔츠와 슬리퍼 차림으로 걸어다닐 기영을 상상하며 부러워하자, 세이는 헤실헤실 웃으며 찌개를 한 술 떠올렸다. 그래서 언제 돌아온대? 묻는 제이에게 세이는 마침 생각났다는 듯 전화기를 내밀었다. 세이가 보여준 액정 화면 속에는 기영이 보내온 사진 한 장이 들어 있었다. 공항인 듯 보이는 탑승 게이트를 배경으로 앉아 기영이 새까맣게 탄 두 다리를 쭉 뻗고 있는 사진이었다.

얼굴도 아니고 이게 뭐야, 형부 맞아? 삐죽대는 제이를 세이는 한쪽만 쌍꺼풀이 진 눈으로 흐뭇이 바라봤다. 오늘 아침에 보냈더라, 이제 비행기 탄다는 뜻이었겠지. 돌아오기 전에 중국을 들러보고 싶다나, 경유해서 들어올 건가봐. 아마도…… 일주일쯤 후에? 세이의 목소리는 평소와 달리 한 옥타브쯤 높았다. 제이는 그것이 설렘과 안도감 때문이라고 여기곤 덩달아 들떴다. 하지만 제이가 기분좋게 퍼올린 새하얀 쌀밥 한 숟갈을 입에 물었을 때, 작게나마 안타까운 탄식이 들려왔다. 텔레비전에서 흘러나오는 저녁 뉴스에서 비행기 실종 소식이 보도되고 있었다. 말레이시아 쿠알라룸푸르에서 중국 베이징으로 가는 항공편이었고, 239명의 탑승객 중 생존자는 없는 것으로 확인된다는 내용이었다. 제이는 수저 쥔 손을 멈춘 세이의 그 망망한 눈빛을 보면서도 무슨 일이 벌어진 것인지 즉시로 알아차리진 못했다. 그저 그 순간 세이의 눈에 머물던 어렴풋하고도 아득한 무언가를, 베이듯 날카로이 지나간 무언가를…… 아둔하고도 불길하게 감지했을 따름이었다.

말레이시아 항공 370편은 2014년 3월 8일 오전 2시 40분경 타이만 인근에서 사라졌다고 했다. 기체는 인도양에 추락한 것으로 보이며, 수색에 난항을 겪고 있다는 설명이 이어졌다. 세이와 제이는 기영에게 끝도 없이 전화를 걸었지만 수신되지 않았다. 사서함에 많은 메시지를 남기면서도 자신들이 떨리는 음성으로 무슨 말을 꺼냈는지는 기억하지 못했다. 베이징을 경유해 귀국하겠다던 일주일이 지나고 나서도 기영은 돌아오거나 연락해오지 않았으나, 말레이시아 당국이 발표한 탑승객 명단에 한국인은 한 명도 없었다.

분명히 그날 그 시각의 항공기를 탄다고 했는데, 쿠알라룸푸르에서 베이징으로 가는. 맞아, 분명히 그렇게 말했어. 세이는 잘 먹지도 자지도 않아 희멀건 낯빛으로 웅얼거렸다. 제이가 세이의 말을 믿지 않을 수는 없었다. 그렇지 않고서는 기영이 증발해버린 이유를 알기란 불가능했으니까.

제이는 세이를 대신해 경찰서를 오갔다. 그러나 단순 실종 신고조차 쉽지 않았다. 한 해 실종자가 몇인지 알아요? 구만 명이에요. 재촉한다고 될 일도 아니고 좀 진득하니 기다려봐요. 아직 여행중인지도 모르잖아요. 언니와의 관계는 원만했어요? 다그치는 경찰을 뒤로하고 돌아서며 제이는 수시로 무력해졌다. 출근해 서 있거나 퇴근해 눕거나 의아함에 몸을 뒤채고 무시로 분노했다. 시골에서 올라온 시댁 식구들 앞에서 말라버린 입술을 깨물며 고개만 젓던 세이를 붙들면서는 감당 못할 서글픔을 느꼈다. 그저 지나가도록 두는, 오로지 견뎌야만 하는 시간이란 잔인했다. 세이가 기나긴 침묵에서 빠져나온 건 그로부터 여섯 달쯤 지난 뒤, 제이가 영상자료원으로 차출돼 자리를 막 옮겨갔을 즈음이었다.

어디니? 제이는 세이가 자신에게 먼저 전화를 걸어왔다는 사실에 놀라 의자에서 튕겨올랐다. 세이의 다감한 목소리가 오랜만이어서, 제이는 부랴부랴 회사 밖으로 빠져나왔다. 여름이 다 끝나버렸다곤 해도 퇴근 무렵은 아직 환했다. 바깥에서 만난 세이는 지쳐 보였으나 그래도 평온한 얼굴이었다. 바로 집으로 가려고 했는데 언제 나왔어? 제이는 반색하며 세이의 팔짱을 꼭 끼고 방향을 틀었다. 바람이 제법 선선해졌네. 사위를 도리반거리는 제이의 손등을 잡아주며 세이가 고개를 끄덕였다. 제이는 직장에 대해,

업무에 관해, 쓸데없다 싶을 만한 것들을 골라 재잘대며 걸었다.

그간에 세이는 집밖을 거의 나서지 않았다. 제이만이 바지런히 집으로 드나들었다. 이젠 매일같이 오지 않아도 돼. 힘들잖아. 며칠 전 저녁, 제이가 마트에서 사온 과일이며 이것저것을 냉장고에 주섬주섬 정리해 넣는 걸 보며 세이는 짐짓 웃어 보였다. 나 커피 한잔 마시러 나갔었어. 세이가 말했다. 기진한 듯 맥없이 거실 벽에 기대어 그러니 이제 괜찮아, 라고 내뱉은 걸 곧이곧대로 믿진 않았으나 자신을 안심시키려는 그녀의 눈빛만은, 제이는 분명히 알아차렸다.

둘은 크림파스타로 함께 저녁을 먹고 자리를 옮겼다. 이런 걸 찾았는데…… 좀 볼래? 따뜻한 커피잔을 손안에 쥔 제이에게 세이가 꺼내놓은 건 언뜻 셀 수도 없이 많은 양의, 인화된 사진들이었다. 제이는 천천히 사진을 들춰보았다. 캔버스처럼 크기가 제각각이었고, 컬러도 다양했다. 어떤 것은 물감을 통째 뒤엎은 듯 전체를 그린으로, 블루로, 레드로, 선명한 색감을 뽐냈다. 제이는 회화작품을 보듯 사진들을 넘기다가 피사체가 나체이며 모두 동일인이라는 걸 알았다. 방인지 스튜디오인지 분간이 되지 않을 정도로 배경은 단순했다. 모델은 주로 의자나 소파, 침대에 앉거나 눕거나 비스름히 기대어 앉아 있었다.

작가가 모델을 담아내는 시선에서 혹은 모델이 카메라 렌즈를 바라보는 눈에서 자극적이지 않은, 기이한 슬픔이나 그릇된 선망 같은 걸 제이는 느꼈다. 계오야. 말하는 세이의 눈빛엔 어떤 동요나 절망도 없었지만 제이는 놀라지 않을 수 없었다. 세이가 여직원과 나눴던 메신저 대화는 제이도 이미 들어 알고 있었다. 그렇다곤 해도 그가 긴 팔과 다리로 실오라기 하나 걸치지 않은 제 몸을 감싼 채 렌즈를 또렷이 응시하는 사진을, 이런 걸 찾았는데 좀 보겠느냐며 세이가 내민 상황을, 선뜻 이해하기란 어려웠다. 자세히 말해봐…… 이게 다 뭐야? 제이가 갸웃거리자 세이는 한동안 창밖으로 시선을 돌렸다가는 다시 빤히 제이를 바라보았다. 기영이 찍은 것 같아. 세이는 말했다.

세이가 기영의 사진들에 대해 복기하듯 찬찬히 설명하는 장면은 이따금 제이의 머릿속에서 오버랩되곤 했다. 지난주에 말이야. 내가 집 앞 카페에 갔었다고 한 날 있지 왜. 기억나? 제이 네가 집에 들러서는 나 없어졌다고 장바구니를 들고 찾아다녔다며. 그날은 정말, 커피가 마시고 싶었어. 그간엔 뭘 하고 싶거나 먹고 싶거나 가고 싶거나 하는 마음 따위는 전혀 들지 않았는데. 원래도 커피는 잘 마시지 않았었고. 이상하지. 시간이 흐르면 조금씩 다 무뎌지게 돼 있나봐. 사람은 그런 걸까. 뜨거운 커피잔의 손잡이를 만지작거리며 세이는 길어버린 머리칼을 손으로 넘기며 중얼거렸다. 사람은 그런 걸까, 라니. 기영이 떠나고 반년 가까이 지나서야 겨우 커피 한 잔이 마시고 싶다고 생각했을 뿐인데, 세이는 그마

저도 어떤 자괴감과 죄책감에 마음이 쓰라렸던 것인지 제이는 속이 상했다.

근데 들어봐, 커피 한 잔을 주문하고 자리에 앉았는데, 소파 구석에 웬 디지털카메라가 덩그러니 놓여 있지 뭐야. 잘 모르긴 하지만 한눈에 봐도 제법 오래되고 비싸 보이는 거였어. 괜한 오해를 살까 싶으면서도 이상하게…… 보고 싶더라. 제이는 세이의 말을 들으며 그래 맞아, 기영도 사진 찍기를 즐겼지, 하고 생각했다. 대학 때부터 취미 삼아 해오던 거라서 취직 후에도 동호회에 꾸준히 나간다던 것. 아마도 세이는 주인 없는 카메라를 발견한 순간에 기영을 떠올렸을 것이다.

고민할 땐 힘들었는데 막상 윙, 소리를 내며 카메라 액정이 켜지고 난 뒤에는 정신없이 그 속에 빠져 있었던 것 같아. 여행자의 것인지 메모리 카드에 담긴 사진은 봐도 봐도 끝이 없을 정도로 많았거든, 하고 세이는 말을 더했다. 그 많은, 온갖 풍경과 사람 속에서 세이가 찾고 싶은 게 무엇이었을지 제이는 모르지 않았다. 그러니 어느 이방인이 카페 한구석에 두고 간 카메라를 하염없이 들여다보다가는 기영의 그것을 찾아 방안을 뒤졌을 테지, 그리고 뜻밖에도 이제껏 전혀 알지 못했던 그의 사진들을 발견했던 거고…… 제이는 씁쓸해져 탁자 아래 제 발만 문댔다.

휴식 삼아 같이 나갔던 한강 둔치에서, 유원지나 공원에서, 기영이 두 손 모아 받쳐들던 묵직한 카메라를 제이는 떠올렸다. 주로 뭘 찍어요? 제이가 물으면 기영은 새 장난감이라도 가진 듯 뿌듯이 대꾸하곤 했다. 웃을지도 모르지만 꽤 여러 가지로 작업을 하고 있어. 필름 한 롤에서 딱 한 장만 골라낸다든지 하는 것 말이야. 그 으쓱대는 얼굴이 재밌어서 뭐야 딱 한 장이라니, 낭비다, 라고 제이가 놀리면 아냐 그러니까 그건 뭐랄까, 어떤 순간에서도 결코 흐트러지지 않겠다는 의지 같은 거지…… 하고 기영은 풀죽어 대답하고, 그러면 빰이 붉어진 기영이 우습다고 세이는 곁에서 깔깔거렸던 것이다.

그 장면들, 그런 환한 장면들만이 자꾸만 암실 같은 기억의 저편에서 인화되어 제이는 울 것 같은 기분이 되었다. 그러나 평범한 직장인으로 취미 삼아 사진 찍는 걸 좋아한다고만 믿었던 남편이 줄곧 남자의 나체만을 찍어왔다는 사실을 알게 된 세이는 오히려 침착해 보였다. 나 말이야, 제이, 기영과 함께 살면서 내가 가장 많이 했던 말이 뭔지 아니? 세이는 어깨를 늘어뜨리고 힘없이 말했다.

많이 생각해봤는데, 골목 얘기였어. 너와 나, 우리, 아기, 사랑, 행복, 미래, 이런 것들은 전혀 아니고, 골목. 정말이지 그냥 골목에 관한 것. 우리집이 골목 안에 너무 깊숙이 위치해 있다고. 가로등이 적어서 어둡고, 주차장이 비좁고, 소음이 많고, 쓰레기는 때마다 잘 치워가지 않아 지저분하다고. 정해진 요일이 아닌 날에도 빌라 앞에 제멋대로 무성히 쌓아올려진 쓰레기봉투에 분개하며 골목이 문제야 골목이, 라고…… 늘 그런 불만들을 기영에게 꺼내놓으면 그도 열심히 맞장구를 쳐주었지. 이 골목이 문제야! 우리는 머리를 맞대고 밤마다 그런 얘기들을 주절거렸어. 딱히 동네가 맘에 들지 않았던 게 아니었는데도 골목 자체에 대한 불신에 휩싸였고, 언제쯤 이 골목을 벗어날까 조바심쳤지. 정작 그 조바심의 적확한 정체에 대해서는 잘 알지 못했던 것 같은데도.

식어버린 커피를 앞에 두고 말하는 세이의 얼굴이 나른하고도 쓸쓸해 보여서, 그 얼굴이 고독해 보인다고 생각하면서, 제이는 조용히 귀기울였다. 재밌지 않니, 아무리 생각해봐도 우리는 항상 골목 얘기만 해댔던 거야. 거듭, 반복해서, 정말이지 우리의 문제란 이 골목밖에는 없다는 듯이. 어째서 그랬을까? 어떻게 그럴 수 있었지? 세이는 자문하듯 웅얼거렸다.

세이와 기영이 애초부터 골목 얘기만 했던 건 아닐 것이다. 두 번이나 유산하며 오래도록 울적해했던 세이에게, 네가 말하는 그게 무엇이든 동의하고 옳다고 치켜세워주는 기영의 존재란 중요했을 테지만 그러면서 서로는 천천히 지쳐갔을 것이다. 자신이 알아차린 걸 세이라고 몰랐을 리 없다고 제이는 생각했다.

별 볼 일 없다며 기영이 제가 찍은 사진들을 보여준 적은 잘 없는데, 그가 했던 말들은 똑똑히 기억이 나. 흑백을 사랑하는 이유는 그 어떤 빛으로도 가려지거나 바래지 않는 힘이 있다고 믿기 때문이야, 와 같은 말. 좋아하는 사람을 찍는 게 좋아, 더 가까워지는 것 같거든, 과 같은 말. 아름다운 순간에는 시간이 멈춰, 그걸 사진에 담는 거야, 와 같은 말.

제이는 세이가 조근조근 꺼내놓는 기영의 말들을 숨죽여 들었다. 그건 시 같기도 노래 같기도 했는데 대체로 꿈결 같았다. 꿈꾸는 동안 어렴풋이 지나가고 남은 잔영처럼 희미하고 덧없는 느낌이었다.

화…… 안 나? 제이는 흩어진 사진을 모으며 물었지만, 세이는 그런 건 아무 소용도 없다는 투로 고개를 저었다. 어떻게 이렇게나 몰랐을까 싶어. 결국에 우리는 무엇이든 잘 몰랐던 거야. 서로에 대해 그리고 우리 자신에 대해서조차. 자기의 마음도 서로의 마음도 알고자 하기 전에 지레짐작하고 단정지어버린 거야. 이해한다고 생각하지만 짐작과 단정 사이엔 오해만이 있고. 그건 그러니까 골목 같은 거지, 하고 세이는 말했다.

세이의 골목과…… 초가을의 선선한 밤공기 사이로 등 돌리던 세이의 뒷모습을 제이는 자주 떠올렸다. 아름답다고 여기는 순간에는 누구나 시간이 멈추잖아요, 라고 윤이 내뱉고 그걸 들은 제이가 '아!' 하고 깜짝 놀라 회의중에 잠시 브레이크가 걸렸던 때에도 제이는 깜박 그날의 세이를 생각하고 있었다. 고전 한국영화 중에서 로맨스만을 추려낸 포스터 전시를 기획하고 있었는데, 그 안에서도 빠르게 복원 가능한 것들의 목록에 관해 논의하던 중이었다. 춥지 않아요? 히터 온도 좀 올릴까요? 윤이 제이의 안색을 살피자 모두가 그래요 회의실이 좀 추워, 겉옷 좀 벗어서 걸쳐드려…… 서둘러 속살거리던 때이기도 했다.

기영이 아름다움에 취해 있던 순간을, 그의 시간이 멈춰 셔터를 누를 수밖에 없던 순간에 대해 세이라고 왜 상상하지 않았을까. 차마 어떻게, 그것을 짐작해보지 않을 수가 있었을까. 제이는 기영이 현상하지 않았을 무수한 필름들이 레일 위의 객차처럼 머릿속을 지나가는 기분이었고, 그럴 때마다 덜컹거리는 이 세계에서 복원 가능한 것은 아무것도 없다는 사실만을 깨달아야 했다. 그리고 이걸 좀 봐, 제이, 알아볼 수 있겠어? 하고 세이가 또 말해온 건, 그녀가 제이의 회사 앞으로 불쑥 찾아왔던 시기 이후로 다시 한 계절이 지나서였다.

지난겨울 세이는 우산도 없이 진눈깨비를 맞으며 카페로 들어와, 기영이 찍었다는 나체 사진 한 무더기 말고 또다른 사진 뭉치를 탁자 위에 봉지째 끄집어내놓았다. 주로 인파 가득한 관광지 주변에서 이것저것 흥분해 찍어댄 여행 사진이었다. 둘 아니면 셋쯤 함께 다니며 서로를 찍어준 듯 보이는 사진이 많았고, 건물이나 거리 곳곳을 촬영한 사진들도 꽤 있었다.

뭐를 알아볼 수 있겠냐는 거야? 어서 살펴보라는 세이 앞에서 제이는 허둥댔다. 잘 봐봐, 기영이야! 세이가 말했을 때에도, 답답하다는 듯 기어이 손가락으로 사진 하나하나 짚어 보였을 때에도,

제이는 두 눈만 끔뻑거릴 뿐 아무런 말도 하지 못했다. 세이의 목소리는 들떠 있지 않고 다만 평소와 다름없이 묵묵했다. 그런가, 정말 맞나…… 갸우뚱거리는 제이에게 세이는 확신에 찬 어조로 말했다. 그렇다니까!

세이는 눈을 빛내며 잘 봐봐, 하고 재차 사진의 어느 한 모퉁이들을 가리켰다. 여기도, 여기도 말이야, 기영이 분명하잖아. 제이는 집중해서 바라봤다. 세이가 들려준 대로라면 가을에 카페에서 발견한, 누군가 놓아두고 간 디지털 카메라의 액정 화면 속에서 그녀는 기영을 발견했던 것이다.

우습게도 제이가 예상한 대로 하와이풍 셔츠에 베이지 혹은 감색 반바지를 걸치고 납작한 슬리퍼 따위를 신은 여행자의 모양새로 기영은 세이가 짚어 보인 동남아 어디쯤의 사진 속 곳곳에서 걷거나 멈춰 있었는데, 제이는 선뜻 그를 기영이라고 받아들이기는 어려웠다. 포커스도 맞지 않은, 배경으로서의 인물은 흐릿했고 백팩이나 크로스백을 멘 여행객들의 모습은 다들 엇비슷해서 구분이 쉽지 않았다.

며칠 간 하루도 거르지 않고 카페에 갔었어, 기영이 찍은 계오의 사진들을 발견한 뒤로도 계속…… 머리가 복잡해서이기도 했는데 사실은 누군가 잃어버리고 간 카메라가 눈에 밟혔거든. 정확히 말하면 그 안에 든 사진들을 좀더 보고 싶다는 마음이 컸던 거야. 카페 주인이 보관해두고 있는 걸 구경만 하겠다며 빌려서는 며칠이고 그 수천수만 장의 사진들을 돌려봤지. 그리고 그앨 만난 거고. 세이의 말을 듣는 내내 제이는 복잡했다. 말하자면 낯모르는 이방인의 카메라 속 만화경 같은 사진들을 어지러이 돌려보다가 어, 소릴 내며 화면을 확대하고 또 확대해보던 순간에 기영과 함께 또다른 누군가도, 세이에게 왔던 것이다.

수잔? 제이가 되묻고, 세이는 그래, 하고 대답했다. 그 카메라의 주인이야. 일정중에 잠깐 스쳐지나간 곳이어서 도대체 어디에서 카메라를 잃어버렸는지 몰라 몇 날 며칠을 헤맸던 모양이더라고. 남해로 가는 기차표를 예매해둔 게 있어서 다녀오느라 또 늦어졌는데 보관해줘서 고맙다고 되레 인사를 받아서…… 그래도 남의 카메라를 멋대로 켜본 게 미안해 달달한 커피를 두 잔이나 샀지. 제이는 세이가 수잔에 대해 담담히 설명하는 걸 들었다. 스물넷 여자애 수잔은 영국인이고, 대학에서는 아시아어문학을 전공했는데 한 학기를 남겨두고 졸업을 늦춘 뒤 몇 달간 여행중이라는 거였다.

이 사람이 기영이에요. 내 남편인데 여행을 떠나서 아직 돌아오지 않고 있어요, 라는 세이의 말에 수잔이 어떤 표정을 지었을지 제이는 궁금했는데, 기영의 얘기는 하지 않았어…… 라며 세이가 이내 시선을 떨어뜨렸다. 제이의 눈길도 세이의 어깨 언저리에 머물렀다. 세이, 말해봐요 세이, 나도 말할게요, 라고 부추기며 수잔이 짓궂은 아이처럼 잘 웃었다는 말만을 세이는 했다. 내 이름이 세이잖아, 그게 자꾸 say로 들리나봐. 유창하진 않아도 한국말을 조금 할 줄 아는 애였는데 Say something, say, let me say, 라며 활짝 웃는 게 참 해맑았어. 뜻하지 않게 친밀해졌지.

그래서, 무슨 얘길 했어? 제이가 물었다. 세이는 수잔 앞에서 무엇이든 말하고 싶었을까, 속내를 털어놓다가 와락 울음을 쏟진 않았을까, 그 어린 여자애의 농담이 어떤 작은 위안이라도 돼주었을까. 제이는 마음이 달았다. 아니야, 그냥 수잔의 여행담을 들었어, 끝도 없이. 흥미롭더라. 세이는 말을 이었다. 그러다 동남아 몇 군데와 일본 정도를 여행하고 돌아가려던 수잔이 마지막날 일본 규슈의 어느 식당에서 본 뉴스 때문에 몇 달 후 다시 돈을 모아 한국으로 들어왔다는 말에 제이는 눈을 끔벅였다. 어떤 뉴스?

작년 8월에 왜, 교황이 방한했었잖아, 그걸 봤대. 세이의 말에, 제이는 아, 하고 대꾸했다. 프란치스코…… 그런 이름이었나. 고개를 기울이며 묻자, 세이가 끄덕였다. 인간사란 뜻하지 않게 기묘한 구석이 있다고 제이는 생각했다. 한국에 대해서는 아무것도 알거나 관심 갖지 못했던 어느 이방인이 여행중이던 타국에서 교황의 방한 보도를 접하고, 그가 한국인들에게 허리 굽혀 반복해 묻고 말하던 '세월호'라는 것에 관심을 가졌다는 사실이. 어린 학생들이 미처 구조되지 못하고 바다 한가운데 잠겨버린 사건을 기억하고 애도하기 위해 애써 이 나라에 와줬다는 사실이.

Say, how can I say it, 힘들었나요? 수잔은 조심스럽게 물었어.

말해봐요, 힘들었나요, 세이, 슬펐나요? 하고 말이야. 세이는 아랫입술을 깨물었다. 나는 그렇다고 대답했어. 우스꽝스럽지만 어리광을 부리듯이. 응, 힘들었어, 아주아주 슬펐어, 라고. 물론 수잔이 힘들었냐고, 슬펐냐고 물었던 건 세월호에 관한 거였을 테지. 배가 가라앉아서, 아까운 생명을 구해주지 못해서, 여전히 그 검고 깊은 바닷속을 바라보는 일밖엔 할 수 있는 게 없어서 힘들었냐고, 슬펐냐고…… 우습지 않니. 나는 다른 의미로 말한 거야. 기영이 나를 떠나서, 내게 다시 돌아오지 않아서, 이해할 수 없고 알아차릴 수 없는 혼란만이 그간 지내온 내 시간의 전부여서, 오로지 짐작하는 것만이 내가 할 수 있는 최선이어서 힘들었다고, 아주아주 슬펐다고…… 나는 세월호에 대해서는, 제이, 이해하니, 나는 아무런 관심조차 못 가졌었어.

제이는 고개를 저었다. All I can say is that……이라고, 세이라고 왜 모두, 모든 것을, 말하거나 말해버리고 싶지 않았을까. 나의 고통만이 그저 오롯이 나이고 또 나의 세계였어. 세이는 말했다. 열없이 입 벌리는 세이의 얼굴이 많은 것을 담고 있다고 느끼며 제이는 세이가 가져온 사진들을 눈에 담았다. 기영이어도, 기영이 아니라 해도 좋을 것이다. 세이가 손으로 가리키는 사진 속 기영의 얼굴을 제이는 끝끝내 찾아내지 못할 것이다.

수잔을 만난 그 겨울 이후로 세이는 기영이 움직였을 공간과 시간을 무한히 탐험하기 시작했다. 수잔의 카메라 속이 그랬듯 기영은 수많은 여행자들과 함께 그때 그곳에 머물거나 이동했을 게 분명하니까. 그것만은 자명할 테니까. 휴일이면 제이는 세이의 곁에서 그녀가 찾아낸 기영의 흔적들을 눈을 빛내며 들춰보곤 했다. 기영은 제멋대로 찍힌 한국인 단체 관광객 틈바구니에서 비에 젖은 신발을 고쳐 신고 있거나, 두 손 꼭 잡은 어느 이탈리아인 부부의 어깨 너머에서 알록달록한 상점의 천막을 올려다보며 멈춰 서 있었다. 세이는 기영과 같은 시기, 같은 공간을 움직인 여행자들을 찾아 무수히 많은 인터넷 블로그들을 서핑하는 데 집중했다. 제이로서는 세이가 가리켜 보이는 사진 속 인물들이 여전히 기영이기도, 기영이 아닌 것 같기도 했지만 상관없었다. 헷갈려하지 않고 단지 기다려주었다.

세이는 그저 짐작하는 것이다. 그리고 오해한다. 자신이 짐작하는 것이 다만 짐작에 그칠 뿐 진실은 아니며 진실에 가깝지도 않으리란 사실조차 진정으로 이해하는 것이다. 사랑하기 위해서. 사랑을 지속해나가기 위해서. 짐작에 짐작을 거듭해, 최선을 다해 오해하지 않을 수 없는 것이다. 누군가 사랑한다는 건 그래서 그의 고통을 짐작하려고 노력하는 것에 다름 아니고, 그러니 어쩌면 짐작만이 삶의 전부이며 짐작하는 인간은 고독하다……라고 제이는 허망하게 생각했다.

고독은 이미 저멀리에서부터 함께 온 것. 누구에게나 어디에서나 고독은 오래전의 것이었고, 이 순간의 고독은 저마다의 인생에서 모두가 정처 없이 상처로 얼룩졌던 그때 그 순간의 고독과 별반 다르지 않았다.

나는 히읗이 가장 어려운데, 그런데 귀여워요. 이응이랑 비슷하게 생겨서 어렵고, 또 이응에 모자를 씌운 모양이니까 귀엽죠. 영국으로 돌아간 수잔은 종종 세이와 모바일 메신저로 대화하는 것 같았다. 다시 한국에 오기 위해 열심히 한국어 공부를 하고 있다는 수잔의 이야기를 세이는 가끔씩 우스워하며 제이에게 보여주곤 했다. 스마트폰 채팅창엔 이응에 모자를 씌워주는 거예요, 라고 쓴 수잔의 문장과 함께 진지하게 그려보낸 그림까지 첨부돼 있었다. 옆구리가 뻥 뚫린 밀짚모자를 얹어놔야 합니다. 이렇게요. 수잔의 말에 세이는, 그건 투명인간이나 쓸 법한 모자인데, 라고 답하고 있었다. 꽤 싹싹하네. 제이가 눈을 크게 뜨고 말하면, 막내 여동생같이 굴어서 귀여워, 라고 세이는 화면에서 눈을 떼지 않고 응해왔다. 신기해요. 우리는 어떻게 만날 수 있었을까요. 세이 아이 미스 유. 세이 다음에 쉼표가 찍혀있지 않아서 세이가 그립다는 것인지, 그립다고 말해요 세이, 인 것인지는 아리송했는데 대화는 수잔의 그 말에서 끊긴 채로 더이상 이어지지 않았다.

기억을 더듬어보니 그것이 불과 얼마 되지 않은 일이었다. 인정할 수는 없지만 기영에게서 연락이 끊겨버린 지 꼭 일 년이 되는 날이었다. 제이와 세이 둘 중 아무도 기영에 대해서는 입 밖으로 꺼내지 않았다. 다만 제이는 세이의 눈 안에 휘도는 어떤 두려움을 감지하고 잔뜩 차가워진 손을 밤새 가만히 잡아주었을 뿐이었다.

빛이 아물대는 모니터를 멍하니 바라보던 제이가 다시 통화 버튼을 눌렀던 건 사무실이 다시금 부산스러워진 때였다. 4월이 되어 해는 제법 길어졌는데도 날이 흐려서 퇴근 무렵엔 빗방울이 떨어질지도 모르겠다고 누군가가 창밖을 바라보며 말했고, 그 틈바구니에 사무실이 일순 수선스러워졌던 것이다.

제이씨, 퇴근 안 해요?

윤이 조심스레 물어왔을 때에야 제이는 통화 연결음만 흘러나오던 전화기에서 귀를 떼었다. 기억의 벽에 가보고 싶대, 수잔은. 그리고 대답 없는 제 얼굴 가까이로 윤이 다가오는 걸 느낀 순간에야, 제이는 부고가 들려오기만을 기다리다 까맣게 잊어버리고 있던 세이의 말이 떠올랐다.

어디 아픈 거예요? 안색이 안 좋아요.

윤은 걱정스러운 말투로 물었다.

아니에요, 그냥.

제이는 짧게 대꾸하려다, 십육일이네요 오늘, 하고 덧붙였다.

그렇죠. 그래서 다들 허둥허둥 포스터를 만들었어요. 아까 봤죠, 제이씨도.

같이 가요, 라고 윤이 제이의 눈길을 당기듯 말꼬리를 끌었다. 일하는 짬짬이 제각기 개성대로 만든 포스터를 들고 윤이 가자고 하는 곳은 다른 어디도 아닌 광화문일 거였다. 그리고 전화를 받지 않는 세이는 어쩌면 다시 돌아온 수잔과 함께 기억의 벽을 향해 차를 몰아가고 있을지 몰랐다. 손바닥만한 크기의 타일 수천 개가 달라붙어 있는 방파제 앞으로, 누구의 울음이나 그리움도 파도에 부딪쳐 깨어지고 마는 항구 앞으로. 부고는 여전히 오지 않고 있었다. 자꾸만 지연되는 부고에 대해 생각하면서, 제이는 대답을 기다리고 있다는 부담을 주지 않으려 멀뚱히 시선을 옮기는 윤의 옆모습을 새삼스레 골똘히 바라보았다.

늘 일찍 사무실에 들어서는 윤이, 아침마다 창밖으로 자신의 출근길을 내다보는 걸 제이는 알고 있었다. 계단을 딛고 올라오는 제이의 정수리를, 언덕바지에서 잠시 숨을 고르며 멈춰 선 제이의 어깨를 바라보다가는 따뜻한 물에 루이보스 티백 같은 걸 띄워 책상 위에 올려두는 거라는 걸 모르지 않았다. 혹여나 우연찮게 함께 퇴근하게 되더라도 제이가 눈치채지 못하도록 차도 가까이로 멀찍이 떨어져 걷는다는 것도. 윤의 그 마음에 친근히 기대고 싶다고 느끼는 적도 많았다. 하지만 그럴 때마다 제이는 자신이 사랑이란 감정을 얼마나 불신해왔는지 그리고 사랑하는 사이라는 그 관계가 얼마나 위태롭고 나약한 것인가를 곱씹었고, 그런 순간에는 어째서 윤은 저토록 아픈 눈을 하고 나를 바라보는 걸까, 의아히 여겼다. 엄마는 한평생 아버지를 미워했어요. 꿈에도 소원은 아버지와 이별하는 거였죠. 그랬는데 한날한시에 산에 올랐다고요. 이해할 수 있겠어요? 기영은 또 어떻고요. 세이를 얼마나 아껴주었는데요…… 도대체 윤은 얼마나 나를 오해하고 있는 걸까 싶으면서도 제이는 이해할 수 없는 것들에 대해, 믿어지지 않는 것들에 대해, 그 모든 걸 윤에게 털어놓고 싶은 충동을 자주 느꼈다.

마음이 무겁네요.

제이는 한참 만에야 말을 골라 내어놓았다.

네. 좀. 그렇죠.

윤이 웃었다.

저, 아직 일이 조금 남았는데.

윤의 눈가에 잔주름이 지는 걸 보다가 제이는 모니터 쪽으로 시선을 돌렸다. 윤이 실망할 걸 알았지만 오늘까지 작업을 마무리해야 하는 건 정말이었다. 그래요…… 하고 윤은 시무룩이 입술을 살짝 맞물었는데 제이는 보지 못했고, 그래서 윤이 잠시 머뭇대다가 뒤로 돈 것도 제이는 몰랐다.

기다려줄래요?

제이는 화면에서 시선을 떼지 않고 애써 아무렇지 않은 척 말했다. 언제라도 그 말을 나누었던 것처럼. 시끌시끌한 사무실 저편에는 들리지 않을 정도의 작은 목소리였으나 윤은 놀라 뒤돌았다.

그럼요!

윤은 헛기침을 한 뒤 제이의 곁으로 다가들었다. 제이는 이제 윤의 몸짓과 눈짓, 말의 억양과 어조의 세세한 변화를 알아차리는 시간을 보내게 되리라는 예감을 받았다. 그 시간 속에서 제 감정의 너울도 높고 낮음을 반복하게 되리라는 것도. 제이는 그런 말랑한 마음이 들어 당황스러우면서도 동시에 이런 갑작스러운 감정이 지금 이 순간 세이의 부재와 곧 도착할 어른의 부고 때문인 것일까 냉철히 진단하고자 했다. 사랑을 시작하게 된다면…… 하고 생각하다가 제이는 윤이 자기의 가까이로 다가서는 찰나에 마른침을 삼켰다. 둘만 남겨진 어린 날 이후로 좀처럼 사그라지지 않았던 불안을 어쩌면 세이도 기영을 만나 해소하고자 했던 걸까. 세이는 얼마쯤 위안을 얻었던 것일까. 제이는 눈앞에서 아른대는, 곧 복원을 마칠 포스터 앞에서 그간에 윤이 보여주었던 끈질긴 머뭇거림과 망설임들을 되짚었다. 그러면서도 때때로 윤을 다시 '너무'의 고독으로 몰고갈 자신에 대해 생각해보지 않을 수 없었고, 또한 서로가 서로에게 아주 오래전의 고독과 별반 다르지 않은 고독의 상태로 남겨둘 시간들에 대해 지레 두려워하지 않을 수 없었다. 진심을 알기 위해 짐작해야 할 테고 사랑하기 위해 오해해야 할 것이며 고통을 이해한다고 믿어야 할 것이다. 모든 인간사의 행과 불행이 그러하듯이.

아, 이 포스터. 거의 다 돼가네요.

그럼에도 불구하고, 라고 제이가 멋쩍게 생각했을 때 윤이 모니터를 가리키며 말했다.

색감이 선명해지니 재밌게 느껴져요. '이색액숀'이라니.

포스터 속 홍보 문구를 읽으며 윤이 빙긋 웃었다. 제이의 머리칼이 허리를 조금 숙이고 선 윤의 셔츠 소매에 잠깐 닿았다 떨어졌다. 그것을 의식한 제이가 고개를 왼편으로 갸웃하니 윤이 제 팔을 모니터 앞으로 더 바투 움직였다.

이 제목 좀 봐요. 예전에 회의에서 이걸 봤을 때 처음엔 좀 놀랐었다니까요?

윤은 들뜬 목소리로 말했다.

맞아요.

제이는 조금 머뭇대다 대꾸했다. 제이가 복원을 마무리하고 있는 영화 포스터의 제목은 〈인간 사표를 써라〉였다.

참 말 안 되는 줄거리에, 무슨 의민지조차 모를 과격한 내용인데 포스터엔 활력이 가득하네요.

그래도 좀 한결같지 않아요?

뭐가요?

윤이 제이를 바라보며 물었다.

제목 짓는 센스요. 이것 다음으로 칠십칠년 작품은, 〈악인이여, 지옥행 급행열차를 타라〉.

아. 맞아요. 그랬죠. 제이씨가 원하면 어떻게, 지금 바로 좀 모아서 싹 다 태워버릴까요?

윤의 농담이 썰렁해서 제이는 피식 웃었다. 네, 태워주세요, 라고도 맞장구쳤다.

그 영화 주인공이 구십일년도에 출연한 영화 제목도 재밌어요, 〈네 멋대로 해라〉였죠, 아마.

제이의 뺨에 볼우물이 패는 걸 들여다보다가 윤은 천천히 자리로 돌아갔다. 정리하고 있을게요, 라고 뒤돌아 덧붙이는 윤에게 동료들의 시선이 쏠리는 걸 알았지만 제이는 모른 척 일에 열중하려 했다.

하지만 세이 생각을 쉽게 털어버릴 수 없었다. 이응 위에 옆구리가 뺑 뚫린 밀짚모자를 씌워주는 수잔을, Let me say, let me say, 하고 재잘대는 수잔의 모습도 자꾸만 떠올랐다. 시간은 멈추지 않고 세월은 언제나 그래왔듯 흐를 것이다. 제이는 한동안 가만히, 벨이 울리지 않고 있는 전화기를 바라보았다. 길고 새까만 그림자가 코끝에 바싹 맞닿아 있는 기분으로 부고를 기다려야 할 거였다. 문득 그 누구의 어떤 전화도 세이가 받지 않았으면, 하고 제이는 바랐다.

그리고 Say something, say, let me say, 라고 재촉하는 수잔이 그녀의 곁에 있다면 좋은 게 아닐까, 다행이지 않을까, 안도하고만 싶었다. 힘들었다고, 아주 아주 슬펐다고, All I can say that…… 이라고 말할 수 있다면, 그 말들을 기억할 수 있다면 사랑은 조금 더 지속될 수 있지 않을까 묻고만 싶었다.

비하인드 더 신즈—오래전 고독

제이.

너에게 쓴다.

새삼 달력을 보고서야 시간이 이렇게나 흘렀다는 걸 알았어. 어떻게 이만큼 왔을까. 어쩌면 이마만큼이나 견뎌왔을까. 네 덕이라고 말할 수 있겠지. 오롯이, 온전히 모두 제이 네 덕분이다. 지난 이 년간 나는 숨죽어 있었고, 정체돼 있었고, 도무지 아무것도…… 미래랄 것도 없이 머물러 있었어. 그랬던 나의 모습이, 나의 현재가, 자고 일어나니 깨달아졌다는 말은 아니야. 그간의 나는 스스로도 알아차릴 정도로 무력했으니까. 머리부터 발끝까지 이동하는 혈류의 흐름이나 내부 장기의 어떤 움직임마저도 확연히 그 속도가 느려진 듯 느껴졌으니까. 내가 걱정스러웠겠지. 나도 알아. 언니, 하고 매일 부르는 너의 눈동자에 무엇이 담겨 있는지 충분히 알면서도 말이야. 알았는데…… 나도 뭘 어찌하지 못하고 여기까지 와버리고 말았어. 그리고 참 끔찍한 시간이었구나 하는 걸 느껴. 지금껏 살아오며 한 번도 그랬던 적이 없는데 작은 너에게 기대어 의지하며 숨을 쉬어왔으니 말이야. 어리석었어.

모든 게 끝났다.

끝이 났다……고 생각한 이후로 일상은 다시 단조로워지고 삶이란 것도 단출해졌지. 이렇게 다시 하루가 가고 또 오는 걸까 허탈해졌어. 살아간다는 건 그다지 대단할 것도 특별할 것도 없으니 애쓰지 말라고 엄마는 그렇게 말했었지. 별거 아냐. 애쓸 것 없어. 엄마는 그런 말을 자주 했는데. 아니 매번이었다고 해도 무방하다. 엄마가 곁에 없는 지금, 사라진 지 오래인 지금에 와서 나도 왜곡되고 굴절돼버린 나의 기억을 신뢰할 수 없지만 엄마는 그렇게 말하는 사람이었어. 너도 알고 있니. 알고 있는 사실이니. 수저를 들어 밥을 먹다가도, 빨래를 널다가도, 텔레비전을 보다가도, 붓을 쥐고 앉아 있다가도 일순간 멍해지거나 어딘지 모르게 초탈해진 표정으로 애쓰지 마라, 했었지. 그러면 나는 딱히 대답할 말이 없어서 크레파스나 연필을 손에 쥐곤 엄마의 얼굴을 오래도록 바라보았어. 바라보는 일 외에 할 수 있는 일이 없었거든. 도무지 나를 보고 있지 않은 그 눈빛이 가닿는 곳에 무엇이 있는지 알 길이 없었어.

자라며, 나는 좀처럼 이해할 수 없었던 엄마의 그런 말들이나 눈빛 같은 것이 삶을 대하는 어떤 태도라는 걸 알아차리긴 했지만 그렇다고 해서 달라질 건 없었어. 달라져야 할 것도 없다고 생각했지. 그런데 이제 와 고백하자면…… 오히려 나는 무언가 꼭 선택하고 이동해나가야 하는 삶의 기로에 설 때마다 내가 나의 엄마를 떠올리고 있다는 사실을 깨달아야 했어. 별거 아니라고, 애쓸 것 없다고, 인생은 그저 인간의 의지와는 상관없이 목적지나 종착지도 없이 달려나가는 행위라고, 숨을 몰아쉬고 땀을 흘리며 인간은 누구나 끝내 지쳐버리고 마는 거라고. 긴 휴식을 원하는 얼굴로 엄마는 끝이란 그런 것, 이라며 입술을 맞물곤 했으니까.

그 끝을…… 그것을 끝을 낸 거라고 말할 수 있다면 아니 그러니까 엄마가 아빠와 끝냈을 때, 그래서 나는 울지 않았다. 고모들이 모여 독한 년이라고 눈을 흘겨도 아무런 감흥이 없었어. 엄마의 말대로라면 그건 당연한 결과이고 미래이고 끝이었으니까. 매일같이, 하루도 다르지 않게 숨을 몰아쉬고 땀을 흘리며 그들은 서로를 미워했으니까. 그러니 지쳐버리고 만 거겠지. 그것은 당연하다고, 끝이란 그런 것이라고 중얼대며 나는 어린 제이 너의 몸통을 바싹 끌어안고 장례를 치렀어.

어째서 둘이 함께 산에 올랐을까? 한동안 말이 없던 네가 한두 번쯤, 어두운 밤에 이불을 턱끝까지 당겨 쥐곤 혼잣말처럼 물었던 적이 있지. 그토록 헐뜯고 때려 부수고 상대보다 더 증오하지 못해 반평생을 안달복달이었던 사람들이 나란히 밑으로 떨어져버릴 수가 있는 거냐고. 어떻게 그럴 수가 있느냐고. 그때 너는 겨우 열여섯이었어. 나는 다섯 살이 더 많았지만 다섯 해만큼 더 아는 것은 없었고. 부끄럽지만 그랬지. 아무리 부모의 일이라 하더라도 그렇다. 타인의 끝은 짐작 가능한 것이 아니니까. 어떤 걸 떠올려도 정답을 확인받을 수 없을 테니까.

기영이 있을 때, 기영과 살았을 때, 기영과 아이를 갖길 원하면서 가장 지배받았던 건 아이러니하게도 그랬던 나의 엄마였다. 그녀가 했던 말, 지었던 표정, 그녀에게 보였어야 할 나의 말, 내가 지었던 표정…… 그런 게 시시때때로 눈앞에 어리어리해지곤 했지. 나의 아이에게 세상이 별게 아니라고, 애쓸 것 없다고 말하게 될까봐 두려워졌어. 엄마가 그랬듯 나 역시 나의 아이에게 체념과 자조와 무력의 굴레를 덧씌우게 될까봐. 내일은 없다고, 미래를 생각한다는 건 소용없는 행위라고 나는 단언하고 싶지 않았어. 그렇게 함부로, 경솔히, 그러고 싶지는 않았어. 아이의 미래는 온전히 아이의 것이어야 하니까. 판단도 아이의 몫으로 남겨져야 하지. 그게 옳아.

그런 나의 두려움을 알아차릴 적마다 기영은…… 내 기억에 기영은 그러니까 말없이 웃었지. 그저 웃어 보였다고밖에 표현할 수 없지만 코앞에서 입의 양 꼬리를 올리며 괜찮아, 하고 말했어. 괜찮아질 거야, 가 아니라 다 괜찮아, 라는 그의 확신이 나는 든든했어. 모르는 척 그 든든함에 기대곤 했던 것 같아. 그의 말이, 아이가 없어도 우리는 괜찮아, 인지 우리 사이에 아이가 생기지 않아도 나는 괜찮아, 라는 의미였는지는 모르겠다. 어느 쪽이었는지 아무것도 정확히 알 수 있는 것은 없어. 기영은 떠나버렸고 지금 내 곁에 있지 않아. 누구에게도 물을 수 없고…… 제이, 묻고 싶어. 우리는 사랑했던 걸까?

그를 잊어갈 수 있을까, 하고 묻는 것이 지나온 두 해의 매일 밤 내 소망이자 원망이었어. 그를 잊게 해주세요, 혹은 절대 잊지 않아, 사이의 긴 한숨과 불면. 언제나 그 언저리 어딘가에서 쪽잠을 잤고, 깨고 나서조차 도무지 이해할 수 없는 악몽을 반복해서 꾸었지.

자책은 하지 말라고 너는 오랜 시간 내게 말했어. 지치지도 않고, 지겨워도 하지 않고. 언니, 자책은 하지 마. 기영이 그랬듯 내 어깨를 감싸쥐고 웃었지. 가끔은 막연히 길을 걷다가도 그런 동일한 말을 부려놓았잖아. 미처 잊어버린 말이 있었다는 듯 아 참, 이제 막 새로 떠오른 말인 듯 자책은 하지 마, 그러면 안 돼…… 하고 말이지. 알아. 알고 있어. 누구의 탓도 아니다.

너도 아는 얘기지만 오 년의 결혼생활 동안 내가 겪은 두 번의 계류 유산 때문에 나부터도 뭔가를 지속한다는 것에 지독한 회의를 품고 있었지. 아니면 나조차 몰랐던 우리 부부의 나른함과 권태와 단조로움이 일상에 세밀한 균열을 내곤 그 틈을 비집고 어느 한쪽이 스르르 기화해버린 것일 수도 있어. 기영은 휴가를 내고 홀로 떠난 말레이시아에서 석 달을 지냈고, 일주일 후에 들어오겠다며 전해온 마지막 문자 이후로는 연락이 끊겨버렸으니까. 중국을 경유하는 말레이시아발 비행기에 올라타곤 공중에서…… 사라져버렸으니까. 불행히도 그게 너와 내가 아는 사실의 전부지.

너에겐 대꾸하지 못했으나 나는 자책보다도 엄마가 한평생 마음에 담고 있던 깊은 우울을, 그 망망대해와도 같은 심중을 헤아리고픈 날들이 많았다. 제아무리 있는 힘을 다해 노 저어 가도 끝내 다다를 수 없는 미지의 심해를. 그러노라면 끝끝내…… 고독해져버리고 말았어.

외로워진다고, 외롭다고, 네게 털어놓을 수는 없었어. 안 그래도 혼자 남겨진 나에게 매분 매초 마음을 쓰느라 분주한 작은 너에게 위로할 수 없는 영역이 있다는 걸 알게 하고 싶지 않았으니까. 정말로 그러고 싶지는 않았어. 기영이 떠난 뒤 내가 감당해야 했던 실탄 같은 고독의 무게를 자매라 할지라도, 오롯이 설명하기란 불가능하기도 했으니. 어쩌면 기민한 너는 알아차렸을지도 몰라. 서운함을 느꼈을지도 몰라. 다만 내가 그것을 짐짓 모르는 척하고 싶었는지도 모르지.

우리 어디라도 갈까?

괜찮다고 만류하는데도 너는 퇴근길에 장을 봐 와서 냉장고를 채우며 묻곤 했어.

어디를?

어디라도…… 늦었지만 나 다시 공부해도 좋지 않을까 싶고, 언니도 기분 전환이 될 거야. 아예 여길 다 정리해버리고 나가자는 건 아니니까. 언제든 돌아올 수 있어.

네 말투에서 배어나오는 조심스러움을 모르지 않았는데…… 회화 복원사로 일하던 너로서는 늦게나마 유학의 기회를 가져보고 싶은 건 진심이었을 테고, 내가 하루하루 기약 없이 말라가는 걸 바라보고만 있는 것도 고역스러웠을 거야. 그런데도 난 어쩌면 그렇게도 나의 상태에만 갇혀 있었을까. 아무것도 할 수 없고 하지 못하고 또는 하지 않는 무력의 상태 말이야.

너…… 엄마를 참 많이 닮았다?

그럴 때면, 네가 나를 애잔하고 애틋하게 바라볼 때면 이상하리만치 네게서 엄마의 얼굴이 보였어. 아무것도 생각나지 않고 그저 엄마의 얼굴이. 어려서, 엄마를 무서워하던 너는 입을 삐죽거렸지만 내게는 반대였어. 제이 넌 엄마가 드물게나마 내게 보여주었던 어떤 따스한 기운 같은 걸 품고 있을 때가 있거든. 너는 불쾌히 여겼을지도 모르겠지만.

엄마는 흐린 날을 좋아했어.

성격이 보이네. 맑은 날도 비 오는 날도 아니고 흐린 날이 다 뭐야.

네가 불퉁거렸지. 그러게, 라며 나는 맞장구를 쳤고.

해가 뜰락 말락, 비가 올락 말락, 바람이 불락 말락 하는 애매하고도 어중간한 때…… 그런 날엔 흰구름과 먹구름이 잔뜩 뒤엉켜 있고 공기도 정체돼 갑갑하기 마련인데 엄마는 그런 날엔 아침부터 기분이 좋아서 음악도 틀고, 허밍에 취한 채로 토스트도 굽고 그랬잖아. 희한하지?

대꾸하지 않는 네 표정을 보니 그랬던 엄마를 곰곰 떠올리고 있는 듯도 했는데. 맞니. 나는 선명히 기억하고 있어. 불시에 예민하고 히스테릭해지던 그녀의 심기를 거스르지 않으려고 나와 너는 그 나이대에 발산하는 소음을 줄이기 위해 얼마나 애를 썼었나. 너는 눈치가 빠르고 또래보다 한참 일찍 철이 든 아이여서 보폭을 줄여 걷거나 입을 다문 채 주스를 삼켰어. 기차 모양의 은빛 연필깎이는 놀이터까지 가지고 나와서야 실컷 돌렸지. 우리 제이 착하다고 머리통을 쓸어주는 게 내가 할 수 있던 일의 전부였던 것 같아. 일찌감치 어른의 세계와 사는 이치를 알아버리는 작디작은 아이의 성장을, 나라고 어떻게 멈춰줄 수 있었겠어.

그러다 어느 순간 나는 그런 네가 안쓰러워져서, 아니 이런 건 핑계일 뿐일까, 몰라 나는 너를 그렇게 천방지축 발랄하게 날뛰지도 못하고 납작 엎드리게 만드는 집안의 모든 것에 화가 치밀었어. 도리어 냉장고나 현관문을 벌컥벌컥 여닫고, 온 집안의 걸쇠 걸린 창문은 죄다 열어놓고, 화분엔 매일 넘치도록 물을 줘서 보란듯이 뿌리부터 썩히곤 했지. 엄마는 내가 화초를 죽여도, 사흘

밤낮을 매달렸을 게 분명한 캔버스에 식용유를 잔뜩 부어놔도, 고등학교 입학 선물로 아빠가 사다준 백팩을 커터칼로 난도질해 방안에 흩뿌려놔도 별반 반응을 보이지 않았어. 어느 때는 하는 수 없지, 라는 투였다가 어느 때는 애쓰지 마라…… 하며 또 그따위 말을 모이 먹듯 입 벌려 중얼거렸고 또 어느 때는 그렇구나, 응, 하는 나로서는 참으로 어처구니없는 얼굴을 해 보이곤 했던 거야. 믿을 수 있니. 사춘기 딸의 이유 있는 반항을 까닭 모를 방황쯤으로 여기는 것만 같아서 나는 자다가도 머리카락이 쭈뼛쭈뼛 서곤 했어. 지금 생각하면 그런 얼굴들도 모두 엄마가 품었던, 좀처럼 해소되지 않는 갈급한 고독의 장면이었을 텐데 싶지만 그래 너로선, 너로서는 잊어도 좋을 광경일 거야.

있지 제이, 기억나?

나는 네게 물었었지.

흐린 날에 엄마는 프렌치토스트를 자주 만들었는데. 흰 식빵에 노란 계란물을 묻혀서 앞뒤로 노릇하게 구워내면 그 냄새에 이끌리듯 깨어나 부엌으로 가곤 했잖아.

기억나. 설탕을 몇 스푼이나 넣은 건진 모르지만 아무튼 엄청 달았어.

그런 말이라도 해서 네가 픽 웃는 게 나는 좋더라. 너랑 엄마 이야기를 나눈다는 게 새삼스러우면서도 이렇게 하려면 못할 것도 없는 얘기를 그간에는 왜 그리도 알러지처럼 질색하며 지내왔는지 허탈하게 느껴질 만큼. 어느새 네가 커서 직장을 잡고, 내가 기영과 결혼을 하고, 오 년이 지나 기영이 떠나고, 다시 또 두 해가 지나고…… 제이, 우린 이만큼까지 왔네. 와버렸네. 서글플 건 없어.

그랬지, 아주 달았어. 그래도 차가운 흰 우유랑 같이 먹으면 고소해서 맛이 좋았지. 여느 때와 달리 엄마는 평온하고, 그 뜻 모를 평온함이 오로지 날씨 때문이라는 게 다소 기이하기도 했지만. 뭐 아무려면 어때. 얼마쯤은 흐트러진 엄마의 옷매무새마저도 정답게 느껴졌달까.

내가 계속 떠들고 맞아…… 하고 네가 또 말을 맞추고 우리가 그렇게 싱겁게 웃고 그랬던 날이 잊히지 않는다. 얼마 전 일이고, 그건 지나온 두 해간 우리로서도 거의 처음 마주해서 이야기를 나눴던 때인 것 같아. 이후로는 회복하려 했어. 죽어 널브러져 있던 일상을 돌이키려 애를 썼지. 애를 쓰지 않으면 바뀌는 건 없다는 걸, 앞으로 나아갈 수 없다는 걸 나는 충분히 알아버렸으니까.

전화가 걸려온 건 아마도 그런 날의 어디쯤이지 않나 싶어. 정확하게는 기억하지 못하고 있어. 일단은 놀랐고, 전화가 온 사실마저 잠시라도 망각하고 싶은 충동에 시달렸을 만큼 나는 당황했었거든. 나를 좀 내버려둬…… 다시금 그렇게 웅크려지는 마음이었겠지.

알아. 그러지 않으려고 해도 나는 여전히 돌아오지 않는, 되돌아오지 않고 있는 기영에 대해 생각하게 돼. 흔적도 없이 증발해버린 그에 대해. 여행중에 그가 보내왔던 햇빛에 새까맣게 타버린 제 발등을 찍은 사진이라든가 옷장에 숨겨둔 그의 카메라 메모리 카드 속에 가득 담겨 있었던 남자의 나체 따위를 가끔 신중히 들여다보며 어째서 일은 이렇게 되는가, 어떻게 일은 이렇게 되어버리고 마는가에 대해서 갸우뚱거리곤 해. 어디로 간 것일까. 어떻게 된 것일까. 도대체…… 쓸모없는 의문들을 부질없이 곱씹으며 말이야.

그 둘을 알고 있어요.

뭐라고요?

세이씨…… 아니세요?

……맞는데요.

그 둘을 내가 안다고요.

무슨 소리예요.

계오와 기영……

그리고 시간이 흘러, 어처구니없다고 생각하는 게 너무도 당연한 이런 전화를, 받기도 하는 건가봐 제이. 겨울이 다 됐다고 느껴질 정도로 쌀쌀한 바람이 불어오던 늦가을의 이른아침이었던 것 같아. 어디 봐, 지금이 십이월 중순이니까 그건 십일월의 마지막 주쯤이 되겠네.

수화기 너머로 흘러나오는 어느 낯모를 여자의 음성에서 둘의 이름까지를 듣고 나니 나는 도리어 사지의 힘이 쭉 빠져버렸어.

애써 잊으려고 하진 않았지만 굳이 떠올리려 하지도 않아왔는데. 사라졌다고 해야 할까, 떠났다고 해야 할까. 그런 맥락이라면 실종이라고 해야 하나, 이별이라고 해야 하나…… 나는 언제나 둘 중 하나의 기로에서 차마 선택할 수 없는 괴로움을 느껴왔는데 계오와 기영은 나 아닌 누군가에게도 둘이었던 거야. 그 사실이, 이제는 봉합돼버렸다고 믿었던 어느 깊숙한 장소에서의 봉인된 상자를 꺼내 열어보듯 새삼스러운 의식인 듯 다가왔어. 달갑지도 않고 그건 뭐랄까, 무서웠다고 해야 할까. 너무나.

얘기하고 싶지 않은데요.

그래서 대답했지. 얘기하고 싶지 않다고. 진심을 담아서. 하지만 내 망설임을 읽었다는 듯 여자의 대꾸는 빨랐어.

나도 고민이 됐어요.

……

당장 보자는 건 아니에요. 나도 많이 고민스러웠고, 이게 다 무슨 소용인지 답답했고…… 그랬지만, 그랬는데도 이렇게 전화를 걸게 됐어요. 한 번만 만날 수 없을까요. 이끌리듯…… 그냥 우리 한번 보면 좋겠다는 생각으로요. 마음이 내킬 때 산책하듯 와줘요.

서두르지 않아도 되니까요, 라는 말을 끝으로 전화는 끊겼어. 제이, 이런 말을 나는 네게 한 적이 없지. 그랬어. 그런 전화가 걸려왔었어. 전화기의 화면을 막막히 바라보다가 나는 소파 위로 널브러져버렸어. 여자가 들려준 목소리만으로도 여자는 나보다 나이가 더 있는 것 같았고. 예의가 발랐지만 지나치게 정중하다거나 간절하다거나 하지 않아서 얘기를 듣는데 도리어 차분해지는 기분이 들었달까. 처음 통화했을 때의 두려움은 조금 잦아들어 있었어. 딱히 나쁘다고 할 수는 없었지.

없었는데…… 그러나 여자는 '안다'고 말했어. 그 둘을 안다고, 계오와 기영 그 둘에 대해 자신이 알고 있다고. 그 말을 다시금 떠올리니 도무지 감출 길 없는 화가 솟았어. 안다. 안다고? 어떻게 안다는 것일까. 기영이 증발해버리고도 두 해 남짓 지난 지금까지도 나는 아무것도 알겠는 것 알게 된 것 또는 알아차릴 수 있는 것이 없었는데 말이야. 어떻게, 감히, 안다고 말할 수 있는 거야? 어떻게 그것이 가능하지?

원만하다고 믿었던 우리 부부의 사이는 느닷없는 기영의 좌절과 내가 어찌해주지 못하는 그의 상실감으로 일그러졌어. 우리에게 어떤 균열이랄 게 있었다면 그것뿐이라고 말한다면 내가 이기적인 걸까? 그래? 걱정할까봐 별다른 말을 전하진 않았기 때문에 너는 내게 찾아와 책망하듯 물었지. 형부를 혼자 여행 보내면 어떻게 해, 바람이라도 나면 어쩌려고. 농담삼아 건넨 말이었지만 나는 덩달아 웃고 말았을 뿐 아무런 부연도 할 수 없었어.

회사에서 무슨 일이 있었던 건지, 도대체 그의 내면에 어떤 파동이 일었던 건지 알 수 없는 것투성이었으니까. 회사 후배인 계오가 전 직원 앞에서 말도 안 되는 폭언을 기영에게 퍼붓고 뛰쳐

나가버렸다는 얘길 동료와의 메신저를 통해 알았지만 그저 그뿐이었어. 해갈되는 것은 아무것도 없었어. 끔찍한 두통에 시달리면서도 어떤 불길한 예감 같은 것만을, 나는 벌레인 양 떨쳐내려 진저리쳤는지도 모를 일이지.

나는 그가 무엇에, 무엇 때문에 상처받은 건지 알 수 없었어. 우리는 좀처럼 대화가 되지 않았지. 네겐 어쩔 수 없이 많이 감췄지만 사실 그는 자주 외박했고, 집에 들어와 방문을 걸어 잠그거나 내가 설핏 잠이 든 새벽녘에 집을 나서는 때도 많았어. 그가 갑작스레 장기 휴가를 내고 배낭 하나를 꾸린 뒤 혼자 석 달간 말레이시아로 떠난다고 했을 때 온 힘을 다해 그를 말리지 못했던 건 진심으로 그가 다시 돌아오기를 바랐기 때문이었어. 제이, 나도 그 누구보다 기영이 내게로 되돌아오기를, 제발 그래주기를 기도했어. 누구나 상처 입는다. 저마다의 흉터를 갖고 살아간다. 나는 그렇게만 생각하기로 했어. 계오와의 사이에서 어떤 일이 있었고, 무슨 갈등이 있었는지 모르지만 다만 기영에게 화를 내거나 그를 붙들지 않는 대신에 그가 자신에게 가해진 고통과 상처를 잘 추스른 뒤 나란 여자의 남편으로 다시 와주었으면 하고 바랐던 거야.

하지만 그는 오지 않았어.

그리고 나는 전화를 받은 거야. 기영과 계오, 둘에 대해 안다고 말해오는 낯선 여자의 전화를. 그녀는 자기를 만나러 와달라며 문자로 주소 하나를 남겼어. 외면하려 해도 가지치기가 안 되어 삐죽 불거진 나뭇가지처럼 신경이 쓰였지. 어쩐지 견딜 수가 없는 기분으로 열흘을 보냈어. 나는 버스를 타고, 기차를 타고, 다시 내려 택시를 탔지. 너무 오래 운전대를 잡지 않았기 때문에 겁이 났거든. 가는 동안 많이 허둥거렸어. 때때로 사람들의 틈바구니에서 식은땀이 났는데 막상 열차가 일정한 속도로 달려나갈 땐 설핏 단잠에 빠져들었던 것도 같아. 도착하기까지 서너 시간쯤 걸린 걸까. 춘천이었어.

여자가 알려준 주소지는 시내에서도 멀리 떨어진 외곽이었는데 택시에서 내려 팻말이 세워진 입구를 지나서도 또 한참이나 걸어 들어가야 했지. 반원을 돌듯 이삼백여 미터쯤을 에두르고 작은 언덕을 숨가삐 오르는 중에야 건물이 보였어. 생각보다 꽤 큰 주택이었지. 단풍과 매실 그리고 자귀나무와 산수유가 오종종 심어진 정원이 아기자기하고 멋진 곳이었어. 잔디밭에 심긴 돌들을 발판 삼아 입구로 가니 강렬한 붉은빛의 철제 대문이 활짝 열려 있더라. 다시 투명한 유리문을 힘들이지 않고 밀고 들어가야 했지만. 일층과 이층이 카페여서 계단을 오르며 몇몇 손님들이 앉아 커피 마시는 걸 봤어. 고즈넉한 분위기에, 다들 평온하고 안정적인 표정으로 마주앉아 있는 모습을.

삼층은 의외로 아담한 크기였는데, 그게 천장에 닿을 높이로 벽면에 가득 들어찬 그릇장들이 도서관처럼 겹겹이 세워져 있어서 그렇다는 걸 나중에야 알았어. 처음 들어섰을 땐 너비가 삼 미터는 족히 넘을 커다란 나무책상에 사람 한 명이 고개를 한껏 숙이고 어깨를 옴츠린 뒤 뭔가에 깊이 몰두해 있는 모습만이 눈에 들어왔거든. 오 분가량을 나는 막막히 서 있었던 것 같아. 두 팔을 움직이는 순간 어깨의 균형이 가벼이 틀어졌다 다시 되돌아오는 모양이, 사뿐거리는 날갯짓 같기도 하고 피었던 꽃망울이 저녁나절에 접히는 듯도 하고…… 꽤 규칙적이구나 하는 느낌을 받았어. 다소 기묘해 보이기도 했고.

여자는 그후에도 시간이 좀더 흐른 뒤에 고개를 들었어. 잠시 나를 향해 시선을 고정시켰다가는, 이내 안경을 벗고 자리에서 일어났어. 나는 잠시 머뭇거렸지. 반가워하는 기색의 여자가 낯설어서. 아니 처음 만나는 이가 보이는 그런 즉각적인 호의가 다소 난감하게 느껴져서. 앉으세요. 여자는 중앙의 테이블을 가리킨 뒤 내 가까이로 다가왔지. 대형 함선에서 내리는 선원처럼 책상을 비껴 일어나 걸어오는 여자의 모습을 내가 너무 망연히 바라보았나 봐. 여자는 가까이 다가와 재촉했지. 나는 어깨에 걸친 가방끈을 내려 품안에 잠깐 안았다가 의자에 앉으며 무릎에 내려놓았어.

오느라 힘드셨죠.

여자가 물었고,

아니에요.

나는 대답했어. 수화기 너머로 들려오던 목소리로 상상했던 모습과 여자는 전혀 다르다는 생각을 하면서. 목소리만으로는 중키에 단발머리쯤의, 그리고 아주 건조하고 밋밋한 얼굴이 아닐까 했는데 아니었거든. 딱히 웃지 않는데도 양 뺨에 보조개가 드러나는 선한 인상이었고, 깔끔하게 갖춰 입은 투피스에 어깨를 넘기는 웨이브진 머리가 자연스레 어울려 단정하지만 멋스러워 보이는 사람이었어. 누구라도 처음 보곤 호감을 가지지 않을 수 없는 얼굴이었다고 해야 하나. 전혀 나이들어 보이지도 않았고.

잠시만…… 하더니 여자는 커피를 가져왔어. 쟁반에 받쳐들고 온 빈 찻잔이 둘이었지.

과일차로 할까 하다가 그래도 이 시간엔 이게 나을까 해서요.

여자가 화려한 빛깔의 잔과 소서를 내 앞에 내려주곤 드립 서버에 담아온 뜨거운 커피를 따라주었어. 찻잔도 따뜻이 데워져 있는데다 커피마저 뜨거우니 한동안 따스한 김이 솟았지. 순식간에 코끝으로 다가드는 그 새까만 커피향이라니. 뭐라고 해야 하나, 먼지처럼 쌓였던 노곤함이 공중으로 흩어지는 기분이었다고 할까. 여자가 처음 걸어왔던 전화나 이곳으로 오게 된 과정, 기영과 계오의 이름 따위는 싹 다 잊히고 이유야 어찌됐든 그냥 지금 이대로가, 향긋함이 부유하는 이대로가 좋구나, 생각해버리고 싶은 마음이 들었어. 커피의 맛 같은 건 잘 알지 못하니까 논외로 하고 말이지. 그 따뜻한 기운과 고소한 향내…… 아 그래, 다시 생각하니 그건 흐린 날에 엄마가 구워주던 토스트의 냄새와도…… 아니야 제이, 이 얘긴 그만하겠어.

드셔보세요. 신맛이 좀 나긴 하는데.

여자는 자기의 빈 잔에도 커피를 따르고, 먼저 한 모금을 마시곤 내려놓았어.

나도 마셨지만,

커피맛을 잘 몰라서요.

하고 말아버렸지. 저도 그렇습니다, 대꾸하곤 여자가 빙그레 웃더라. 여기 박물관에서 일하고는 있지만 정작 커피에 대해서는 잘 모른다고. 주로 소장한 자료 목록을 정리하는데 정확히 말하면 커피잔의 치수 재는 일을 한다고.

치수요?

네. 좀 낯선 일인데. 찻잔의 종류를 연도별, 브랜드별, 치수별로 분류하고 정리해요. 오래된 고서와도 같은 찻잔이 많기 때문에 늘 조심하고 주의하려고 하죠. 여기서 온종일 잔과 소서의 치수를 재다보면 근육이 경직돼서 고생하는 일이 많아요. 하도 웅크리고 있어서 쥐가 나는 건데, 그 순간에도 손을 벌벌 떨면서 찻잔부터 먼저 내려놔야 한다는 강박에 시달린다니까요.

찻잔의 크기에 맞춰 최적화된 양의 커피를 채우면 맛도 좋아진다고 여자는 말했어. 잔 가득히 따르면 오히려 풍미가 덜해진다고. 생소했지만 그럴 수도 있구나, 그저 고개를 끄덕였지. 우리는 만난 지 삼십 분이 지나고도 여전히 마주앉아 커피와 찻잔과 소서에 대해 이야기했어. 여자가 내 앞에 놓아준 찻잔은 영국 브랜드의 백 주년 기념 커피잔이고 1900년에 만들어진 것이라고 하더라. 이름도 설명해줬는데 다 잊어버리고 말았네. 나는 그저 백 년도 더 됐다는 커피잔이 너무나 화려한 꽃잎으로 수놓아져 있어서 가만가만 바라봐가며 커피를 마셨던 것 같아. 잔과 소서의 테에 둘러진 건 22K 순금이에요, 덕분에 닦을 때도 신경이 곤두서요, 라고 여자가 덧붙였지.

계오는 애인이었어요.

만난 지 한 시간쯤 지나고 여자는 말했어. 점심때는 훌쩍 지난 시간. 쪽창처럼 나 있는 유리 바깥으로 보이는 거라곤 파란 하늘뿐이었는데 그 조각난 풍경마저 아름다웠어. 이야기하지 말았으면, 순간 그런 마음마저 들었지. 하지만 누구라도 하지 않을 수 없다는 듯 우리는 말하고 듣기를 반복했어. 그것 말고는 현재 존재하는 이유가 아무것도 없다는 듯이. 어쩌면 그건 또다른 무력이었을까? 제이 나는…… 남겨진 이들의 고독함이 그렇게도 쓸쓸한 향취를 풍기는지 여자와의 대화에서 새삼 알게 되었어. 무슨 말을 나눠도 우리는 결국에 고독해지고 말 거라는 걸 이미 알고 있는데도 그것을 말함으로써 더더욱 고독해져버리고 마는, 그런 선택만을 해야 하는…… 어쩔 수 없음의 마력.

이제 옛 애인이라고 해야 하나. 그것도 잘은 모르겠네요. 나는 애인 사이라고 생각했는데 그에겐 내가 연인이 아니었을 수도 있으니까. 돌이켜보니 우린 그만큼 기이하고 묘한 관계였던 것 같아요. 우선 서로 구속하려 들지 않았죠. 참견하거나 매달리거나 하는 일도 없었어요. 그게 어른의 연애라고 믿었는지도 모를 일이에요. 실상은, 금을 밟거나 넘어가면 아웃되는 어린애들의 놀이와 같은 단순한 룰에 의지했다는 걸 나중에야 알았어요. 혼자가 되어서야. 우스운 일이에요.

여자는 어른의 연애라고 말했다. 그 말에 나는 내색하진 않았으나 수긍했어. 여자의 담담한 어조가 사뭇 이해되었지. 나의 힘듦과 나의 외로움과 나의 우울을 나 역시 기영에게 표현하거나 분출하고 살았다면 어땠을지…… 그랬다면 떠나간 기영에게 이제 와서 미련이나마 덜했을지 모를 일이지 않니.

첫아이를 유산하고 나서 일 년 반 만에 들어선 두번째 아이를 나는 기영에게 일찍 알리지 못했어. 제이 네게도 마찬가지였지. 임신 테스트기에 두 줄이 뜨는 걸 보고, 산부인과에서 이제 막 오 주가 되었다는 진단을 받고 나서도 여보 나 임신했어, 소릴 하지 않았으니까. 첫아이는 구 주차에 잃었었다. 나는 육 주에 아기집이 보이면, 칠 주에 난황과 아기가 보이면, 팔 주에 심장이 잘 뛰면 그때는 꼭, 구 주에 초음파로 팔다리가 잘 보이면 그때는 꼭 말하자, 하며 얘기하길 미뤘어. 육 주부터 간간이 시작되던 입덧이 팔 주쯤 절정이어서 먹고 토하기를 반복하는데도 기영에게 내색하지 않으려 애썼고…… 왜 그랬는지 모르겠어. 대체 나는 무엇이 두려웠을까. 왜 기영과 함께 우리의 두번째 아이가 찾아온 기뻠을 나누고 위로받으려 하지 않았을까. 그즈음 부쩍 이어지던 기영의 야근과 집에 돌아온 그에게서 느껴지던 피로감과 낯섦…… 나는 왜 그토록 깊이 고독을 자처했던 것인지? 그러나 내가 기다렸던 구 주차에, 둥그런 팔과 다리까지 생겨났던 이 점 사 센티미터 아기의 심장은 멈춰 있었어. 또, 멈춰 있더라. 유아처럼 울고 떼쓰고 달라붙었어야 했는데. 내가 너무 힘들다고 너와 같이 있고 싶다고 그렇게 모든 걸 다 빼내줄 듯 마음을 표현했다면, 사랑을 말했다면, 기영은 그렇게 쉽게 절망한 얼굴로 돌아서지는 않았을지…… 제이 그때도 지금도 나는 모르겠어. 모르겠다는 말만을 이렇게 무시로 하고 있어.

사랑은 그런 게 아니란 걸 알게 됐다고 할까요.

여자는 말을 이었어.

금을 밟거나 넘어가지 않으면 게임은 끝나지 않아요. 새로 시작되는 일도 없죠. 지루해지다가, 해가 지면 각자 집으로 돌아가는 거예요. 어린애들의 놀이란 게 그렇잖아요. 뭔가 단단히 착각했던 건지도 몰라요. 사랑은 결코 이성적인 양자관계에서 이어지는 건 아닌데 말예요. 일반화할 생각은 없어요. 계오와의 사이에서 그랬다는 거니까.

당신은 기영도 안다고 말했어요. 계오만이 아니라.

내가 말하자 여자의 왼쪽 눈썹이 잠깐 올라갔다가 이내 미간이 부드럽게 풀어졌어. 계오와 기영에 대해 알고 있다는 여자의 말을 나는 들어야만 했지.

아마도 몰랐겠지만……

여자가 대답했어.

둘은 이곳에 자주 왔었어요. 아니 자주라고는 할 수 없나, 몇 번, 그래요 몇 번이라고 해두죠. 예닐곱 번 정도일까. 달에 한 번은 봤던 것 같아요. 기영은 언제나 카메라를 챙겨왔는데 DSLR 한 대를 간편히 목에 걸고 오거나 때론 삼각대와 우산처럼 펼쳐지는 조명까지 차에 가득 싣고 오는 적도 있었어요. 아침저녁으로 변하는 소양호의 하늘빛이나 계절이 바뀔 때의 풍광을 찍어 가기도 하는 것 같았지만 대체로는 여기 작업실에 딸린 창고 방에 둘이 처박히기 일쑤였죠.

여자의 말을 들으며 나는 간간이 고개를 끄덕였어. 기영은 인터넷 동호회라든가 사내 모임 등에 참여했기 때문에 카메라를 챙겨 집을 나서는 모습은 익숙했지. 계오와 어딘가를 가는 것이라곤 생각하지 못했어. 한참 뒤에야 기영이 남겨둔 카메라 속에서 계오를 보게 됐지만.

나중에 알았어요.

내가 말하고,

그랬을 거예요. 나도 처음부터 알진 못했어요.

여자는 대꾸했지. 우리는 한동안 커피를 마셨어. 오후의 긴 볕이 창을 통해 쏟아져들어오고, 커피는 쉽게 식지 않고. 우리는 마주앉아 있었어. 내 찻잔의 커피가 줄면 여자가 의식처럼 다시 채워주었지.

여자의 눈에, 기영은 주관이 뚜렷하고 자기애도 강하며 고집스러울 만큼의 확신으로 뭉쳐 있는 사람이었다고 했어. 적어도 자기에겐 그렇게 느껴졌다고. 그랬지. 나에게도 그런 사람이었어, 기영은. 누르면 눌릴 듯 찌르면 찔릴 듯 상대에겐 한없이 무르고 다정한 사람이었다가도 일하는 데 있어선 우유부단하지 않고 단호했지. 뭐든 자신이 원하는 것과 가고자 하는 방향을 정확히 파악하고 움직였어. 딱히 고집이 세거나 하진 않았던 것 같은데 목표의식은 확실한 사람이었지. 여자는 말했어. 계오와 기영이 서로를 사랑한 건 아니었다고. 계오만이 그를 원했다고. 입 밖으로 꺼내면 아플 말을, 어쩌면 내가 듣고 싶어했을지도 모를 말을 여자는 담담히 들려주었어.

그는 사진을 찍으려 했던 거예요. 원하는 사진을, 계오가 모델이라면 얻을 수 있다고 믿었던 것 같아요. 다른 이에게는 보이지 않는 폭과 깊이의 무언가가 그에게는 보였을 테죠. 그러니 계오를 좇았겠지만, 그게 다였어요. 내가 아는 한 그는 아니었는데 계오는 어떤 자만에라도 도취된 듯 순순히 그를 이곳으로 데려와 그가 요구하는 걸 들어줬어요. 어떤 사진을 찍는지는, 나도 한참 후에야 꼭 한 번 본 것이 다예요. 문을 잠가놓은 것도 아니었는데 열어볼 생각은 하지 못했었거든요. 처음에 나는 모멸감을 느꼈죠.

내 애인이, 회사 선배라던 사람 앞에서 나체로 소파 위에 누워 있다니요. 놀랐어요. 수치심이 일고 당황스러웠어요. 그러다 편해졌죠. 물론 시간이 걸렸고요. 처음 눈에 담은 순간부터 그랬던 건 아닌데 사진을 찍는 그의 태도를 가만 보고 있으려니 점점 다른 게 느껴지더군요. 그건 외설적이라기보다는 오히려 경건해지는 기분이었어요. 어떻게 설명해야 할지 난감하지만 내 느낌은 그랬어요. 계오는 벌거벗은 채로도 장난스럽게 굴었는데 그는 아니었으니까요. 진지하게 셔터를 눌렀어요. 서두르거나 조급해하지는 않았죠. 어느 날은 수십 통의 흑백필름을 모조리 끌어내 쓰레기통에 던져 넣고 가기도, 어느 날은 시간 가는 줄도 모르고 잔뜩 상기된 얼굴로 카메라 액정에 코를 박고 있기도 했어요. 그는 돌아갔다가도 또다시 돌아왔죠.

제이, 사진을 찍으려 했다는 그의 모습을 나는 상상했어. 여자의 말에 즉각적인 위안을 얻은 것은 아니야. 도리어 기영의 사진에 담겼던, 기이한 슬픔이나 그릇된 선망 같은 감정을 한 계오의 눈빛을 이해하게 되었지. 이해라는 게 무슨 의미가 있을까 의구심이 들지만. 이렇게 길고 따스한 빛줄기가 드는 오후에 셋이서 커피를 마셨다고, 여자가 커피 한 모금을 입안에 머금었다가는 삼키며 말했지. 나도 몇 모금 더 마셨어. 쉬이 식지 않는 커피를. 입술에 닿는 온기를 지속시키려 애쓰며.

찰나의 순간을 우연히 포착하는 것과 앵글을 맞추고 원하는 순간이 오길 고요히 기다리는 것. 그는 후자였어요. 원하는 게 있고 그것을 얻기 위해 인내했어요. 카메라를 통해 계오를 바라보는 그 고요하고도 엄숙한 시선에 언제인지 모르게 흥분이랄 게 사그라졌던 거예요. 그가 보여주는 태도랄까 그가 만들어내는 장면이랄까 하는 것에서 나는 고요해지는 걸 배웠어요. 보이려고 하지 말고 그냥 그대로 존재하라, 그러면 자유를 얻을 것이다. 그는 그렇게 입버릇처럼 말했죠. 피사체도 내가 찍는 걸 몰랐으면 한다고, 의식하지 않은 사진이 아름답다고요. 사진을 대하는 그만의 어떤 철학이었던 걸까요?

여자의 말을 들으며 나는 창고 방에 있었다던 둘의 모습을 상상했어. 카메라를 사이에 두고 대치하듯 혹은 정렬하듯 혹은 진열되듯 마주 머물렀을 기영과 계오…… 그 둘의 방. 두 남자의 방. 머릿속으로 그려볼수록 그것은 너무나 멀리 있는 방처럼 느껴졌어. 도무지 가까워질 수 없는 방. 더는 내가 속하지 못할 방. 짐작으로라도 다시는 들여다볼 수 없는 방. 제이, 그렇게 생각하자 내가 기억하는 기영의 얼굴이 오해인 양 일그러졌다. 내가 간직하거나 혹은 누렸던 한 세계가 무너져버리는 듯했어. 다시는 되돌릴 수 없는. 그렇듯 고통스러운 기분이었어. 기영이 먼 여행을 떠난 뒤 계오 역시 자취를 감췄다고 여자는 말했는데 나는 더 묻거나 듣지 않았어.

나는 그렇게 갔던 길을 다시 되돌아왔어. 택시를 타고, 기차를 타고, 버스를 타고 나의 자리로, 기영과 살았던 나의 집으로. 어디를 갔었느냐고 너는 물었지. 어린애를 다루듯 몸의 이곳저곳을 살펴보는 네게 나는 산책을 다녀왔다고 말했지만 믿기지 않는다는 표정이었어. 너는 더이상은 캐묻지 않았고. 이후로 또 시간이 이렇게 흘렀네. 흘러버렸네. 자박자박 밟으며 돌아왔던 마른 나뭇잎들은 이미 다 치워져버리고, 스산한 거리의 오후엔 이제 짧은 볕만이 비췄다가는 소멸해버려. 겨울의 차디찬 바람만이 휑한 가지를 흔들지.

손에 쥔 찻잔을 내려놓고 여자를 떠나오기 전에 나는 물었어. 어떻게 내게 연락하려고 마음먹었는지를. 여자는 깜빡 잊고 전하지 못한 안부처럼 내게 답했어. 지난해 4월에 진도에 가지 않았느냐고. 수천 개의 타일이 가득 붙여진 방파제에서 그림을 그리지 않았느냐고 말이지. '기억의 벽' 앞에서 작은 타일에 안료를 개어 집중해 그림을 그리던 당신을 자신은 한눈에 알아보았다고. 그건 그가 언젠가 이 테이블에 앉아 꺼내어 보여주며 내 아내의 얼굴을 나는 참 좋아해요, 라고 한 그 사람이 분명했다고.

의연한 척했지만 연락하기까진 오래 걸렸어요.

여자도 힘이 들었다는 걸 나라고 왜 느끼지 못했겠니. 일상을 잠식하는 그 무수한 망설임들을, 의식을 파고드는 그토록 강인한 상실감을 어떻게 공감하지 않는다 말할 수 있겠느냔 말이야. 우리는 악수조차 나누지 않고 헤어졌어. 나는 단 한 번도 걸음을 멈추거나 돌아보지 않고 여자를 떠나왔고.

제이.

이제 다시 붓을 잡아볼까 해.

그래서 이달이 가기 전에, 올해가 끝나버리기 전에, 지난 이태간 그래왔듯 무신경하고 무의미하게 시간을 흘려버리지는 않도록 나는 잠시 이곳을 떠나볼까봐. 기영이 석 달을 예정하고 짐을 꾸렸던 그 여정을 따라 이동해보려고. 미련 같은 건 아니야. 잊기 위해 또는 잊지 않으려고 발버둥을 치는 것도 아니야.

다만, 나는 다만 이해하고 싶어. 오해로 그칠지라도. 짐작에 불과할지라도. 그게 나를 괴롭게 하더라도.

기영의 궤적을 따라 이동하며 그가 디뎠던 걸음, 보았던 광경들, 시야에 담기는 작은 조각 하나라도 지나치지 않으려는 마음이야. 무엇보다, 지치지 않아볼게. 네 말대로 이렇게 되어오는 동안 벌어진 일련의 일들이 모두 다 나의 탓은 아닐 테니까. 이건 자책이 아니야. 다시 사랑하기 위해서, 다시 시작하기 위해서야. 이해하고 오해한 고독의 시간들을 내 것으로 그려 오려 한다.

전화할게.

빗소리와 무無의 소리

야쿠르트?

네.

너무 작지 않나?

적당합니다.

그루밍 잘하는 동물처럼 최는 반질반질한 낯빛으로 말했다. 사장은 음, 소릴 내며 잠시 멈추었다. 손에 든 장부를 탁자에 내려놓으며 다시 또 음, 하고 입술을 맞물었다.

하긴.

그렇습니다.

최는 사장이 운을 떼자마자 동의했다.

우유야 뭐 다들 좋아하지도 않는 것 같고 말이지.

사장이 카디건의 단추를 채우며 고개를 주억거렸고,

달달한 게 좋죠.

괜한 헛기침을 하며 최가 대꾸했다.

그럼 그렇게 하지.

사장은 일어섰다. 원하는 대로, 라는 말이 덧대어졌다.

그런 대화를, 김은 들었다. 좁은 의자에 엉덩이를 끼워넣다시피 앉은 채로 모니터 화면을 들여다보던 중이었다. 제본기가 돌아가지 않아서 소리는 명료히 들렸다. 계산대 앞에서 박이 현수막을 주문하는 손님의 요구를 받아 적고 있을 뿐, 딱히 소음이랄 게 없었다. 박의 펜 소리가 서걱서걱 허공을 채웠다.

살펴 가십시오.

최가 허리를 숙이고, 김도 어정쩡히 엉덩이를 떼었다가 다시 앉았다. 최는 제본기 앞으로 돌아가 신문을 양면으로 크게 펼쳤다. 김은 미동 없이 시간을 보냈다. 십여 분쯤 지나자 손님이 바싹 다가와 메모지에 제 이름을 적어 내밀었다.

한글로 할까요?

김이 물었다.

손님은 잠시 고민하더니,

한글로 할게요.

대답했다. 인印 자는 빼고요, 하고 덧붙였다.

어느 것으로 하시겠어요?

김은 옥과 나무 등 재질이 다양한 샘플들을 꺼내놓았다.

아……

말끝을 흐리며 몸통을 숙인 손님은 추천해주세요, 하고 말했다. 김은 손님의 정수리 언저릴 바라보며 벽조목을 집었다.

대추나무인데, 가장 선호들 하십니다.

아! 벼락 맞은 건가요?

손님이 물었다.

대부분은 그렇죠.

김은 당황하지 않고 대답했다. 정말 벼락 맞은 대추나무로 만든 벽조목인지는 확신할 수 없었다. 기계에 나무 몸통을 물린 뒤, 김은 모니터를 손님 쪽으로 향하게 돌리고 서체를 골라달라고 했다. 손님이 초서체를 가리켰다. 김은 손님이 건넨 이름에서 '인' 자를 뺀 '가로 세 글자' 방식을 모니터에 입력하고, 흐르듯 새겨지는 촉의 면밀한 움직임을 주시했다. 손님이 삼만원을 건네곤 뒤돌아 매장을 나갔다. 한동안은 한가로웠다.

오전 열시쯤이 되어 아주머니가 들어왔다. 매대 위에 우유 다섯 갑이 담긴 봉지를 습관적으로 내려놓자 최가 손사래를 쳤다.

아니요, 야쿠르트로 바꿉니다.

오늘부터요?

아주머니는 당황하면서도 미소를 잃지 않았다. 이걸 어쩐다?

하고 중얼거리면서도 봉지를 한쪽으로 치웠고, 대신에 가방에서 야쿠르트 다섯 개를 골라 내놓았다.

그럼 에이스로 드세요.

굴곡 없이 통통한 몸집의 야쿠르트를 하나 손에 들어올려, 최는 가만 살펴보았다.

에이스?

네. 유산균이 더 많아요.

아주머니가 웃었다.

얼마죠?

사백원이에요. 다섯 개 하시면 이천원.

오른손 검지와 중지를 펼쳐 보이던 아주머니는 이내 가방을 챙겨 나갔다.

최와 박, 김은 야쿠르트를 하나씩 손에 쥐었다. 에이스는 아니었다.

아, 달다.

야쿠르트의 잘록한 허리 부분을 손바닥으로 감싸고 초록색 포장지를 벗겨낸 뒤 한입에 털어넣은 최가 말했다. 박은 쓴 얼굴로 아쉽다는 듯 입맛을 다셨다. 김은 차가운 야쿠르트를 그러쥐고 매대 위에 남은 두 개에 시선을 두었다. 하나는 외근중인 부장의 것, 또하나는…… 속으로 생각하다가 문을 떠올렸다.

문을 찾아 매장 안을 눈으로 좇았지만 보이지 않아서 김은 일어났다. 한 바퀴 휘 돌았는데도 없어서 창고를 열었더니 문은 없고 의자 위에 주머니가 덩그러니 놓여 있었다. 팔백원짜리 우유가 하루아침에 백사십원짜리 야쿠르트로 둔갑하다니 인당 육백육십원이면 다섯 개면 삼천삼백원, 오 일이면 만육천오백, 한 달이면 육만육천, 일 년이면…… 삐죽거리며 뒤따라온 박도 그걸 보았다.

분명한, 주머니 한 자루였다.

점심엔 매일 배달받아 먹던 백반을 전화로 취소하고 직접 식당으로 갔다. 사람이 많아 밖에서 조금 기다렸다. 메뉴는 김치찌개에 계란찜이었는데 최를 제외하고 박과 김은 먹는 둥 마는 둥이었다.

입맛이 별로네……

박이 말했다. 김은 숟가락을 내려놓으며 고개를 끄덕였다. 심란했고, 무슨 말도 떠오르지 않았다. 얼른 비켜주지, 하며 최가 일어나 식당을 나갔다. 김이 일어나기도 전에 테이블이 빠르게 치워졌다.

연락을 받고도 사장은 오후 늦게야 들어왔다. 부장이 온 것도 거의 동시였다.

자넨 뭐하는 사람이야?

사장이 대번에 부장을 닦달했다. 최는 짐짓 모르는 체 제본기의 레버를 만지작댔고, 박은 눈을 빛내며 주위를 살폈다. 본사에서 내려온 사은품이 어쩌니, 외근이 어쩌니, 업무와 관련한 사장의 잔소리가 꽤 오래 이어졌다. 박이 슬쩍 하품을 하는 걸 보곤 김은 창밖으로 눈을 돌렸다. 하늘은 희끄무레 어두운데 눈 소식은 며칠이나 감감이었다. 내일은 눈발 흩날릴 가능성이 있겠습니다. 매일 밤 같은 시간대, 같은 기상 캐스터의 목소리를 들으며 잠들었지만 깨어나면 그대로였다. 습기만이 진득하게 코끝으로 달라붙고 눈은 내리지 않았다. 문은 어째서…… 김은 답도 없는 생각에 함몰된 채로 고개를 수그렸다. 사장은 매장 안으로 들어선 후에도 창고 근처로는 다가가지도, 주머니를 확인하지도 않았다. 부장 역시 마찬가지였다. 최가 멀찍이서 이크! 소릴 내며 물러나고, 박이 세상이 정말 어떻게 돌아가는 건지…… 하고 나직이 읊조렸을 뿐 주머니를 정면으로 마주한 건 김 혼자였다.

한심한 사람.

삼십 분가량이 훌쩍 지나고야 사장은 혀를 차더니 밖으로 나가버렸다.

뭐야……

박이 김에게 소리 죽여 입만 벌리는데 부장이 김을 불렀다.

일단 저…… 문을 보내야 한다더군.

부장은 꽤 피곤한 기색이었다. 먹구름이 눈 밑까지 내려와 있었다. 손바닥으로 바짝 마른 얼굴을 비벼가며 그래도 말을 고르느라 애쓰는 듯했다. 사장이 본사에 보고하고 문의 가족들과도 상의한 결과, 이런 경우에, 대개는 P시로 문을 보내는 게 우선이라는 것,

우리가 할 수 있는 건 그 정도뿐이라는 것, 등을 전했다.

뿐?

'뿐'이라는 말이 목구멍에 고리처럼 걸려서 김은 잠시 서너 번 헛기침을 했다.

처음엔 허리춤에 달랑달랑 매달린다는데 누구 본 사람 없나?

부장의 물음에 최는 어깨를 으쓱했다.

아니요, 보지 못했습니다.

박은 고개를 천천히 저었다.

하기야 주머니가 꽤 작다고는 하니까.

미간을 찌푸린 부장의 시선이 창고로 향했다. 그와 동시에 최와 박, 김도 모두 창고를 바라보았다. 닫혀 있었으나 그 안에 있는 문을, 눈에 보일 듯 떠올리지 않을 수 없었다.

김이 좀 하지.

부장이 윗입술을 깨물며 말했다.

제가요?

그럼 누가 해?

어떻게……

어떻게는 뭐, 일단 퀵을 부르고.

당황하는 김을 부장이 어르는데,

택배가 낫지 않습니까?

최가 끼어들었다.

과장님, 택배는 좀.

박이 중얼거리듯 말을 보탰다. 백사십원짜리 야쿠르트를 손에 받아들었을 때와 같은 얼굴이었다.

P시가 어딘데요. 퀵으로 보내도 한나절입니다. 요즘엔 택배가 더 낫죠.

최가 못마땅하다는 듯 말했다. 박은 슬쩍 시선을 피했다. 최는 자주 그런 말투를 썼다. 자네가 뭘 모르는 모양인데, 내가 다 생각해서 하는 소린데, 자꾸 나를 나쁜 사람으로 만드는데, 내 말이 어디 하나라도 틀린 구석이 있으면 말해봐……라는 식의 항변조였다. 이유는 잘 모르겠지만 최의 그런 고압적인 태도 앞에서는 그러지 않으려고 해도 늘 주눅이 든다고 박은 불평을 늘어놓았다.

그래도 괜찮을까?

조심스러운 듯 그러나 최의 말이 꽤 그럴 법하다는 투로 부장은 고심했다. 김은 잠시 일그러졌다 펴지는 부장의 이마 주름을, 가늘어진 눈꼬리를, 거뭇하면서도 불그죽죽한 뺨을, 벌려진 콧구멍을, 거스러미가 인 입술을 천천히 보았다.

택배로 하지!

부장은 수고하고, 라는 말을 마지막으로 김에게 던졌던 시선을 거뒀다. 택배라니. 김은 두통이 몰려오는 걸 느꼈다. 박은 대리이고, 자질구레한 잡무는 사원인 김이 으레 해왔으니 일을 떠안는 건 상관없었다. 다만 이것 또한 업무의 하나라고 한다면 울적해지지 않을 수 없었다. 김도 주머니는 처음이었다. 김은 어깨를 늘어뜨리고 다시 창고를 바라보았다.

문이 주머니가 되다니.

김은 지끈거리는 관자놀이를 검지로 누르며 의자에 앉았다. 포털 사이트를 검색해 방문 택배를 접수하려는데 오후 다섯시가 지나 이미 마감되었다는 안내문이 떴다.

내일 해.

최가 볼펜을 딸각거리며 김의 곁을 지나쳐 갔다.

퇴근한 김은 집에 있는 밥과 반찬 두어 가지로 저녁을 간단히 때웠다. 입맛이 없어서 몇 숟갈 뜨다 말았는데 배가 고프지도 않았다.

뉴스를 틀고 텔레비전 음량을 한껏 낮춘 뒤 날씨를 보았다. 빌라가 방음이 잘 되지 않아 옆집에서 히스테리를 부리는 까닭이었다. 출근길에, 퇴근길에, 간혹 휴일에도 현관문에 붙여놓는 포스트잇을 발견하는 게 싫어서 김은 답답해도 볼륨을 키우지 않았다. 정작 옆집에선 언제나 농밀한 울음소리가 들렸다. 얼굴 한번 마주친 적도 없어서 소리만으론 남자인지 여자인지 분간이 되지 않았지만 그것이 울음이라는 건 알 수 있었다. 기상 캐스터는 미소 띤 얼굴로 내일은 눈 소식이 있겠습니다, 하고 빼끔거렸다.

김은 텔레비전도 불도 다 끄고 누워서 문을 생각했다. 창고 안에서 주머니가 되어 의자에 앉아 있는 문을. 왜 주머닐 못 봤을까. 허리춤에 매달린다는데…… 달랑거리다가 어느 순간 몸을 뒤덮어버린다는데. 그간에 문은 왜 말하지 않았을까. 주머니가 자신의 것이란 걸 미처 알아차리지 못했던 걸까 아니면 알고도 모른 척했던 걸까?

김은 잠들기 전에 창문을 손가락만큼만 열어두었다. 고작해야 검지 한 마디 정도인데 찬 기운이 훅 끼쳐들어왔다. 습한 바람이 불었다. 이마에 닿는 선득함에 김은 몸을 떨었다. 난방이 되지 않는 창고에서 밤새 얼어붙을 문이 걱정스러웠다. 김은 이불을 머리 끝까지 뒤집어쓰고 눈을 꾹 감았다가 곧 치워버렸다. 그리고 부장이 말하던 걸 생각했다.

P시로 문을 보내는 게 우선이라는 것, 우리가 할 수 있는 건 그 정도뿐이라는 것……

뿐이라니. 김은 '뿐'이라는 단어를 되풀이해서 떠올렸다. 뿐, 하고 입 내밀어 발음도 해보았다. 입술 새로 메마른 공기가 새어나갔다. 김은 어느 때 그런 표현을 쓰는 건지 갸웃거리며 몸을 뒤채다 어둠 속에서 전화기를 꺼내들었다. 액정에서 쏟아지는 빛이 눈부셔 미간이 찌푸려졌다. 뿐. 의존명사. 다만 어떠하거나 어찌할 따름. 오직 그렇게 하거나 그러하다는 것. 그것만이고 더는 없음. 김은 검색된 화면을 빤히 바라보았다.

할 수 있는 건 그 정도뿐인 것.

김은 전화기를 베개 밑으로 쑤셔넣었다.

그것만이고 더는 없음.

그리고 두 무릎을 몸통 가까이 끌어 붙이고 모로 누웠다.

다음날 새벽에 설핏 깬 뒤로는 잠이 오지 않았다. 목이 칼칼해서 아침을 먹을 생각도 들지 않았다. 김은 후드 달린 점퍼를 챙겨입고 울 목도리를 두툼히 둘렀다. 안개인지 스모그인지 분간되지 않는 깜깜한 거리를 헤치고 걸었다.

이 시간에도 사람이 많구나, 참 부지런들 하구나…… 김은 흔들리는 전동차 안에서 고단한 기색의 얼굴들을 묵묵히 바라보았다. 각각의 목적지를 향해 빠르게 움직이는 인파 속에서 김은 뜻 모를 안정감과 묵직한 불안감을 동시에 느꼈다. 순간 장이 꼬이는 것 같은 짤막한 통증이 아랫배를 스쳤으나 허기 때문일까, 생각했다.

김은 환승 구역에서 터덜거리며 걷다 무언가에 발뒤꿈치를 밟혔다. 그 무언가가 정확히 무엇인지는 알 수 없었다. 김은 멈춰 서서 신발을 고쳐 신고는 역내로 미끄러져들어오는 전동차에 오르고 또 내렸다.

지하철역을 빠져나오니 찬 공기가 코끝으로 끼쳐왔다. 느리게 걷다가 '월드 오피스 마켓'이라는 간판이 보이자 김은 우울해졌다. 창고에서 긴 밤을 지새운 문과 마주할 걸 생각하니 마음이 무거웠다.

김은 펜과 노트류가 쌓인 사무용품 선반을 돌아서 창고 앞에 섰다.

문주임님.

김은 조심스레 문을 불렀다. 의자에 등을 기대고 앉아 있는 모양새로 문은 요지부동이었다. 회색의 얇실한 주머니가 전신에 뒤집어씌워진 채였다. 문은 항상 온순하고 밝은 사람이라고 여겼는데 어째서 이렇듯 회색일까. 김은 그와 마주앉아서 뉴스에서 본 것들을 떠올렸다. 강렬한 빨강이거나 불투명한 하양 혹은 물에 번진 노랑이나 해 질 무렵 보라와 같은 색들의 주머니를 더러 보아왔다. 문은…… 이토록 희디흰 빛을 띤 검정이라니.

주머니에 관해, 주머니라는 것에 대해 문은 그동안 전혀 관심 갖지 못해왔다는 생각이 들었다. 알아도 몰라야 하는 일처럼, 아무려나 상관없다는 듯 굴어왔는데 결국엔 이렇게…… 김은 고개를 떨어뜨렸다. 냉기 가득한 창고에서 한참을 문과 함께 앉아 있다가 김은 커피믹스 하나를 뜯고 종이컵에 뜨거운 물을 부어 창고를 나왔다.

한 잔을 다 마시니 박과 최가 천천히 매장 안으로 들어왔다. 박은 여느 날과 달리 까불거리지 않아 낯설었고, 최는 여느 날처럼 무표정했다. 여덟시 반에 맞춰 온 사장이 조회를 시작했는데 오 분이 더 지나서야 부장이 도착했다. 황급히 달려오며 가방을 내려놓고 목도리를 푸는 부장에게 사장이 지각하지 마라, 날마다 오

분이면 인생이 바뀐다, 요즘 같은 시대에 당최 마인드가, 여기서 마인드란 무엇이냐…… 잔소리를 퍼붓는 바람에 조회는 흐지부지 끝났다. 언제나 그렇듯 조회라고 해서 꼭 새겨들어야 할 중요 사항 같은 건 없었다. 얼마 지나지 않아 사장이 마뜩잖은 표정으로 나가버리고 부장은 머쓱한 듯 뒷머리를 긁적이며 김을 불렀다.

접수는?

그게, 아홉시부터여서.

아홉시?

이제 곧 하겠습니다.

바지런히 처리하자고.

김은 '처리'라는 표현에 마음이 쓰였지만 내색하지 않았다. 일 분 이 분, 시간이 느리게 흘렀다. 아홉시가 되어 택배 사이트에 접속하려는데 손님이 와서 김은 아, 그게, 저, 소릴 반복하며 서둘러 움직였다. 손님이 도장의 재질과 서체를 고르는 것에 시간을 많이 쓰는 바람에 김은 조급한 마음이 들었다. 가능하면 오전 중으로 택배 기사가 와주었으면 했다.

손님이 돌아간 뒤에야 김은 접수를 시작했다. 발송장에 매장의 이름과 주소와 전화번호를 적고, 문의 무게는…… 하고 고민하다가 칠십 킬로그램이라고 입력했다. 특이 사항을 쓰는 란에 주머니라고 쓰다가 왠지 이상해서 지우곤 비워두었다. 수신자에는 본사로부터 전달받은 P시의 주소지와 전화번호를 기입했다. 운임 결제 방식은 착불, 개인 정보 처리와 취급 방침 동의 여부 칸에 체크하고 나니 빠른 시일 안에 택배 기사가 방문할 예정입니다, 당일 예약 취소 가능합니다, 라고 쓰인 팝업 창이 떴다. 김은 '빠른 시일'이라는 글자에 오랫동안 눈을 두었다.

차라리 에이스를 주지…… 박이 구시렁거리고 김이 야쿠르트를 한 모금 넘기는 순간에 그러나 전화벨이 울렸다.

방문 택배 요청하셨죠?

수화기 너머로 낭랑한 말투의 남자 목소리가 들려왔다.

네.

상품 종류에 따라 방문 접수가 어려울 수도 있어서요. 무게가 칠십 킬로그램이라고 적으셨는데 상품이 정확히 무엇인가요?

아, 하고 김은 저도 모르게 긴장했다.

고객님?

상담원이 나긋한 목소리로 재차 묻고,

주머니……

라고 김이 어쩔 수 없이 답했는데 그는 잘 듣지 못한 것 같았다.

다시 말씀해주시겠습니까?

그게 저 그러니까…… 주머니인데요.

김은 손바닥으로 수화기의 입구를 잘 가려 막고 목소리를 조금 더 키웠다. 상담원은 알아들었다는 듯 자연스레 답했다.

그러시군요. 잘 알겠습니다. 그런데 죄송하지만 고객님, 주머니의 경우, 당일 방문 접수는 어렵습니다.

주머니의 경우, 라는 말에 김은 갸웃했다.

오늘 접수가 어렵다고요?

김은 반문했다. 어렵다니? 하며 박이 가까이 붙어왔다. 동시에 최가 고개를 돌려 쳐다보았다.

금요일이라서요, 고객님. 냉동이나 정육, 신선 식품 같은 상품들은 금요일 접수를 받지 않고 있습니다. 주말이 끼어서 빠른 배송이 어려운데다 도중에 상하거나 변질될 우려가 있어서요.

상담원이 답했다. 김은 뭐라고 대꾸하려다 입을 다물었다. 전화로 입씨름을 하는 게 싫었다기보다는 상담원의 말을 번복하기 위해 내뱉어야 하는 단어들이 맘에 들지 않았다.

일단 해.

김의 난감한 표정을 본 최가 귀찮다는 듯 손짓했다.

최대한 빠르게 조치해드리도록 하겠습니다.

상담원은 친절한 목소리로 덧붙였다. 김은 알겠다며 전화를 끊고 창고를 바라보았다. 문은 냉동이나 정육, 신선 식품이 아닌데, 문은 상품도 아니고 죽은 것도 아닌데, 아니지만 문은 그러나 그저 주머니가 되었을 뿐인데 문은…… 김은 양 뺨에 뜨거운 기운이 오르는 걸 느꼈다. 얼굴을 매만지는 김의 어깨를 박이 조용히 두드리곤 자리로 돌아갔다.

점심은 식당으로 가서 먹었다. 대기하는 사람들이 많아 십오 분가랑을 밖에서 떨어야 했다. 최는 상추를 왼손에 놓고 제육볶음과 밥을 차례로 올려 싸먹었다. 박은 고추장 양념이 묻은 조롱이떡을 골라먹었다. 김은 뭘 먹어도 아무 맛이 나지 않았다. 입이 말라 계속 물을 들이켰다.

오후엔 문구류를 사가는 손님만 있었고, 대체로는 여유로웠다. 최가 제본기를 돌리는 소음만이 매장 안을 메웠다. 박은 현수막을 인쇄하느라 이층에서 내려오지 않았다. 팔짱을 끼고 눈을 감은 채로 머리를 끄덕거리는 부장을 바라보다가 김은 마음 깊이 심란해졌다. 주말 내내 창고가, 주머니가 된 문이, 신경 쓰일 거였다.

지금이라도 퀵을 부르는 게 어떨까요?

김이 다가가 머뭇대며 말했는데,

됐어.

최는 돌아보지도 않고 단칼에 잘랐다. 비용 때문인 걸까. 시무룩해진 김은 자리로 돌아와 최의 뒷모습을 바라보았다. 복사광이 규칙적으로 번쩍였다. 김은 기계적으로 움직이는 최의 어깨와 팔과 손과…… 그리고 됐어, 하고 말해오던 목소리를 기억하려고 애썼다.

유념해.

최는 그런 말도 곧잘 썼다. 이를테면 말버릇이었는데 잊지 마, 소홀하지 마, 하는 투로 유념하란 말이야, 했다. 박은 자기와 동갑이면서 매사에 자꾸 가르치려 드는 최를 불쾌해했다. 동갑이지만 최는 과장이고 자기는 대리라는 걸 최가 은근히 강조하는 때가 잦아서였다. 너는 그 사실을 필히 유념해야 한다는 식이었다. 김은 평소 최가 강조하는, 유의해야 할 것이나 명심해야 할 것 또는 소홀히 여기지 말아야 할 것 같은 항목들을 말마따나 '유념'하려 노력했지만 그럴수록 대부분은 대수롭지 않은 것들이라는 생각에 이르곤 했다.

김은 소주 한잔 하자는 박의 권유를 뿌리치고 집으로 향했다. 지하철역으로 종종걸음을 걷다가 크게 숨을 내쉬었다. 의식적으로 하지 말아야지 해도 한숨은 절로 나왔다. 체한 듯 명치 부근이 꽉 막힌 기분이 들어 답답했다. 김은 다시 방향을 틀어 매장으로 돌아갔다. 어두운 매장에 일부만 불을 켜고 창고 가까이로 다가가 섰다.

문주임님.

대답 없을 걸 알면서도 문은 창고 앞에서 고집스레 노크했다. 그냥 그래야 할 것 같아서였다. 문은 냉동이나 정육이 아니고 식품도 상품도 아니며 그저 주머니가 되었을 뿐이니까. 주머니가 되었을 뿐이다. 뿐이야. 뿐이다. 그러나 김은 계속해서 맥이 빠졌고, 그것이 자꾸만 사람을 어떤 심정적 한계에 도달하게 만들고 있다는 사실을 알아차려야만 했다. 문은 여전히 그대로의 모습이었다. 썰렁한 기운이 감도는 창고 안에서 주말을 보내야 할 텐데, 이렇게 며칠째 문을 홀로 내버려두어도 괜찮을지 김은 마음이 좋지 않았다. 커피믹스를 뜯어 종이컵에 붓고 뜨거운 물을 담아 저은 후 문 앞에 놓아두고 김도 한 잔을 더 타서 마셨다.

할 수 있는 건 그 정도뿐이라는 것.

종이컵을 손에 감싸쥐고 앉아서 김은 고개를 떨궜다.

그것만이고 더는 없음.

김은 말이란 것이 참 몰인정한 구석이 있다고 생각했다. 그것만이라니. 더는 없다니. 그 정도뿐이라고 말할 때의 부장의 눈과 코와 입과 귀를 가만 생각할수록 김은 씁쓸해졌고 나아가 그런 건, 그런 말은, 막되고 무도無道하다고까지 여겨졌다. 그러나 문의 앞에 놓아둔 커피가 다 식었을 즈음에 김은 이 와중에 분노란 아무 효용도 없는 게 아닌가 하는 결론에 다다랐다. 그러자 곧 잠복한 병균과도 같이 지극히 무기력한 기분이 스멀스멀 피어올랐다. 정신이 흐트러지는 걸 느끼며 김은 찬찬히 일어나 제 목에 감쌌던 걸 풀어 문에게 둘러주었다. 그리고 눈 내리지 않는 거리를 힘없이 되돌아 걸었다.

주말에도 무기력은 계속되었다. 김은 성글게 이어지는 잠과 어지러운 꿈에 시달렸다. 졸음이 자주 쏟아졌고, 깨고 나면 잠을 잤는지 무엇을 꾸었는지도 모르겠는 상태로 멍해 있기 일쑤였다. 토요일 오전엔 택배 기사가 전화를 걸어와서 잠깐 정신이 들었다.

급하다고 해서 들렀는데 잠겨 있네요?

그는 매장 앞에 서 있는 듯 불만스러운 목소리로 말했다.

아, 그게.

어쩔 수 없죠.

김이 설명하려는데 그가 말꼬리를 채갔다.

지금 매장 앞이세요?

김이 무릎을 세워 일어나며 서둘러 물었다. 눈으로 재빨리 점퍼와 지갑의 위치를 챙기고 있었는데,

월요일에 방문할게요.

뭐라 더 시간을 끌 새도 없이 전화가 끊겼다. 택배 기사가 토요일에 들를 수도 있다고 미리 알려줬다면 출근했을 텐데, 출근해도 됐는데…… 김은 입맛이 썼다. 다시 눕거나 또다시 일어나도, 창고에 혼자 남겨져 있을 문에 대한 생각을 떨쳐버리기가 어려웠다. 김은 특정한 생각이 지속적으로 또는 연속적으로 이어진다는 것은 괴로운 거라는 걸 알게 되었다. 무언가에 눌리거나 매인 듯 갑갑하고 불유쾌한 기분에 시달렸다. 맛도 영양가도 없는 걸 우물거리다 까무룩 잠들었다.

일요일엔 아침부터 카카오톡 단체 채팅창의 알람이 자꾸 울렸다. 만사가 귀찮아서, 김은 오후가 다 돼서야 건조한 얼굴로 채팅창을 열었다. 사장이 포함된 채팅방과 포함되지 않은 채팅방 각각에 대화들이 여럿 떠 있었다. 사장은 본사에 들어가느라 월요일에 출근하지 못한다는 메시지를 보내놓았다. 알겠습니다, 잘 다녀오

십시오, 등의 즉각적인 대답들이 줄을 이었다. 김은 답이 늦어 죄송합니다, 화요일에 뵙겠습니다, 라고 적은 뒤 다른 창을 눌렀다. 부장은 등산복 차림으로 짝다리를 짚고 선 자신의 전신사진을 네다섯 장이나 올려두었다. 그중의 어느 사진엔 박도 있었다. 제대로 갖춰 입은 부장과 달리 박은 패딩점퍼에 러닝화를 신고 있었다. 역시 산은 겨울이야!라는 부장의 말에 오랜만에 피톤치드 좀 마셨습니다, 라며 박이 정신 사나운 이모티콘을 덧붙여놓고 있었다. 무슨 말을 써야 할까…… 생각하다가 김은 전화기를 내려놓았다. 생각 같은 걸 하고 싶지 않았다.

저녁 뉴스가 끝나갈 무렵 기상 캐스터는 또다시 내일도 눈 소식이 있다고 말했다. 눈이 올 듯 올 듯 오지 않고 있지만 내일도 여전히 눈이 내릴 가능성이 있습니다, 기온이 부쩍 내려가니 옷차림 단단히 하셔야겠습니다, 라고도 전했다. 가능성이라니. 김은 가물거리는 눈으로 텔레비전을 껐다. 옆집의 울음소리가 더 분명히 들려왔다. 귀기울이지 않으려 애쓰며 김은 이불을 폈다. 바닥이 제법 식은 것 같아서 보일러의 온도를 높여두고 누웠다. 그러자 날씨 예보를 잘 못 믿겠어요, 라고 김이 말하고 못 믿겠는 것투성이지!라며 문이 대꾸해주던 어느 날의 시간들이 세지 않은 불기운이 퍼지듯 뭉근히 떠올랐다.

팔차선 도로가 싱크홀로 무너졌을 때, 거대한 해일이 도시 전체를 삼켰을 때, 하다못해 대로변 확장공사로 가로수들이 모조리 베어졌거나 알고 지내던 지인이 짧은 투병 뒤에 생을 끝마쳤을 때에도 문은 이따금 그렇게 반복해서 말하곤 했다. 세상엔 도무지 못 믿겠는 것투성이라고, 그러니 마음을 굳게 다잡아야 한다고. 그런 식의, 생의 어떤 급속하고도 당혹한 지점들에 대한 두려움을 문은 잇따라 이야기했다. 부지불식간에 미처 대비하지 못하고 맞이해야 하는 인간사의 불행이라는 것에 관해. 문은 겁먹었던 걸까. 김은 불현듯 생각했다. 주머니가 된 순간에도 문은 겁먹었을까 하고.

월요일 오후가 다 되어가도록 택배 기사는 오지 않았다. 부장은 어떻게 된 거냐고 김을 채근했다. 문이 걱정돼서 그런다기보다는 사장에게 책잡힐 걸 더 겁내는 듯 보였다. 부장이 외근을 나간 뒤 김은 전화를 걸어왔던 택배 기사의 번호를 찾았다. 언제 방문해주실 수 있냐고 묻기도 전에 월드 오피스 마켓이라는 말만 듣고 택배 기사는 빠르게 답했다.

연휴를 앞두고 물량이 급증하는 바람에요. 양해해주세요.

우물쭈물하는 김에게서 전화기를 빼어든 최가 그건 그쪽 사정이고, 라며 소리쳤다.

나쁘게 굴기 싫은데 처리할 건 빨리 해줘야지!

최는 훈계하듯 말하곤 통화를 끊었다.

한 시간 안으로 온다는군.

그런 뒤 아무렇지 않은 얼굴로 눈썹을 치켜떠 보이고 제본기 앞으로 갔다. 박은 입을 한껏 내밀고 알아들을 수 없는 말들을 쭝얼거렸다. 김은 최가 항상 자신에게 너무 물러터진 것도 좋은 게 아니야, 라고 충고하던 걸 떠올렸다. 목소릴 키우는 사람이 이기고 들어가는 모양새도 좋아 보이진 않아서 딱히 언짢아질 것까진 없었지만 그렇다고 마음이 가볍지도 않았다.

식당은 언제나 그렇듯 사람이 넘쳤다. 점심 메뉴는 미역국에 계란말이였다. 최는 간이 맞지 않는 듯 밥을 절반 이상 남겼는데, 박은 계란말이를 더 주문해 두 접시 이상 혼자 해치웠다. 김은 밍밍한 국물을 떠먹고 돌아와 어두컴컴한 오후가 계속되는 걸 신경썼지만 잔뜩 흐린 하늘과 달리 눈은 내릴 기미도 안 보였다. 가능성이 있다더니. 그 말에 대해 김은 고민했다. 가능성이 있다는 건 실현될 수 있는 성질이 보인다는 뜻. 눈이 내리지 않을 가능성도 충분히 있다. 눈이 내리는 것과 주머니가 되는 것. 눈이 내리지 않는 것과 주머니가 되지 않는 것. 김은 가능성이란 것도 결국에는 '뿐'과 비슷한 정도의 의미가 아닌가 하고 생각하며 오전에 먹지 않아 미지근해져버린 야쿠르트를 만지작거렸다.

오늘 중으로 해결해.

최가 코트를 집어들었다. 김은 '해결'이라는 말에 신경이 바짝 곤두섰다. 박은 눈치를 보더니 수고해, 라는 말을 남기고 매장을 빠져나갔다.

김은 커피믹스를 두 잔 타서 문과 마주앉아 마셨다. 문 앞에 놓인 커피는 빠르게 식었다. 한 시간 안으로 온다던 택배 기사는 퇴근 시간을 넘겨서야 입김을 내뿜으며 뛰어들어왔다.

여기 있습니다.

창고를 열고 문을 가리키자마자 택배 기사는 한껏 숨을 몰아쉬었다.

주머니네요.

난방 때문인지 그의 양볼이 발갛게 달아올랐다.

취급 주의 상품은 충전재 포장이 필수예요.

포장?

아실 만한 분이 참……

택배 기사가 장갑 낀 손을 맞비비며 고개를 틀었다.

이렇게는 수거 안 합니다.

내일 아침 일찍 다시 방문하겠다며 그는 단호히 빈손으로 돌아갔다.

김은 당황해서 인터넷을 검색했다. 주머니 택배 발송, 주머니 포장하는 법 따위를 한참 알아보다가 김은 문에게 미안해지고 말았다. 주머니는 말 그대로 주머니니까 따로 포장해야 한다는 생각을 하지 못했는데 다시 보니 얇디얇은 한 장의 주머니로 덧씌워진 문을 이 겨울에 저 상태로 P시까지 보내려 했다니. 김은 포장용 에어캡과 전지를 잘라 와 문을 감쌌다. 주말 전에 둘러주었던 목도리는 풀어서 다시 잘 묶어 여며준 뒤 포장했다. 춥거나 다치지 않게 단단히 에워싸면서도, 갑갑하지 않도록 조심했다.

택배 기사는 연휴라서 한두 시간씩 당겨 일한다고 했다. '특별 수송 기간'이라는 말도 덧붙였다. 다음날 재방문하기로 약속한 시간은 오전 일곱시. 김은 새벽같이 집을 나섰다. 괜스레 마음이 졸아들었다. 김은 또다시 누군가에게 발뒤축이 밟힐까 싶어 지하철 역사로 들어서며 신발을 고쳐 신었다. 혹시라도 어긋날까 발을 재게 놀려 걸었다. 다행히 온풍기를 켜고 커피 한 잔을 타서 마신 뒤에야 택배 기사가 매장 안으로 들어왔다.

주머니 배달 한두 번 해본 것도 아니고, 제대로 포장하지 않으면 못 써요.

그는 대형 박스에 담긴 문을, 정확히는 잘 포장된 상품을 확인하곤 흡족하다는 듯 털모자를 매만지며 머리를 주억거렸다. 그러고는 운송장 번호가 적힌 접수증을 날렵히 끊어주며 말했다.

수수료를 주셔야죠.

김은 무슨 수수료를 말하는 거냐고 되물었고,

P시로 이송하는 택배 요금은 착불이지만 방문 접수 수수료는 별도예요. 보통 서류 한 통에 천원 두 통에 이천원, 하는 식으로 요금이 부과되는데요, 서류 백 통까지 만원, 오백 통까지는 이만원이고 주머니의 경우…… 보통 삼만원입니다.

그가 대답했다.

주머니의 경우……

김이 저도 모르게 그의 말을 따라 중얼거렸다.

천 통 가격으로 셈하는 거죠.

김은 제 지갑에서 만원짜리 세 장을 꺼내주었다. 그는 영수증을 내밀고는 박스를 들어 옮겼다.

조심해주세요.

김이 매장 밖으로 쫓아나가며 말했다. 그는 차량에 능숙히 박스를 밀어넣은 뒤 운전석에 올라탔다. 건성으로 혹은 과하게 말꼬리를 늘이며 예예, 하던 택배 기사의 목소리가 김의 귓가에서 맴돌았다.

한 시간 반이 지나서 부장과 최와 박이 출근했다.

갔군.

부장은 텅 빈 창고 안을 고개를 쭉 빼고 들여다보며 말했다. 그 말이 다였다. 자리로 돌아가선 팔짱을 끼고 자주 하품했고, 박은 그런 부장의 곁에서 이런저런 흰소리를 떠벌렸고, 최는 창고 가까이 와보지도 않고 자리에 앉아 신문을 펴 들었다. 문이 수거되었는데, 문은 P시로 이동돼버릴 텐데 다들 아무렇지 않아 보였다. 김은 별 도리 없이 모니터 앞을 지키면서도 괜스레 서운해졌다. 세상엔 못 믿을 것투성이니 마음을 굳게 다잡아야 한다던 문의 말도 떠올랐다.

어디쯤이야?

부장이 다가와 물었다.

네?

어디쯤 가고 있냐고.

김은 부장의 나른한 얼굴을 바라보았다.

문주임님 말이야.

박이 볼펜으로 김의 옆구리를 찔렀다.

아……

김은 택배 사이트에 접속해 운송장 번호를 입력했다.

집하완료.

뭐라고?

집하완료라고 뜹니다.

김이 대답했다.

집하가 완료되었다…… 아직 수거된 상태 그대로라는 거군.

부장이 하나 마나 한 말을 웅얼거리며 다시 돌아가 팔짱을 꼈다. 그의 눈꺼풀이 금세 감겼다.

점심엔 외근이 없는 부장도 함께 식당으로 향했다. 여기 말고 다른 데는 없느냐고 부장이 물었는데 최는 대답하지 않고 가장 먼저 안으로 들어섰다. 부장은 불평했던 것과 달리 한 공기를 싹싹 비웠다. 최는 빨리 비워주죠, 하며 속도를 내서 먹었다. 박은 뜨거운 찌개를 국자로 덜어 그릇째로 마셨고, 김은 동태 살을 발라 밥을 절반쯤 먹었다.

오후엔 도장을 만드는 손님들이 많지 않았다. 김은 박과 함께 창고의 재고를 확인하고, 상품이 진열된 선반을 정비했다. 냉장고를 정리하고 음료도 채워두었다. 힘이 들진 않지만 소소히 권태로운 작업이어서 김은 때때로 문을 생각했다. 신속히 이동되고 있을 문을, 빠르게 옮겨지고 있을 주머니를.

어디쯤이지?

퇴근을 앞두고 부장의 날숨이 다시 정수리에 쏟아졌다. 김은 운송장 번호를 입력하고 배송 조회 버튼을 눌렀다.

터미널 간선상차라고 뜹니다.

간선상차?

그게…… 화물차에 실어진 상태인 것 같습니다.

김은 우물거리며 대꾸했다.

그렇군.

부장은 코트 소매에 팔을 꿰었다.

다들 퇴근하지.

최와 박이 부장을 따라나섰다. 박이 소주 한잔?이라는 뉘앙스로 손짓했지만 김은 고개를 가로저었다. 간선상차 상태의 문을 떠올리며 쓰디쓴 술을 위장에 욱여넣고 싶지 않았다.

집으로 돌아온 김은 날바닥에 한참을 누워 있었다. 믿을 수 없게 피곤했다. 잠들고 싶진 않았으나 잠을 자야 한다는 생각만이 간절

했다. 옆집은 또 울고 있었다. 흐느끼듯 숨죽여 그러나 흐릿함 없이 뚜렷하게 들려오는 울음소리였다. 김은 천장 벽지의 물결무늬를 눈으로 좇다가 힘겹게 몸을 일으켰다. 느릿느릿 씻고 나와 뉴스를 틀어놓곤 날씨도 미처 듣지 못하고 곯아떨어졌다. 붙잡을 수 없이 산만한 꿈을 꾸었다. 그 속에서 김은 문과 다정히 일하고 대화했다. 문의 허리춤에 매달린 회색 주머니를 보다가 그 주머니가 제 허리춤에도 똑같이 달랑거리는 걸 발견했다. 자세히 들여다보니 주머니가 김에게 달린 게 아니라 김이 주머니에 달려 있었다. 김은 놀랐다. 주머니는 풍선처럼 부풀어 순식간에 김을 삼키고…… 김은 어, 소릴 내며 깼다. 새벽 네시가 조금 못 된 시간이었다.

지금쯤은 화물차에서 내려졌을까.

김은 손바닥으로 축축한 이마를 짚으며 생각했다. 서류 천 통 값의 수수료로 P시를 향해 성실히 이동되고 있을 문을. 주머니에 담긴 문을. 주머니가 된 문을. 아니 되었다고 하는 건 사실 무리일지 모른다. 변했다, 라고 할 수 있을까? 아니야. 되다니. 되었다니. 변하다니. 변했다니. 여러모로 맞지 않다. 맞지 않다…… 라는 건 또한 맞는 건가? 옳다, 라고 할 수 있을까? 옳다니. 아니, 주머니는 옳지 않다. 옳지 않다고 거듭 낮게 혼잣말하며 김은 몸을 뒤척였다.

다시금 몰려드는 졸음에 취한 채로 김은 문이 이따금 '여러모로'라는 말을 자주 쓰던 걸 떠올렸다.

여러모로?

그래 여러모로. 무엇이든 누구든 여러모로 봐야 하지.

본사에서 내려온 샘플을 분실했다는 이유로 최에게 싫은 소릴 들었을 때였다. 문은 김을 창고로 데려와 뜨거우니 조심해, 하며 커피믹스 한 봉을 타주었다. 뜨거운 종이컵을 손안에 쥐고 김은 서러움을 달랬다. 샘플을 박스째 매장 밖으로 내돌린 건 부장이었다. 거래처에 선물한다는 명목으로 가지고 나가선 제 것처럼 사용하는 걸 부장도 알고 최도 알고 문과 박도 모두 알았지만 사장 앞에서 최는 김을 잡도리했다.

지금은 일단 여러모로……

문이 김의 어깨를 감쌌다.

여러모로라는 건 그러니까 두루, 정도일까.

두루?

그러니까 골고루, 같은 의미의.

골고루?

시간을 들여 살피고 또 살피자는 거지.

무엇을요?

뭐 여러모로.

여러모로요?

그게 좋아.

문은 알아들을 수 없는 소릴 잘했으므로 그리고 그 알아들을 수 없는 소릴 도돌이표처럼 반복하길 즐겼으므로 김은 가만히 커피를 마셨다. 뜨겁고 달달한 걸 호록거리니 그나마 기분이 아무려나…… 정도로 풀어져서 최에게 따져 물으려던 흥분이 다소 잦아들었던 때였다. 김은 문이 대단히 정의롭다거나 심지 굳고 단단한 사람이라고 생각한 건 아니었다. 오히려 정 많고 유약하며 우유부단한 가장 보통의 인간이라고 여겼다. 그래도 김은 문의 그 다감함이 싫지 않았고, 유일하게 의지가 되었다. 직감적으로 문이 자신과 전혀 다르지 않은, 동일한 부류의 사람이라는 생각이 들어서였는지도 몰랐다.

도장을 만드는 것도 마찬가지야.

문은 말했다.

이름을 새기는 거잖아. 존재의 증명이랄까.

존재라니요.

아주 중요한 일이지.

여러모로 말이죠?

김은 무거운 눈꺼풀을 들어올려 끔벅이며 그랬던 한때를 떠올리다가 잔뜩 웅크린 채 선잠에 빠져들었다. 존재의 증명이라니 그런 멋들어진 말 따위가 이제 와 무슨 소용이냐고 묻고 싶었다.

다음날 부장은 빨대 꽂은 야쿠르트를 쪽쪽거리며 어디쯤? 하고 또 물어왔다.

오늘 중으론 도착하겠지?

부장의 말을 들으며 김은 운송장 번호를 입력했다. 배송 과정을 조회하니 터미널 간선하차, 라고 떴다.

간선하차라니. 이제 화물차에서 내렸다는 건가?

그런 것 같습니다.

아니 그래 밤새 겨우 화물차에 들어갔다 나온 게 전부라고?

부장이 목소릴 키웠다. 동그랗게 벌어진 부장의 두 눈을 바라보며 김은 아무 대꾸도 하지 않았다.

퀵으로 할 걸 그랬나……

부장이 최를 가벼이 흘겼다. 최는 펼친 신문을 바스락대며 한 장 넘겼을 뿐 조용했다.

실시간으로 체크해보겠습니다.

박이 다가와 실실거렸다.

그런데 말이야.

다 마신 야쿠르트를 쥐고 돌아서던 부장이 멈춰 섰다.

사고…… 같은 건 설마 없겠지?

잠시 침묵이 흘렀다. 분실이나 파손 같은 택배 사고를 말하는 거라 이해했지만 그런 말 따위에 입 벌려 더 보태고 싶지 않았다.

부장님, 연휴에도 산에 가십니까?

박이 부장의 등을 밀었다. 김은 자리에 멍하니 앉았다가 전화기에 택배 배송 어플리케이션을 다운받았다. 문의 운송장 번호를 입력하니 그간의 배송 과정이 푸시 메시지로 도착했다. 오전 일곱시 십분 터미널 간선하차. 김은 그 글자들을 긴 시간 들여다보았다.

문구류와 음료를 사가는 손님이 드물게 들어왔다 나가고, 김은 계산대에 서서 유리창 밖에 눈을 두었다. 어젯밤엔 날씨 예보를 듣지 못해서 오늘도 눈이 온다고 했는지 올 가능성이 있다고 했는지 알 수 없었다. 인터넷 생활 뉴스를 클릭해 기온과 강설량을 살펴보았다. 김은 고개를 틀어 내다보았다. 하늘은 여전히 끄무레한 잿빛이었으나 무언가 쏟아질 것 같은 느낌은 들지 않았다. 여러모로 못 믿겠는 것투성이라던 문의 말을 복기하듯 중얼거리게 되었다.

창고가 비었으니…… 중얼대며 최는 식당에 전화를 걸어 점심을 주문했다. 좁은 창고에서 탁자 하나를 두고 둘러앉아 먹는 점심으로 돌아간 거였다. 달라진 건 이제 문이 없다는 사실.

식사가 배달돼왔을 때 박은 이상한데요, 하고 말했다. 부장이 음? 소릴 내며 의자를 끌어당겨 앉았다. 매일 다른 반찬으로 그러나 같은 식당에서 가져오는 백반인데 이상할 게 뭐냐며 부장이 한 소리 했다.

아닙니다, 이상해요.

박이 강조했다.

가자미가 세 토막이잖아요?

박이 가리키는 손가락 끝에 생선구이가 담긴 접시가 있었다.

된장찌개 뚝배기도 세 개고요.

김도 테이블 위를 살피며 뭐가 잘못되었지, 하고 생각했다. 가자미 세 토막, 된장찌개 뚝배기가 세 개인 것 외에는 공깃밥이 네 개, 수저가 네 벌이었다. 부장과 최, 박, 김이 먹을 만한 사인분인지 하나 모자란 삼인분인지 헷갈렸다. 아무래도 배달이 잘못된 것 같다고 박이 또 중얼거렸을 때 최가 들어오며 말했다.

그냥 먹어.

그냥 말씀이십니까?

그래 그냥.

최는 수저를 감싼 종이를 벗기고 밥공기의 뚜껑을 열었다.

오늘부터 점심은 삼인분씩 주문합니다.

반찬이 늘 남는 것도 안 좋은 일이고, 공깃밥 하나를 추가했으니 양은 부족하지 않을 거라고 최가 말했다. 김은 반찬이 늘 남았던가를 생각했지만 그렇진 않았던 것 같았다. 부장은 최를 빤히 바라보다가 사장님 지십니다, 라는 소리에 눈알을 굴리며 수저를 들었다.

부장이 뚝배기 한 그릇을 제 쪽으로 슬쩍 당겨놓고 먹기 시작했다. 최도 아무렇지 않게 뚝배기 하나를 제 쪽으로 끌어다놓았다. 박이 눈썹을 꿈틀거리며 김을 쳐다보았다. 박과 김은 뚝배기 하나를 사이에 놓고 같이 먹었다. 아무도, 아무 말 하지 않고 밥을 먹었다. 곧 부장이 가자미 한 토막을 제 밥공기에 덜어놓고 뜯었다. 최도 자연스레 가자미 한 토막을 제 밥 위에 올려놓고 살을 발랐다. 박이 아랫입술을 깨무는 걸 보고 김은 남은 가자미 한 토막을 집어 박의 밥공기에 놓아주었다. 박이 젓가락을 쥐고 한참을 있더니 가자미 허리를 부러뜨려 반쪽을 김에게 주었다. 김은 가자미 꼬리를 바라보며 입안의 밥알을 오래 씹었다. 아무도, 아무 말 하지 않고 계속 밥을 먹었다.

김은 오후 내내 배송 조회 버튼을 눌렀다. 상태는 변함없이 터미널 간선하차였다. 퇴근 시간이 되기 전에 김은 콜센터에 전화했다.

상품의 배송 상태가 간선하차로만 나와 있어서요.

김은 문을 두고 상품이란 단어를 쓰는 게 스스로도 불편했지만 주머니니 어쩌니 하는 말을 덧대기는 싫었다.

그러시군요, 고객님. 많이 불편하셨겠습니다.

전화 건 고객의 불안한 심정을 십분 이해한다는 듯 달래는 어투로, 상담원은 터미널 담당 직원과 통화를 연결시켜주었다.

오전 일곱시 십분에 내렸다고 돼 있는데 내내 그대로여서요. 온종일을요.

김은 상담원에게 했던 말을 직원에게도 똑같이 반복하고는 운송장 번호를 불러주었다. 직원은 알아보더니 아…… 아직 저희 터미널에 있습니다, 라고 말했다. 배송 물량이 폭증한 탓이니 조금만 기다려달라며 사과했다.

확실히 있습니까?

김은 고민하다 한번 더 물었다.

있습니다.

직원이 대답했다.

혹시.

김은 말했다.

네, 고객님.

김의 말을 기다리는 직원이 내쉬는 숨에서 김은 그의 초조함을 읽었다. 혹시 누락되거나 하는 문제는 일어나지 않겠죠, 하고 물으려다 김은 그만두었다.

아니요, 아닙니다.

연휴엔 워낙 하루이틀 늦어지기도 하니까요.

직원이 다시 양해를 부탁했다. 더는 나눌 이야기가 없었다. 김은 어쩔 수 없는 일이라고 여기며 전화를 끊었다.

늦은 밤, 어둔 방에 몸을 움츠리고 이불을 끌어당겨 덮으며 김은 있습니다, 하던 직원의 말을 떠올렸다.

있습니다.

아직 있습니다.

터미널에 아직 있습니다.

'있다'는 그 말에 그나마 안도감이 느껴졌다. 김은 사고니 뭐니 생각 없이 떠들어대던 부장의 얼굴을 지워버리려 도리질을 치다가, 옆집에서 새어드는 울음소리에 귀를 틀어막다가 언제 잠드는

지도 모르게 잠들었다. 꿈에서 김은 아무도 없고 또 아무것도 없는 터미널에 잘 포장된 채로 오도카니 앉아 있는 문을 보았다.

주임님! 문주임님!

서툴게 발을 동동대다가는 땀에 흠뻑 젖어 깨고 나서도, 불길함에 한참을 꼼짝 않고 누워 있었다.

이렇게는 안 되겠어.

출근하니 박이 눈짓으로 잠시만, 했다. 최가 흘끔거리는 걸 느꼈지만 김은 영문을 몰라서 박을 따라나갔다. 건물 뒤편엔 부장이 서 있었다.

가만히 있으니까 다 엉망이잖아?

박이 흥분했다.

안 그렇습니까, 부장님?

그렇기는 한데.

부장이 고개를 틀어 어물쩍 하늘을 보았다.

저랑 말씀 다 끝내셔놓고 왜 그러세요.

박이 부장을 얼렀다. 우유도 우유지만 밥 먹는 걸 가지고 정말 치사하다느니 아니꼽다느니 하며 박이 어깨를 한참 들썩였다. 부장이 박의 등을 두드려주고, 박이 다시 앓는 소리를 해대고, 김은 전화기를 만지작거렸다. 스리슬쩍 매장 안으로 들어오니 최는 신문을 펼쳐든 채 허리를 펴고 빳빳이 앉아 있었다.

김은 배송 조회 버튼을 눌렀다. 터미널 간선하차. 변한 것 없이 그대로였다. 김은 화물차에서 내려 터미널에 머물러 있는 문을 생각했다. 김은 부장이 문의 배송 상황을 물어보지 않을까 했지만 그는 턱을 괸 채로 눈을 감고 있었다. 야쿠르트를 마실 때도, 삼십 분도 채 되지 않아 커피 한잔 하자며 박과 부산스레 창고를 드나들 때도 김에게 어디쯤이지?와 같은 질문은 하지 않았다. 그들에겐 문보다 곧 들이닥칠 점심 백반에 관한 게 더 중요한 듯 보였다. 김은 다시 콜센터에 전화를 걸었다. 통화음이 수차례 이어졌지만 지금은 통화량이 많아 상담원과의 연결이 어렵습니다……라는 안내 음성만이 흘러나왔다.

배달돼온 점심은 어제와 다름없이 사인분도, 삼인분도 아닌 어정쩡한 양이었다. 밑반찬 가짓수야 그렇다 쳐도 공깃밥이 넷인데 순두부찌개 뚝배기는 셋이었다. 박은 계란물을 입힌 분홍 소시지가 딱 세 개 담겨 있는 그릇을 뚫어지게 바라보았다. 부장과 최가 젓가락으로 하나씩 집어가 입에 물었다. 김은 소시지에 손대지 않았으나 박이 무언가와 사투를 벌이듯 분을 삭이고 있다는 걸 알았다. 박은 이층으로 올라가며 내일은 정말 가만있지 않겠어, 라고 김에게 속삭였다.

오후엔 이런저런 주문으로 도장에 이름을 새겨 돌아가는 손님들이 분주히 오갔다. 문은 터미널 간선하차 상태로 멈춰 있었다. 김은 간간이 배송 조회를 하거나 콜센터에 전화했다. 이따금 해가 나지 않는 바깥을 응시했고, 정체된 공기가 갑갑해 크게 호흡했다. 매장을 나서기 직전에 연결된 상담원은 현재 이송중이지만 일시적으로 조회가 되지 않을 수도 있다며 내일 다시 확인해달라고 말했다.

이송중이라고요?

확실합니까, 하고 김은 물었다.

전산상으로 확인이 되고 있지 않기 때문에 저희로서도 정확한 건……

저기요, 그렇게 애매하게 말씀하시면.

죄송합니다. 일시적일 수 있으니까요, 내일 다시.

상담원은 '일시적'이라고 거듭 강조했다. 전산상의 문제이지 이미 이송이 되고 있을 테니 너무 걱정하지 말라고도 다독였다. 테니. 그것은 짐작이고 추측일 뿐 사실은 아니었다.

알겠습니다.

김은 침울히 대꾸한 뒤 퇴근했다. 칼바람이 옷깃을 파고들어와 코트의 단추를 목 끝까지 채웠다. 구두가 또 벗겨질 뻔했고, 인파에 떠밀리며 지하보도를 걸었다.

집에 들어와선 무성영화처럼 볼륨을 줄여 뉴스를 틀어놓았다. 옆집이 어째 조용했다. 김은 누운 채로 천장의 도배지를 바라보며 어지러운 잡념에 시달렸다. 이송중이라면 D시의 허브터미널을 또

한번 거친 뒤 바로 P시로 직송될 것이다. 그러나 터미널에 멈춰져 있는 거라면, 누락되거나 분실된 거라면 어떻게 되는 걸까. 여태 주머니를 보아왔으면서도 주머니 '이후'의 세계에 대해서는 잘 알지 못한다는 생각이 들었다. 아니 잘 알지 못하는 걸까 여태 알려고조차 안 했던 걸까. 아는 것이 없다, 관심을 두지 않았다,

무지하다……

김은 '무지無知'라는 말을 곱씹다가는 점차로 착잡해졌다. 두려워졌고, 끝내 고독해졌다.

할 수 있는 건 그 정도뿐이라는 것.

김은 사지의 힘이 쭉 빠져나가는 걸 느꼈다.

그것만이고 더는 없음.

김은 '뿐' 하고 입 내밀었다. 뿐, 뿐, 하고 입술 새로 공기를 내뿜다가 부장은 어째서 오늘 단 한 번도 문에 대해 묻지 않은 것인지 공연히 화가 솟았다.

뿐, 뿐, 뿐……

김은 신경질적으로 씹어뱉었다. 발음할수록, 소리를 내면 낼수록 내면의 뭔가가 좁아지는 느낌이 들었다.

좁아, 너무 좁아……

입속말을 해대며 웅크리다가 김은 자신이 화가 난 건지 허기를 느끼는 건지 아리송해졌고, 엉터리 전산 시스템에 다시금 분노가 치밀었고, 당장이라도 터미널에 직접 가본다면, 하고 생각하다가

어느 틈엔지 깜박 졸았다.

김은 어디선가 들려오는 낯익은 소리가 잠결을 파고드는 걸 느끼고 눈을 떴다. 옆집이 또 우는 걸까. 도대체 왜일까. 무슨 일일까. 김은 한기가 들어 머리칼이 곤두서는 기분으로 허리를 일으켰다. 무심코 창문을 열었는데 물비린내가 끼쳤다. 비라니. 김은 바닥으로 내리꽂히는 빗소리를 집중해서 들었다. 그러다 불시에 잠잠해졌다. 아무 소리도 들려오지 않았다. 김은 그 소리마저도 오래도록 귀를 열고 들었다.

작가와 그의 문제들

O가 다가와 말했다.

와이프가 골치야.

P와 Q가 고개를 들지 않고 동시에 똑같은 대꾸를 했다.

왜.

왜.

호재는 대답 없이 O를 바라보았다.

분유를 먹이는데 다리 두 짝이 보인다나? 자꾸 같은 소릴 해.

O가 다시 말했다.

음.

음.

P는 팔짱을 끼며 의자를 뒤로 젖혔고, Q는 머리를 갸웃거렸다.

왜 자꾸 같은 소릴 하는 건지.

O는 불평했다. 호재는 잠시 머뭇거렸다. 네 마누라가 자꾸 같은 소리를 하는 건 네가 자꾸 같은 소리를 하게 만들었다는 거겠지…… 그러나 다리 두 짝이 보인다니. 뭐라 대꾸하려다 말았다.

갑갑해.

O는 커다란 손바닥으로 이마를 문지르며 섰다가 다시 뒤돌았다. O의 굽은 어깨를 물끄러미 바라보다가 호재는 아내를 생각했다.

두 해 전 산부인과에서 난산을 겪고 집으로 돌아와 아내는 멍한 눈빛으로 말했었다. 말 좀 들어. 울음부터 터뜨리고 보는 갓난애를 어르고 달래느라 혼이 다 빠질 지경이었는데 아내는 다 쉬어가는 목소리로 말했던 것이다. 울고 있지 않았는데 분명 우는 얼굴로. 제발 내가 하는 말 좀 들어. 수유할 때마다 아내는 한 손으론 아기의 머리를 받쳐 안아들고 다른 한 손으론 아기가 잘 먹을 수 있도록 자신의 가슴을 움켜쥐었다. 넋이 나간 듯 때때로 아내의 시선은 아기가 아닌 제 가슴에 머물렀다. 무언가 명백히 훼손당한 낯빛을 하고서. 그래서 호재는 귀기울이는 걸 의식적으로 잊지 않으려고 애썼다. 미역국을 입에 떠넣는 파리한 손과, 붓기가 미처 빠지지 않았으나 해쓱해 보이기도 하는 뺨과 같은 것에 시선이 머무르게 되는 순간마다 그랬다. 그리고 귀기울이는 것, 상대의 말을 귀담아 듣는 건 너무나 어렵다는 걸, 지극히 애써야만 가능한 일이란 걸 알게 되었다.

왜 자꾸만 같은 소릴 하는지 모르겠단 말이야.

자꾸 같은 소릴 한다고 O는 자리에 앉아서도 자꾸 같은 소릴 했다.

비가 오려나?

비가 온댔어.

P와 Q가 서로를 바라보지도 않고 말했다. 골이 지끈거리는 걸 감추려고 호재는 책상에 쌓인 서류 더미에 얼굴을 파묻었다. 곧이어 전화벨이 울렸다. 호재는 고개를 번쩍 들고 수화기를 집었다. 네, 네, 아니오, 그건 여기가 아니고요, 네, 네네, 전기 점검 쪽으로 연결해드리겠습니다, 끊지 마세요. 그는 빠르게 말했다. 몇 개의 버튼을 누르고 수화기를 다시 내려놓았다.

같은 소릴 반복한다는 O의 아내와 다르지 않게 호재는 아까부터 같은 생각을 하고 있었다. 서류 더미를 들추고 전화 응대를 하는 사이에도 생각이 끊임없이 밀려들었다. 정확하게는 어젯밤에 꾼 꿈의 내용. 기억나는 건 짧았다. '예'라고 대답한 직후 그는 구르다시피 떨어졌다. 뭔가 급박하게, 어딘지 모를 곳에서 마찬가지로 어딘지 모르겠는 곳으로. 무엇에 대한 '예'였는가. 어떤 질문이었나. 다른 아무것도 전혀 기억나지 않고 다만 예스라는 대답, 그리고 어딘가로 굴러떨어진 느낌.

어째서 '아니오'가 아니었지?

왜 '아니오'가 아니었을까?

이상한 방정식이 쓰인 칠판 앞에 서 있는 난감한 태세로 그는 근무했다. 신경이 분산되었지만 분산된 신경을 그러모을 겨를이 없이 바빴는데 바빴다 해도 제대로 일을 하는 것 같지는 않았고 내내 마음 한구석이 찜찜했다. 꿈의 어느 부분은 선명했고 어느 부분은 탁해서 모래바람이 인 뿌연 물속에 들어앉아 있는 기분이었다. 이 찜찜함은 그냥 정말 기분 탓일까…… 그런 것 같기도 아닌 것 같기도 했다. 날씨 탓인지 몸도 찌뿌드드했다. 한동안 아리송하다가 단지 기분 탓이 아니었다는 걸 이내 깨닫게 되었다. 점심시간이 되어서였다.

오늘 메뉴는 돈가스랬나?

사무관 백이 어린애 같은 표정을 짓고 기지개를 켰다.

같이 가지?

손목에 찬 워치의 버튼을 눌러 확인하며 그가 다가왔을 때,

저기. 그러니까 그게.

제가 지금 곤란한 상황이 되어서, 라고 말은 못하고 호재는 우물쭈물했다.

그래. 그런 날도 있지. 가세.

백은 기다려주지 않았다. 어딘지 모르게 가뿐하다는 듯 직원들을 이끌고 멀어졌다. 구내식당으로 가기 위해 복도의 엘리베이터로 향하는 백의 걸음걸이를 호재는 유심히 바라보았다. 한 발짝 두 발짝 그의 보행 속도와 걸음 수가 워치에 기록되고 있을 거였

다. 만 보! 일상생활을 할 때도 언제나 운동이 되도록 효율적으로 움직여야 한다고. 백의 입버릇이었다. 그는 지나치게 자주 워치의 액정을 켜고 끄며 걸음 수가 카운트되는 걸 의식했지만 계단을 오르내리는 것만은 질색했다.

P와 Q가 눈썹을 치켜뜨며 뭐라고 신호를 보냈으나 호재는 알아듣지도 못했으면서 고개를 저었다. 뭐라고 했든 다 아니라고 했을 거였다. 모두가 나가고 텅 비어버린 사무실에서 호재는 고민스레 발밑을 내려다보았다. 언제 이렇게까지…… 음.

의자의 바퀴 하나 정도 이음새가 매끄럽지 못한 듯, 슬리퍼를 신지 않았을 때의 깊이만큼 자신의 자리가 미묘히 내려앉았다고 느낀 건 얼마 되지 않았다. 뭔가 이상하다는 걸 감지했지만 업무에 쫓겨 그냥 지나쳤다. 머리통을 흔들며 출퇴근을 반복했다. 이상한 건 도처에 있다고 생각했으니까. 여기도 저기도 어디에나. 집에도 있지 않은가.

아내는 틈만 나면 벌게진 뺨을 실룩이며 소리를 질렀다. 말 좀 들어! 이제 두 돌이 다 되어가는 아이가 울며불며 유아 의자 밑에 죄다 흘려버린 된장국을 몸을 한껏 구부려 물티슈로 닦으려는데도 아내는 으르렁거렸다. 제발 내가 하는 말 좀 들어! 허리가 뻐근해져오는 걸 느끼면서도 호재는 시무룩해져서 아내의 눈치를 살피곤 했다.

아내가 말하고 원하는 걸 호재는 좀처럼 쉽게 알아들을 수 없었다. 말한 대로 했는데 아니라고 했고, 말한 대로 하지 않으면 더 더 아니라고 했다. 성이 나서 제 화를 주체하지 못하는 아내의 눈빛은 그러나 분명히 상처받은 자의 그것이었다. 화를 내고 있는데 서글퍼 보이는 얼굴.

아이는 지나치게 울었다. 울고 또 울고 너무 울고 세상을 이끄는 저의 동력은 오직 그것뿐이라는 듯이. 뭐가 그렇게 서럽니. 뭐가 그렇게 서운하니. 말 못하는 아이에게 호재는 묻고 싶었다. 피로하고 혼란스러웠다. 자신의 자리 아래 발밑이 교묘히 균열되어가고 있었다 해도 제대로 신경쓸 마음의 여유나 여력이 없을 정도로.

그럼에도, 어느 날엔 딛고 서 있던 문지방에서 화장실의 타일 바닥으로 내려서는 기분이었다. 또 그다음 어느 날은 의자에서 일어나 상체를 숙이고 엎드린 채 바닥을 살펴야만 했다. 이상했고 필연적으로 무언가 달라진 느낌이었다. 한 달 새 이렇게나 푹 꺼져들다니. 그는 지반이 오 센티미터쯤 팬 자리에 의자의 등받이를 손으로 짚은 채로 두 발을 딛고 서 있었다. 자신의 자리 정중앙에 점을 찍고 컴퍼스를 빙 돌린 것처럼 제법 널찍하고 동그란 자국이었다.

이봐.

점심을 먹고 돌아온 O를 손짓해 불렀다.

왜?

이걸 좀 봐.

호재는 검지로 의자 밑을 가리켰다. 뒤따라 들어오던 P와 Q가 고개를 늘여 뺐다.

뭐.

왜.

O는 호재의 책상 가까이로 다가와 들여다보았다.

뭐가.

무거운 눈꺼풀을 들어올리며 O가 말했다.

이것 좀 보라고.

호재가 말했다.

뭐.

왜.

P와 Q가 고개를 갸웃했다. 어느새 넷이 머리를 맞대고 둥글게 모여 호재가 좀 보라고 말하는 데를 유심히 관찰했다. P는 감색 줄무늬 넥타이를 잡아 매만지며 Q는 덥수룩한 뒷머리를 손바닥으로 문대며 눈을 끔벅였다. O가 부른 배를 느릿느릿 문질렀다. 호재는 이들의 시선이 슬그머니 자신에게로 향하는 걸 알아차렸다.

여기, 여기.

호재는 다급해졌다.

안 보여?

잠시 후 O, P, Q가 호재의 신중한 표정을 흘끔거리며 입을 모아 되물었다.

그러니까 뭐가……?

호재는 조금 막막해져서 뒷머리를 긁었다.

오후 내내 이상하다는 생각에 사로잡힌 채로 호재는 근무했다. 점심을 건너뛰었는데도 배고프지 않았다. 뭔가 이상하다고 느끼지만 무엇이 이상한지 전혀 알지 못하는 소설 속 주인공이나 된 듯 그는 일하다가도 갸웃거리고 갸웃거리다가도 또 황급히 업무에 몰두했다. 그리고 그 모든 걸 지루하게 반복하는 동안 호재는 찌뿌듯한 기분에 몽롱해져서는 달력의 날짜를 확인하고 간간이 노트를 들췄다.

퇴근길엔 비가 왔다. 호재는 빨간색 반자동 우산을 쓰고 걸었다. 아내의 것이었다. 아침에 일기예보를 확인한 뒤 신발장을 열어보며 우산이 어디 갔지, 하는데 아내가 목소리를 낮춰 저기 있잖아, 했다. 새벽 늦게야 잠든 아이가 깰까봐 퉁퉁 부은 눈을 하고도 입만 벙긋거렸다. 이런 우산도 있었나? 색깔이 너무 좀 쨍해서 망설이다가 집어들고 조심조심 나왔었다. 이걸 펼칠 일이 없길 바랐는데 기어코. 건물을 빠져나와 빗줄기를 바라보고 서서 무심히 그런 생각을 했다. 비가 오는구나. 이 우산을 써야 하는 거구나. 어깨가 뻐근하고 하품이 새어나왔다.

기어코.

호재는 그 단어를 한번 더 머릿속으로 곱씹었다.

기어코.

그다음엔 입 벌려 작게 발음해보았다.

기어코.

호재는 저도 모르는 새 점점 집중했다. 생각을 궁굴릴수록, 입 밖으로 소리내볼수록 낯선 기분이 들었다. 희한한 단어네, 꽤 이질적인 뉘앙스네, 그런 마음이랄까. 이런 단어가 있다는 건 당연히 알고 있었지만 막상 사용하니 혀끝에서 맴도는 이물감이라고 해야 하나. 강사는 하나의 단어라도 정확히 뜻을 알고 적재적소에, 맞춤 맞도록 쓰는 게 좋다고 했는데. 호재는 우산살을 팽팽히 펼쳐 들고 걷다가 멈춰 섰다. 가방을 우산 쥔 손으로 겹쳐 들고 겨드랑이에 끼워놓은 후 다른 손으로 주머니에 있던 폰을 끄집어냈다. 국어사전 사이트에서 단어를 검색했다.

기어―코. 부사. 어떠한 일이 있더라도 반드시. 결국에 가서는. 비슷한 말; 기어이.

구체적으로는 이런 뜻이군. 호재는 생각했다. 명시된 의미를 골똘히 바라보다가 액정 화면에 우산에서 반사된 붉은빛이 어리는 걸 느끼곤 다시 폰을 집어넣고 거리를 걸었다.

우산이 없어서 허둥거리는 한 남자의 이야기를 쓰는 거야. 비를 맞고 뛰어가다가 자동차 사고를 당해서 의식불명이 되는데 중환자실에서 아내는 미처 생각지도 못했던 남자의 큰 비밀을 알게 되는 거야. 당신이 기어코 나에게! 라며 몸서리를 치는 아내와 남자의 믿을 수 없는 비밀. 음. 비밀이라면 어떤 게 좋을까…… 급작스레 갈급한 마음이 들었다가는 이내 사그라지는 걸 호재는 느꼈다. 어딘지 모르게 휑한 비바람이 옆구리 쪽으로 관통해 혈관이나 근육 같은 것들이 나달나달 나부끼는 기분이었다. 아니 애초에 이런 전개는 좀 진부한 것 같은데. 너무 작위적이지. 기어코. 기어-코. 캐릭터는 물론이고 스토리도 전혀 구상하지 못하다니. 호재는 어쩐지 울적해졌다.

집 앞에 도착해서도 중얼거리며 계속 걸었다. 가로등이 적어 어둑한 빌라 주위를 몇 바퀴나 천천히 돌았다. 이 비가 그치면 가을이 코앞이네, 라고 말하면 좋을 텐데 마감이 코앞이었다. 기어코. 기어이. 어떠한 일이 있더라도 반드시 마감은 옵니다. 개구지게 웃던 강사의 얼굴이 떠오르고 마음은 더욱 무거워졌다. 명심하세요, 마음을 끄는 첫 문장이 가장 중요하다는 걸. 호재는 단 한 줄의 문장도 시작하지 못하고 있었다. 스토리를 잇거나 얼개를 짜는 건 더더욱.

소설 창작 수업을 듣기 시작한 건 한 달 전이었다. 어문, 인문, 문화예술, 스포츠 이 네 항목 중에서 한 강좌 이상씩을 골라 수강하라는 부서별 지침이 내려오고 나서였다. '강좌 수강 안내'라는 제목의 공문에는 이렇게 적혀 있었다. 공무원 개개인의 자기계발, 사기 진작, 피로감 해소, 워라밸Work and Life Balance을 위해 다양한 강좌 프로그램을 이수할 것. 권장이나 권유가 아닌 의무와 강제였다.

워라밸.

호재는 한동안 그 단어를 유심히 읽고 기억했다. 그 형이 늘 입에 달고 살던 말이었는데. 그 형 이름이…… 아니지, 애초에 알고 있지 않았다. 몇 해 전 9급 행정직 시험을 다시 준비하느라 노량진에 있을 때 알게 된 형이었다. 싼값에 컵밥을 파는 포차에서 점심 즈음 자주 마주치곤 했는데 언제나 플라스틱 숟가락 가득 밥을 퍼서 허겁지겁 입안으로 넣어버리던 사람이었다. 호재는 그가 우물거리며 해주던 말들이 떠올랐다. 9급으론 안 돼. 끝도 없이 밀려드는 민원 업무에 일평생 시달릴 텐데. 하물며 박봉. 그래가지고야 어디 워라밸이 되겠느냐고. 인생은 한방. 무조건 5급이지!

형은 무릎이 튀어나온 트레이닝바지를 추켜올리며 고시원 골목으로 자취를 감춰버리곤 했다. 호재는 타인에게 신경쓸 겨를 따윈 없었으므로 다시 돌아보지 않고 학원으로 들어갔다. 통성명도 전화번호 교환도 하지 않는, 만나지면 만나고 안 보이면 보지 않는 정말 그냥 형. 딱 일 년만 기다려줄래, 한 번만 기회를 줘. 내가 잘할게…… 예약해둔 결혼식장을 취소하자며 아내에게 무릎 꿇지 않았더라면, 계약직으로 근무하던 국악원에서 어떻게든 견디고 버텨서 무기계약직으로 전환되었더라면 인생에서 정말 그냥 형 같은 건 만들지 않아도 됐을 텐데. 끝내 이름을 알지 못할 형의 뒷모습을 떠올리며 입술을 깨물다가 호재는 기억나지 않는 건 이름만이 아니라고 결론지어야 했다. 형의 얼굴이나 대강의 인상도 전혀 떠오르지 않았다.

호재는 다시 공문을 읽었다. 별첨된 종이에는 다양한 강좌들이 서너 장가량이나 죽 나열돼 있었다.

뭐가 많네.

많긴 많네.

P와 Q가 심드렁히 말했다. O는 나직하게 덧붙였다.

아버지가 골치야.

왜.

왜.

P와 Q가 대꾸하고, O는 답했다.

한 소릴 또 하고 또 하고 했던 얘길 또 하고 또 해. 노이로제 걸릴 것 같다니까. 병원에 모시고 가봐야 할까?

음.

음.

P와 Q는 한숨을 쉬었다. 했던 말을 또 하고 또 하는 사람이 여기도 있긴 한데. 그런 눈빛을 교환하며 고개를 저었다. 호재는 공문에서 눈을 떼지 않았다. 한참을 바스락거리며 종이 넘기는 소리만이 들리다가 P는 수영이나 테니스 중 하나를, Q는 우쿨렐레와 오카리나 중 하나를 수강하겠다고 선언하듯 말했다.

나는……

호재는 말끝을 흐렸다. 어느 강좌든 수강하려면 시간을 할애해야 할 텐데 아내에겐 뭐라고 말해야 할지 몰라서였다. 워라밸. 아내가 워라밸을 이해해줄까? 누구의 워라밸이냐고 되묻는다면…… 음. 호재는 어깨를 움츠렸다. 워라밸은커녕 밸런스, 일상에서의 단순한 균형 잡기도 통 어려운 기분인데 요즘은. 의자는 왜 이리도 삐걱거리는지?

수화를 배워야겠어.

O가 힘없이 말했다.

말을 하고 싶지가 않아.

그때 O의 자리에 놓인 전화기가 울렸다. O는 냉큼 수화기를 들어올렸다. 벨이 두 번 울리기 전에 전화를 받아야 하는 매뉴얼대로 신속하고도 경쾌하게 응대했다. 네, 네, 아니요, 그건 여기가 아닙니다, 네, 네네, 가스 안전 쪽으로 연결해드리겠습니다, 끊지 마세요. 몇 개의 버튼을 누르고 수화기를 다시 내려놓았다.

하……

O의 한숨이 그치기도 전에 전화벨은 다시 울렸다.

강좌를 선택할 수 있는 시간은 그리 오래 주어지지 않았다. 백은 사무실을 돌아다니며 뻔질나게 직원들의 희망 강좌를 물어댔다. 공문 회신은 칼같이! 그것이 이십여 년 가까이 이어온 백의 소신이자 신념이었다. 호재는 쫓기는 기분이 들었다. 뭐든 선택하고 나면 시간을 할애해야 하는 일일 텐데. 워라밸이라. 그래도 기왕에 뭔가를 꼭 해야 한다면 외국어가 좋겠지, 싶은 막연한 생각으로 호재는 영어를 배우겠다고 말했다. 백은 대답했다.

영어 좋지. 뉴욕에 사촌이 있어. 곧 시민권이 나온다더군.

호재는 머리를 주억거렸다. 그러나 다음날 은근히 마음이 바뀌었다. 영어는 마르고 닳도록 공부해왔으니 좀더 유용한 언어를 배워보자. 아이가 자라면 우리 가족 셋이서 가까운 곳으로 여행을 다녀올 수도 있겠고. 일본어로 바꾼다고 하니 백은 제자리걸음을 하며 빙그레 웃었다.

일본어 좋지. 교토에 사촌이 있어. 비교적 방사능엔 안전하다더군.

그렇군요. 그러시군요. 호재는 진지한 얼굴을 해 보였다. 그러나 다음날이 되자 마음은 또 쭈뼛쭈뼛 바뀌어서 색다른 언어를 배우는 것도 나쁘지 않겠다고 판단했다. 유럽의 이국적인 풍광 같은 것이 눈에 아른거렸다. 독일어로 바꾼다고 하니 백은 눈을 빛냈다.

독일어 좋지. 빈에 사촌이 있어. 게스트하우스가 꽤 잘된다더군.

그리고 백은 또 말했다.

일찌감치 정하면 좋았을걸. 아쉽지만 어문, 인문, 스포츠는 모두 마감이야. 남은 건 문화예술 강좌인데 어디 봐…… 소설쓰기 강의에 아직 자리가 남았네.

백이 볼펜을 딸각거리며 호재 대신 신청란에 체크했다. 순식간이었다. 호재는 당황했다. 어디에 눈을 두어야 할지 몰라서 머뭇거렸다. 소설이라니. 소설쓰기라니. 단순 강의식이 아니라 실기 강좌일 게 뻔한데.

소설이라니요, 사무관님?

호재의 목소리가 자연히 떨렸다. 그의 내면 어딘가에서 거대하고 막막한 두려움마저 일어서 호재는 저도 모르게 백의 흰 셔츠깃을 모아 잡을 뻔했다. 백은 안타깝다는 듯 그러나 워치의 액정화면을 습관적으로 확인하며 덧붙였다.

괜찮을 거야. 창작이야말로 워라밸의 정수지.

호재로서는 도무지 이해 못할 말이었다. 백이 눈을 찡긋거렸다.

자네, 국문과 출신이잖아? 아주 맞춤이야.

호재는 순간 입술이 떨어지지 않았다. 발가락 끝이 저릿저릿했다.

어때.

어때.

자리로 돌아와 앉자마자 P는 수영복을, Q는 우쿨렐레를 결제한 내역을 보여주었다.

최저가야!

둘은 동시에 떠들었는데 호재는 아무것도 눈에 제대로 들어오지 않았다.

나 소설 써야 돼.

호재가 의자에 몸을 파묻었다. P와 Q가 미간을 모으고 어깨를 으쓱했다. O는 고개를 절레절레 저으며 두 손을 가슴에 엑스자 모양으로 포갰다. 국문학을 전공했다고 해서 누구나 소설을 쓸 수 있는 건 아닌데. 호재는 머리가 아팠다. 쓸 수야 있겠지만 단지 쓰는 것만으로 다는 아니잖아. 소설이 그렇게 단순하지는 않을 거잖아……

그날 오후 내내 호재는 우울했다. 학부 시절에 꼭 한 번 들었던 창작 수업이 떠올라서였다. 그마저도 중간고사 기간 직전에 수강을 취소했었지. 그때에 나이 지긋했던 강의 교수는 인자한 표정으로 학생들에게 언제나 너그러웠는데 호재는 그것이 기대가 없기 때문이라고 여겼다. 교수의 열정을 끄집어낼 만큼의 재능이나 실력을 갖추지 않아서라고. 호재는 소설을 쓴다는 것에 매력을 느꼈지만 그럴수록 깊이 빠져들지 않기 위해 애를 썼다. 시대가 어떤 시댄데. 현실을 직시하자. 호재는 괜한 겁이 나서 도리어 쌀쌀하게 굴었다. 홀로 도리질을 치고는 수업에 들어가지 않았다. 그러나 그는 지난날 자신이 품었던 냉소가 정당한 것이었는지는 판단하기 어려웠다.

비는 그칠 줄 모르고, 호재는 빌라 주변을 빙빙 돌고 있던 걸음을 멈췄다. 집에 들어가면 저녁을 챙기고, 설거지와 방 정리를 하고, 아이를 목욕시켜 가까스로 재우고 난 뒤에야 소설쓰기에 대해 다시 생각할 수 있을 거였다. 아내를 도와야 하니까. 아, 아니지. 명심하자. 육아와 살림은 돕는 게 아니라 같이 하는 것. 저녁의 육아와 살림을 마무리하고 나서 오늘은 소설을 시작할 수 있을까. 오늘에야말로. 아니 그전에 구상이 먼저인데. 아이가 잠든 이후에도 체력은 방전되지 않을지. 아이를 낳은 뒤로 아내와 호재는 만성적인 수면 부족에 시달리고 있었다. 매일 밤 긴 시간을 책상 앞에서 사투하리라 마음먹었지만 이미 한 달이 다 되도록 실행에 옮기지 못하고 있는 것도 그 때문이었다. 긴장한 상태에서 저도 모르게 까무룩 잠들고는 밤새 영문 모를 꿈에 시달리기만 할 뿐. '예'라니. 무엇에 대한 예스였지?

호재는 불쑥 억울한 마음이 들었다. 이 모든 게 마감 때문이었다. 소설쓰기 따위는 알지도 못한 채로 매일 일정량의 업무를 마치고 집으로 돌아오던 때에는 하루가 끝났다는 안도감, 하루를 잘 끝냈다는 성취감이 있었다. 이렇듯 무언가 채워지지 않는 조급함이나 무엇으로부터도 영원히 위안받지 못할 초조함 같은 건 느끼지 않아도 됐었다. 규칙적인 출퇴근으로 적어도 심신만은 안정적이었다고 해야 하나. 소설을 쓴다는 건 어쩌면 매우 지난한 일입니다. 작가의 밤은 유한하고 내면의 풍요로움은 쉽게 바닥나니까요. 첫 시간에 강사가 했던 말들을 호재는 복기하듯 떠올렸다. 멀끔하고 해사한 얼굴 아래 뭔가에 끈질기게 시달린 사람만이 갖는 지친 표정으로 강사는 자근자근 말했었다.

워라밸. 이래가지고 무슨 밸런스를 잡을 수 있다는 말일까. 균형은 이미 오래전에 깨어졌다는 생각. 깨어지고 말았다는 생각. 끝 모르게 추락하는 기분이 들었다. 왜지. 왜일까…… 내가 '예'

라고 대답했기 때문에? 대체 그럼 나는 어디로 굴러떨어졌다는 거야……

첫날엔 툴툴거리지 않을 수 없었다. 한 시간 일찍 퇴근해 두 시간짜리 수업을 들으라니. Pass or Fail도 아니고 학점제라니. 하물며 소설이라니. 마이너스 통장의 이자율이 계속 오르는 것처럼 생각만으로도 가슴이 답답했다. 매주 강독 자료를 미리 읽어 가야 하고, 자신의 습작도 써내야 한다고…… 퇴근 전에 강좌의 강의 계획서를 뽑아 출력기 앞에 서서 읽으려니 맥주 생각이 간절해졌다. 널찍한 테이블 자리에 혼자 앉아 마실 차가운 맥주 한 병. 입맛을 다시고 있는데 백이 다가와 호재의 어깨를 툭 쳤다.

소설 좋지. 글쓰는 사촌이 있어. 사는 건 고단해도 명예로운 삶이라고 자부하더군.

그렇군요, 그러시군요, 소리가 절로 나오진 않아서 호재는 입을 꾹 다물고 멀뚱히 서 있었다.

잘 좀 해봐.

백은 싱글 웃으며 멀어져갔다. 휘파람을 부는지도 몰랐다. 확실하지 않은데 이상하리만치 불쾌감이 솟았다. 명예라니. 그런 단어는 떠올리지도 사용하지도 의식하지도 않으며 잘살아왔다. 대체로 그런 건 평범한 사람에게는 죽은 단어가 아닌가. 호재는 퍼뜩 고개를 들었다. 잠깐, 평범이라고?

호재는 비바람이 서늘하다고 느끼곤 빌라 주차장 가까이로 들어와 우산을 접었다. 그리고 새삼 깜짝 놀랐다. 아 이거였나. 빨간 우산의 살을 감싸고 있는 방수천의 표면에 자잘한 꽃잎 모양이 도도록하게 솟아나 있었다. 물에 닿으면 꽃무늬가 드러나는 게 예뻐서 멀고 먼 연애 시절 아내에게 선물했던 거였다. 꽃비 맞게 해줄게! 득의만만하게 그런 말을 하며 건네준 것 같기도 했다. 아내는 웃었던가. 글쎄 뭐 비웃었을 수도. 어쨌거나 까맣게 잊고 있었어. 호재는 우산을 요리조리 돌려보다가 손목에 반동을 주어 물기를 털었다. 찬찬히 계단을 올랐다. 현관문 밖으로 아이의 거센 울음소리가 새어나오고 있었다.

골치야……

다음날 출근하니 O는 엎드린 채로 머리칼을 헝클고 있었다.

음.

음.

P와 Q가 호재에게 눈짓하며 인사했다. 가방을 내려놓고 자리에 앉자마자 그러나 호재는 심란해졌다.

골치라면 나도……

한참의 고민 끝에 결론을 내렸다.

구멍이군.

확실히 그런 결론이었다.

구멍이야.

한번 더 중얼거리고는 주위를 바라보았다. 의자에서 일어나 발의 각도를 십오 도 정도씩 옮겨 밟아가며, 두 손을 허공에 대고 재듯 만져보며, 그는 충분하고도 면밀히 감정하듯 살폈다. P와 Q가 간간이 호재를 흘끔거렸다.

틀림없어.

구멍이라고 그는 판단할 수밖에 없었다. 구멍이 아니라고는 도저히 부정할 수가 없었다.

도대체 뭐지? 왜지?

호재는 다시 의자에 앉아 책상의 상판 가까이로 제 몸을 끌어당겼다. 그는 구멍 안에 있었다. 구멍 속에 들어와 있는 것에 대해 이것을 어떻게 받아들여야 하는지에 대해 다시 고민하기 시작했다. 그러니까 이 구멍 '이후'에 대해서.

그러나 제대로 된 생각이 시작되기도 전에 전화벨이 울렸고 호재는 구구단이라도 외듯 네, 네, 아니요, 그건 여기가 아니고요, 네, 네네, 수도 시설 쪽으로 연결해드리겠습니다, 끊지 마세요, 하고 내지르듯 말한 뒤 수화기를 내려놓았다. 통화는 몇 번 더 반복되었다. 벨이 울리고 전화를 받고 수화기를 놓고 서류 더미를 들추고 또 벨이 울리는 식이었다. 반복이야말로 아름다운 운율을 만들어내죠. 우리의 일상은 전혀 지루하지 않아요. 누구든 소소한 일상에서라도 소설의 소재를 찾아낼 수 있습니다. 강사의 말이 머릿속에서 춤추듯 맴돌았다. 지난주에 읽었던 텍스트의 몇 문장도 떠올라 호재는 의식하지 못하는 새 손으로 턱을 괴고 입술을 내밀었다. 일상에서 소설의 소재를 찾아낼 수 있다고…… 음. 고민하는데 호재의 귓가로 청첩이네? 하는 O의 목소리가 흘러들었다.

그러네.

여기 있네.

P와 Q가 동시에 봉투를 열었다. 그제야 호재의 눈에도 책상 달력의 스프링에 집게로 고정해놓은 청첩장이 눈에 들어왔다.

갈 거야?

O가 귀찮은 얼굴을 했다.

글쎄.

글쎄.

P와 Q도 마뜩잖은 표정을 지었다.

나는……

호재는 결정하지 못했으나 자신이 가지 않으리라는 걸 알았다. 일면식만 있는 타 부서 사람이었고, 그렇다고 축의금까지 생략할 수야 없겠지만 주말에 아내와 아이를 집에 남겨두고 외출하기란 불가능했다. 시시때때로 울어젖히는 두 돌배기를 데리고는 어디로도 이동할 수 없을 테고. 축의금만 전달하고 말아야겠지, 생각했다. 말마따나 이런 게 평범이고 일상이라면 평범한 사람의 일상에는 인간의 중대사가 물처럼 흐르는데 그 물줄기는 너무도 무한한 갈래로 뻗어와서 대체로 숨이 가쁘고 또한 대체로 좀 지겨워진다…… 호재는 물살에 발을 집어넣듯 그런 생각에도 잠겨들었다. 아내도 매일매일이 지겨운 걸까. 아내가 항상 내게 소리를 지르는 건 피곤에 더해 권태롭기 때문일까. 지쳐 고달프고 고단하여 싫증까지 나버리는 상태. 이런 것도 소설로 쓸 수 있을지…… 아니 어쩐지 '권태'라는 단어는 어렵게 느껴져.

근데 이런 건 밥 한번 사면서 주는 거 아닌가?

O가 툴툴거리자,

요즘엔 뭐.

다들 바쁘니까.

P와 Q가 말을 보탰다.

그런가.

메신저나 사내 메일로 모바일 청첩장을 보내지 않은 것만도 어디야.

그럴까.

사실 그냥 공문으로 내려온대도 상관없는데. 상기 날짜로 이하에 명시된 값을 납부하시오.

그건 그래.

O, P, Q는 눈을 끔벅이며 다시 봉투를 열었다. 청첩장을 넣어 봉하곤 각자의 서류 더미 사이로 파묻었다.

미치겠네, 다리 두 짝이 보인다고 자꾸 그러는데.

호재는 불현듯 O의 중얼거림에 귀기울였다. 일상에서 소설의 소재를…… 청첩장이 꽂혀 있던 달력에 호재의 시선이 머물렀다. 마감이 낼모레. 발등에 불. 기어―코. 기어이. 살면서 이렇게 초조했던 적이 언제였나. 국악원 시절의 기억이 되살아나는 걸 호재는 느꼈다.

당시에 그는 임시직이었다. 업무 성과에 따라 근무한 지 일 년이 되면 재계약을 하고 이 년을 채우면 무기계약직으로 전환될 예정이었는데 시간은 좀처럼 쉽고도 무탈하게 흘러가주지 않았다. 말 그대로 계약직이었을 뿐. 그러나 호재는 의아하리만큼 국악원 홍보에 관한 거의 모든 업무를 도맡았다. 상반기에만 공연 유료화 사업, 개원 삼십 주년 기념행사, 국악원장의 사사로운 인터뷰 스크립트까지 작성해야 했다. 초과근무는 월평균 서른 시간이었다. 원장은 시도 때도 없이 호재를 불러댔다.

이러면 곤란하지.

이 사람 일하는 꼬락서니 하고는.

이래서야 어디 내 면목이……

호재는 밤마다 불안감에 잠을 설쳤다. 일을 하는 게 아니라 괴롭힘을 당하는 기분이었다. 아내는 결혼 준비를 시작하고 있었다. 임시직이어도 시간만 채우면 정규직과 다름없는 무기계약직으로 전환될 테니까 걱정할 것이 없다고 여기는 듯했다. 아내의 나이가 적지 않았고, 장인어른 되실 분의 건강이 좋지 않았다. 드레스를 입어보러 가거나 예식장을 알아보러 다니는 주말에도 호재는 허둥거렸다. 일이 많아서, 라고 답하는 호재의 피곤한 내색에 아내는 안쓰러워하면서도 은근히 기뻐했다. 과중한 업무를 맡긴다는 건 그만큼 신뢰하고 있다는 의미 아니겠어? 호재를 보듬고 다독였다. 그러나 공연 유료화 사업이 여론 악화로 무산되고, 공연장에 지정 좌석제를 도입한 첫날 작은 시행착오 탓에 민원이 쏟아지고 난 뒤로 호재는 한 달을 더 버티지 못하고 사직서를 썼다.

일 년만 더 기다려주겠느냐고 아내 앞에서 무릎을 꿇던 날 호재는 울었던가. 이렇게는 정말 안 될 것 같아서 그래. 행복해지지가 않을 것 같아서 그래. 호재는 울먹였었나. 아무 대답도 하지 않고 멍하니 있던 아내는 가방에서 폰을 꺼내들고 찬찬히 버튼을 눌렀다. 네, 예약 취소하려고요, 네, 네, 위약금이요, 네, 네, 아니요, 네, 감사합니다. 그리고 아내는 말했다. 가자. 집에. 아내는 동네 보습학원에서 중고등부 과학을 가르쳤는데 강의 시간을 두 배 가까이 늘려 호재의 학원비와 밥값을 댔다. 못난 놈. 장인어른이 병상에 누워 입버릇처럼 말했다는 걸 나중에야 들었다. 청첩장을 찍은 건 그후로 두 해 정도 더 지나서였다.

예식은 대체로 숙연한 분위기였다. 장인어른이 투병중에 돌아가셨으므로 아내와 호재는 손을 잡고 동시 입장했다. 호재의 어머니도 부재했다. 어머니는 특별한 질병이랄 것이 없이 언제나 활력이 넘쳤는데 횡단보도로 내려와 두어 발짝 걸어가다가 과속으로 달려오는 자동차에 치였다. 호재는 아내의 손을 잡고 있는 내내 노량진 학원 안에 마련된 독서실 구석자리에서 문자로 확인했던 장인어른의 부고와 수화기 너머로 들려오던 아버지의 속 타고 애끓는 목소리를 번갈아 떠올렸다. 활자와 음성으로 전해지던 죽음의 기운들이 호재의 목을 조르듯 죄어오던 순간들을.

호재는 의자를 좌우로 돌렸다. 삑. 삑. 의식하고 듣지 않으면 잘 들리지 않는 소리가 났다. 삑. 삑. 의자를 돌리며 구멍이라니…… 생각하는데 백의 목소리가 사무실 안에 울렸다.

오늘 메뉴는 탕수육이랬나?

백이 설렌다는 듯 눈을 빛냈다.

같이 가지?

그가 다가왔을 때,

저기. 그러니까 그게.

제가 지금 구멍에 빠져서요, 라고 말은 못하고 호재는 우물쭈물했다.

그래. 그런 날도 있지. 가세.

백은 냉큼 뒤돌아 걸었다. 어딘지 모르게 가뿐하다는 듯 직원들을 이끌고 구내식당으로 사라졌다. 호재는 고민스레 발밑을 내려다보았다. 못난 놈. 어디선가 그런 목소리가 들려오는 것도 같았다.

첫날 이후 한 달 가까이 이어져온 소설쓰기 수업은 예상처럼 그렇게 괴롭지만은 않았다. 호재는 첫 시간의 자기소개 때 손바닥에 땀이 배어났던 걸 제외하곤 점차로 여유를 찾았다. 강사는 언제나 지치고 어두운 낯빛이었는데 목소리만은 밝고 활달해서 자꾸만 오묘한 기운을 풍겼다. 이 수업에서는 누구나 한 편의 소설을 완성해야 한다고 매주 강조했는데 그 말을 할 때마다 수강생들이 지어 보이는 심각한 표정을 놓치지 않고 잡아냈다. 생각하는 모든 것이 소설이 될 수 있어요. 겁먹지 마시고요. 뭐라도 쓰세요. 그게 뭐라도 다 좋습니다. 분량이 적어도 괜찮아요. 당신에겐 무슨 일이 있었나요? 강사는 소설 쓰는 법을 가르치기보다 의외로 수강생들의 기운을 북돋는 데 시간과 품을 많이 들였다.

두 시간의 수업을 마치고 나면 그래서 아이 캔 두 잇 유 캔 두 잇, '쓸 수 있다'는 식의 격려로 충만해져서 정말이지 뭐라도, 두 잇 두 잇, 그게 뭐라도 다 좋을 어떤 것을 충분히 써낼 수 있으리라는 가벼운 흥분으로 도취되었다. 소설은 아무나 쓰는 게 아니라는 말이나 들을 줄 알았는데. 호재는 두근거리는 심장의 박동을 느꼈다. 그러나 그런 흥분과 긴장 상태는 버스나 지하철을 갈아타고 사람들 틈바구니에 끼어 숨도 못 쉬고 집으로 돌아오는 길이면 오래지 않아 흐물흐물 풀어져서 소설을 쓴다는 건 가능한 일인가……라는 식으로 다시 쪼그라들었다. 울고 또 울고 너무 울고 지나치게 우는 아이의 울음소리에 숨어서 호재도 얼마간 쪼그려 앉아 울고 싶은 마음이 되었다.

여남은 명의 수강생들은 모두들 직장인이어서 출석이 들쭉날쭉했다. 어느 주에는 보던 사람들이 오지 않았고 어느 주에는 못 보던 사람들이 제법 자리를 차지하고 앉았다. 수업 시작 전이나 후에 좀 쓰셨어요, 아니요, 시작은요, 조금요, 저도요, 저는 아직, 어쩌죠, 큰일이네요……와 같은 머쓱하고 수줍은 대화들을 간간이 나누었을 뿐 다정히 친밀해지는 사이는 만들기 어려웠다. 호재는 누군가 큰일이네요, 하고 말하면 저도 속으로 따라서 큰일이네요, 했다. 정말이지 큰일이 아닐 수 없다고 머리가 지끈거릴 정도로 신경이 쓰였다.

항상 자신과 자신 주변의 모든 것에 관심을 가지세요. 안부를 묻고 근황을 나누세요. 소설을 쓴다는 건 사람과 사회에 대해 알아가는 가장 의미 있고 개별화된 방식이 아닐까요. 강사는 사담을 나누듯 이런저런 조언을 해주었지만 호재는 수업을 들을수록 머리도 마음도 무거웠다. 이런 소설도 있구나. 수업에서 읽는 텍스트와 자료들이 흥미로운 것과는 별개로 자신도 소설을 써야 한다는 압박감을 느꼈다. 뭐든 마음먹은 대로 되지 않는다고 한다면 소설을 쓴다는 건 더욱 그럴 거였다.

좀 어떤가?

백이 다가와 싱글거릴 때마다 호재는 자리에서 그를 올려다보며 입술을 맞물었다. 희망 강좌 신청란에 아무렇게나 표시해버린 백이 수시로 원망스러워지던 차였다.

그게.

그게?

호재는 나지막이 한숨을 쉬었다.

어렵네요.

어려운 일이지.

백이 고개를 주억거렸다.

게다가 구멍까지, 라는 말이 나오는 걸 호재는 삼키듯 꾹 참았다. 대신에 물었다.

글을 쓴다는 사촌분은.

어 그래, 사촌이 있지.

사는 게 고단한……

그렇다고 하더군.

호재는 잠시 침묵했다. 그러자 백이 눈을 둥그렇게 뜨며 말을 덧댔다.

왜, 자네도 고단한가?

호재는 끝내 대답하지 못했다.

좀 걸어.

백은 워치의 버튼을 눌러 걸음 수를 확인하고는 호재의 어깨 부근을 두드렸다.

걷는 게 도움이 된다더군.

오후가 되면서 호재는 자꾸만 시계를 확인했다. 두시가 지나고 세시가 지났을 땐 조금 조마조마한 정도였는데 시곗바늘이 네시를 지나 다섯시를 가리키자 점차로 등줄기가 푹 젖어들 만큼 초조해졌다. O는 수화 교본을, P는 수영복이 든 가방을 확인했고 Q는 우쿨렐레 가방을 따로 챙겨들었다. 호재는 의자에 가만히 앉아서 O, P, Q가 부산스레 구는 행동들을 물끄러미 바라보았다. 그는 딱히 가져갈 것이 없었지만 소설을 쓰기 위한 지침과도 같은 교본이라든가 입으면 잘 써지는 유니폼, 소지하면 도움이 되는 교구 같은 거라도 있다면 좋지 않을까 뻥하게 생각했다.

갑시다.

갑시다.

P와 Q가 자리를 정리했다. O는 말없이 둘의 뒤를 따라서 사무실을 빠져나갔다. 호재는 느릿한 동작으로 의자에서 일어났다. 구멍은 메워지지 않고 여전해서 그는 가슴을 부풀려 호흡을 크게 한 뒤 다리를 들어 올라서야 했다.

호재는 정류장을 향해 걸었다. 한 걸음 두 걸음, 보행 속도와 걸음 수를 의식하며 이동했다. 만 보. 백은 하루에 만 보씩 걷고 있는지 궁금했다. 뉴욕에도 교토에도 빈에도 사촌이 있다는 백이 뉴욕이나 교토나 빈에 다녀왔다는 이야기는 아직 들어보지 못했다. 백은 스크린 골프장과 스크린 야구장과 스크린 경마장에 가는 걸 즐겼다. 다리 두 짝이 보인다던 O의 아내에 대해 좀더 물어볼

걸. 한 말을 또 하고 또 한다던 아버지와는 병원에 다녀왔다고 했나 안 했나. 그러고 보니 P는? Q는? 별다른 게 없었나. 호재는 새삼 자신이 묻지 않은 것에 대해 안타까움을 느꼈다. 백과 O, P, Q만이 아니라도 이제껏 살아오며 묻지 않고 외면했던 무수한 순간들에 대해. 헤아릴 수 없이 많고 많을, 어리석었던 시간들에 대해. 그렇게 생각할수록 호재는 분명 알아야 할 것이 있는데 알아내지 못했다는 자책에 휩싸였다. 거기에 무엇이 있는지는 모르나 좀더 가고 싶고 가능하다면 좀더 멀리 가고 싶어지는 성마른 심정이 되었다. 여전히 호재는 아내에 관해서도 정확히 알고 있지는 못한 기분이었으니까. 아니 알려고 했었나. 행복해지지 않을 것 같아서 그래. 저도 모르게 울먹거리며 속내를 털어놓았던 지난날로부터 아내에겐 한 번도 되묻지 못해왔다.

우리는 행복해진 건가.

그러자 불현듯 다시금 형이 떠올랐다. 노량진 학원가에서 만났던 정말 그냥 아는 형. 이름을 물어보지 않은 건 아니었다. 자주 얼굴을 맞대고 점심을 먹게 되어서, 특유의 친화적인 제스처로 이런저런 농담도 건네오기에 자연스럽게 묻지 않을 수 없었다. 전 이호재예요. 이름이나 알고 지내자는 거였는데 사실 그렇게 큰 의미를 둔 건 아니었는데 형은 코를 찡긋거리곤 대번에 고개를 내저었다. 그냥 스쳐가는 거야 우리 같은 사람들은. 굳이 이름 알고 전화번호 나눠 갖고 왜 그래야 해. 부탁인데 여길 떠나면 내 얼굴도 꼭 잊어줘. 형은 실실거리고 그런 형을 보며 호재도 웃었다. 그런가요. 그렇지. 하하하. 하하하. 무안함을 감추려고 어색하고 열없이 두 번 세 번 웃었다. 프린트된 문제지 몇 장을 주머니에 구겨 넣고 한껏 트레이닝바지를 추어올리며 고시원 골목을 돌아 사라지는 형을 바라보고 서 있다가 호재도 돌아섰다.

다시 학원 건물로 들어와 독서실로 올라가는 동안 그러나 호재는 가슴 한 부근이 먹먹해져왔다. 우리 같은 사람들이라니. 뺨이라도 맞은 듯 어떤 분함마저 일었다. 서운해서 그렇다고 호재는 생각하지 않을 수가 없었다. 서운했다. 시간을 나눠 쓰고 추억이랄 만한 걸 공유한 사이도 아닌데 서운했다. 서운하고 또 서운하고 너무 서운하고 지나치게 서운해서 호재는 울고 싶었다. 말로는 서로 통성명이나 하자고 했지만 어쩌면 속으로는 누구에게라도 마음 붙일 곳을 찾으려는 거였는지 몰랐다. 밥 먹는 오 분 십 분만이라도 모형이나 기계가 아니라 사람처럼 상대를 향해 이야기하고 대화를 나누고 싶었던 걸까. 먹고 사는 자리 하나를 갖기 위해 긴 시간 오롯이 혼자이기만 해야 하는 건 싫었던 걸까. 아 그리고 하나 더! 돌아서기 전에 형은 끈끈한 듯 손바닥을 바지춤에 문대며 말을 이었다. 인생은 한 방. 무조건 5급이지! 너도 생각이란 게 있으면 다시 생각해라. 워라밸은 무시할 수 없는 거니까.

호재는 정류장에 도착해 버스를 기다리다가 그만두고 왔던 길을 되돌아 걸었다. 형은 그렇게 말했었다. 생각이란 게 있으면 다시 생각해야 한다고. 형의 목소리가 머릿속 어딘가를 잠식할수록 호재는 오히려 내면의 한부분이 텅 비어가는 느낌을 받았다. 어딘가 패고 또 패고 자꾸 패어서 몸의 기울기랄까 하는 것이 휘우듬해지는 기분. 호재는 한 발짝 두 발짝 걸음을 의식하며 이동했다. 강의 첫 시간에 자기소개 하던 때가 생각났다. 호재? 이름을 말하니 백처럼 나이가 꽤 있어 보이는 수강생 한 명이 대꾸했다. 나 어릴 때 살던 동네에선 '혼자'라는 말을 호재라고 했어요. 사투리죠. 그 수강생이 웃고 다른 수강생들이 오, 그래요? 호재? 호재? 하며 한동안 좀 수선스러웠다. 좋은데요? 강사는 말했다. 작가는 혼자 있어야 하는 사람이니까요. 혼자 있지만 혼자가 아닌 상태. 그것이 작가가 가져야 할 이성적인 고요와 평화의 전부죠. 호재의 걸음은 점차로 빨라졌다. 수업은 저녁 여섯시부터 여덟시. 지금은 다섯시 반이 못 되었으니 다시 돌아가면 두 시간 반쯤은 내 것으로 가질 수 있다…… 심장이 빠르게 뛰었다.

로비에서 출입 카드를 찍고 호재는 자리로 돌아와 앉았다. 구멍은 그대로였다. 의자를 끌어당겨 앉기 위해 그는 계단 한 칸의 높이만큼을 스리슬쩍 내려서야 했지만 나쁘지 않았다.

기어코. 기어—코.

호재는 노트와 펜을 꺼냈다.

'예'라고 대답한 직후 그는 구르다시피 떨어졌다. 뭔가 급박하게, 어딘지 모를 곳에서 마찬가지로 어딘지 모르겠는 곳으로.

깨끗한 종이에 한 글자씩 꾹꾹 눌러쓰기 시작했다. '그는'이라고 쓴 부분을 지우고 '호재는'이라고 바꿨다. 그리고 고개를 갸웃대며 조금 고민하다가 줄을 죽죽 그어버리고는 원래대로 '그는'이라고 적었다. 제 손에 쥐고 있던 하나밖에 없는 우산을 펼쳐 쓴 것처럼 어쩔 도리 없이 그러나 분명 자신의 머리 위를 둥그렇게 감싸고 있는 안온하고도 다정한 공기에 취해 양볼이 발그레해져서 호재는 써내려갔다. 그리고 자신이 구멍에 빠져 있다는 걸…… 구멍에 빠져버렸다는 사실을 잊었다.

충분히 근사해

자고 일어나니 서늘해서 창가로 갔다. 도톰한 입체 카드 한 장의 두께만큼 창문이 열려 있었던 걸 몰랐다. 가까이 다가서니 선득한 공기가 훅 끼쳐들었다. 바람이 부는구나. 강풍이네 싶어 놀랐다. 웬 바람이 이렇게…… 중얼거리다가 창문을 닫았다. 춥지 않았어? 고개를 돌려 물으려다가 잠시 머뭇대게 되었다. 방이 썰렁하다고 느꼈던 건 조금 열린 창문 사이로 불어든 바람 때문만은 아니었다. 보리. 어제 선에게 데려다준 보리 때문이었다.

미안해. 보리에게인지 선에게인지 모를 사과를 나는 했다. 의미 그대로 미안했고, 미안해서, 그 말을 하지 않을 수 없이 미안하여 몇 번이고 나는 했다. 어쩔 수 없는 일이잖아. 너무 늙었고. 내가 잘 보살필 테니 걱정은 하지 마. 선이 말했다. 그래도 명치 부근이

빼근해져올 정도로 괴로웠다. 보리를 맡기는 것에 대해 선과 긴 시간을 상의해왔다. 네가 몰라서 그렇지 나 좀 괜찮은 수의사야. 동갑내기 사촌답게 농담도 해가며 다정한 선은 오히려 나를 다독였다. 다른 방법은 없다고 오래 고민해서 내린 결정이었는데도 보리를 품에 안고 병원으로 향하는 내내 마음이 흔들렸다. 가슴에 전해지는 따스한 온기 탓이었다. 쓸데없이 따뜻하고 포근해서 눈물이 났다.

입술을 깨물고 도착한 곳에서 보리는 의외로 잘 움직였다. 흰 발을 찬찬히 내밀고, 엉덩이를 가볍게 흔들며 걸었다. 사위를 도리반거리며 무엇이든 코 가까이 대고 냄새를 맡았다. 두려워하는 기색은 아니었지만 호기심 어린 눈빛도 아니었다. 병원 구석구석을 돌아다니던 보리는 마지막이라는 듯 내게 시선을 고정한 뒤 네 발을 모으고 섰다. 날 여기 두고 가는 거로군. 보리의 확대된 까만 동공에서 그런 의미를 보았다. 나는 그곳을 벗어났다. 끝내 내 것이 될 수 없었던 고양이 한 마리를 놓아두고 도망하듯.

창문을 닫고서도 팔짱을 낀 채로 한참을 서서 밖을 내다보았다. 한기는 쉽게 사라지지 않아서 자연히 어깨가 움츠러졌다. 골목에 서 있는 오래된 나무의 가지가 크게 휘어지는 걸 보았다. 손바닥 모양의 이파리가 아래로 떨어져 나뒹굴고 있었다. 저 이파리 이름이 뭐였더라. 알았는데, 들어서 알고 있는 것도 같은데 모르겠어서 문득 궁금해졌지만 생각하는 걸 관두었다. 생각을 하거나 하지 않거나 바람은 불고, 불다가도 그치고, 그치다가도 다시 불어올 것이다.

나는 방으로 돌아가 이불을 들추고 다시 누웠다. 잠시 후 뒤집어썼던 이불을 젖히곤 이렇게 생각했다. 생각을 하지 않는 건 어렵구나. 어려운 일이야. 바람. 바람이 분다는 것에 대해 그래서 재차 생각했다. 보이지 않고 잡을 수 없는 것이 있다. 여기에도 있고 저기에도 있다. 거기에도 있겠지, 조. 바람처럼 눈앞에 있으나 보이지 않는 것. 잡을 수 없는 것. 어디에나 있다. 조, 너 역시 어디에나 있을 것이다. 보이는 게 뭐든 아름답지는 않잖아? 너는 말했었다. 네 말에 동조했었지. 그랬던 때가 있다. 그랬던 때에 대해 생각한다. 우리 앞에 있는 모든 것이 아름답지는 않았다. 미완의, 부정형의, 불완전의, 미숙하고 무지한 시간들을 차곡차곡 지나왔지. 그래도 함께여서 다만 외롭지 않았다고 느꼈다. 느껴왔다. 이제는 이렇게 말하고 싶어. 보이는 게 뭐든 아름답지는 않지만, 내 앞에 보였을 때의 조, 너는 충분히 아름다웠다고.

일어나자, 싶어 침대에서 내려왔다. 욕실에 들어가서 씻고 나왔다. 우유와 시리얼로 대충 아침도 때웠다. 마음을 먹는 게 어렵다 뿐이지 일단 마음을 먹으면 움직이는 건 어렵지 않다. 몸에 배어 있으니까. 아침이 되면 눈을 뜨고, 씻고, 먹고, 집을 나서는 것. 매뉴얼대로 하루가 시작된다. 무료히 하루를 시작한다. 나는 비어 있는 고양이의 밥그릇을 바라보며 몸이 이끄는 대로 움직였다. 낮

가림을 하느라 물과 사료를 잘 먹지 않고 있는 건 아닐지 뒤늦게 막연한 걱정이 들었다.

나는 정장 바지에 목까지 올라오는 니트를 받쳐 입고 두툼한 코트를 걸쳤다. 혹시 모르니 코트 주머니에 진통제 한 통을 넣었다. 매일 들던 작은 숄더백과 함께 이십 인치 캐리어도 챙겼다. 시일을 두고 오래 고심해서 가능한 한 짐을 적게 꾸렸는데도 꽤 묵직했다. 지퍼가 단단히 잠겼는지 확인한 뒤 현관을 나섰다. 나는 손잡이를 단단히 잡아본 뒤 문을 닫았다. 잠겼습니다. 도어락의 기계음이 울렸다. 오 센티미터의 굽이 적당한 긴장감을 주는 걸 느끼며 나는 밖으로 나섰다. 캐리어에 넣어둔 운동화 한 켤레를 떠올리니 어쩐지 안심이 되어서, 이 안심되는 마음은 뭘까 고민도 하며 걸었다.

바람이 많이 부네. 나는 코트의 깃을 한 손으로 붙든 채로 고개를 숙였다. 바닥을 드륵드륵 밀고 나아가는 캐리어의 바퀴 소리가 요란하게 들렸다. 바싹 말라 오그라든 이파리들이 발에 채여 뒹굴었다.

뒹구는 낙엽을 밟지 마 절대로……

조의 목소리가 다시금 귓가에서 간질거렸다. 어째서? 물으면 그냥, 구겨지는 건 뭐든 가여워, 하고 말던 너였을 뿐인데 그러곤 낭만의 나무라던데 멋지지? 깔깔거리던 그런 하찮은 대화 같은 게 잊히지 않고 기억났다. 기억은 때로 잔인한 구석이 있다. 지치지도 않고 반복해서 처음인 듯 재생되곤 하니까. 정말이지 이 이파리의 이름이 뭐였더라, 조가 좋아했는데…… 아무리 생각해도 모르겠어서 괴로웠다. 나는 무수히 제 몸을 뒤채는 낙엽을 아차, 싶게 밟지 않으려고 온 신경을 곤두세우고 이동했다. 캐리어 때문에 지하철역 입구에서 엘리베이터를 타고 개찰구까지 내려갔다. 지하철로 여섯 정거장 거리여서 도착해서는 캐리어를 역내 사물함에 넣어두었다. 시간당 보관료가 꽤 비싸다고 생각하며 열쇠를 손에 쥐고 다시 계단을 올랐다.

출근하니 박이 웬일로 알은체하지 않았다. 납작하게 눌린 그의 정수리를 바라보며 코트를 벗어 의자에 걸쳐두었다. 집중하고 있나, 했는데 의자에 엉덩이를 붙이는 순간에 박의 책상에서 쿵, 소리가 나며 볼펜이 바닥으로 굴러떨어졌다. 박이 손바닥으로 이마를 문지르며 아야…… 하고 허리를 일으켰다. 그러곤 나를 위아래로 훑으며 오늘도 바지네? 했다. 회사 여직원들이 바지를 입는지 치마를 입는지에 늘 유별난 관심을 보이는 박을, 이제는 모두가 그러려니 해버리고 말았다. 남이 옷 입는 거에 왜 이리 신경을 쓰느냐고 발끈해봤자 이봐, 이건 내 징크스라고, 존중 좀 해줘, 라며 실실 웃어대는 사람 앞에선 아무 소용 없었다. 화내지 않는 법이랄까, 불쾌를 드러내지 않으며 타인에게서 스스로를 보호하는 방식을 깨친 지 오래였다. 밤샜어요? 나는 물었다. 정말 궁금해서 물어본 건 아니었고 그저 인사치레였다. 생각이 안 나, 생각이…… 도대체가 새해를 축하한단 말이 다 거기서 거기 아니냔 말이야. 일러스트가 들어와야 뭘 써보든 하지. 박은 아랫입술을 잘근거리며 졸린 눈으로 중얼거렸다. 그리고 대체로 새해란 게 축하해야 할 성질의 것이냐고, 나는 정말 모르겠는데……라고도 덧붙였다. 그의 책상 위엔 지난 십여 년간의 연하장 샘플들이 어지럽게 펼쳐져 있었다.

나 역시 최근에 유행이라는 프랑스 자수가 놓인 성탄 카드를 기획했다가 가을 내내 꽤 곤욕을 치렀다. 추석 명절 카드를 마무리한 지 얼마 되지 않아서 마음이 느슨해진 탓인지 성급히 작가를 결정한 게 실수라면 실수였다. 결과적으로 자수 도안이 마감 예정일을 보름이나 넘겨서 들어왔는데, 그사이 몇 번이고 작가와 연락이 두절되거나 기껏 들어온 디자인도 스케치와 전혀 달라 애가 탔다. 작가는 머리를 식힌다며 툭하면 잠수를 타고 양수리 어디쯤에서 공중전화로 연락해왔다. 대리님, 여기 경치가 기가 막힙니다, 공기가 죽입니다, 언제 한번 같이 오시죠! 라며 혀 꼬인 소릴 내뱉었다. 그런데 대리님은 화장을 잘 안 하시나봐요? 의뢰를 위해 처음 만난 자리에서 그런 얼빠진 말을 할 때 알아봤어야 했다. 나는 솟구치는 화를 누르며 카드는 출시 일자가 늦어지면 큰 손해예요, 이러시면 곤란합니다, 라고 대꾸했지만 알죠, 다 알죠……와 같은 말을 끝으로 통화가 끊어지기 일쑤였다. 나는 하고많은 작가 중에 이런 작자와 얽힌 것을 후회했지만 그때마다 좋게 생각해, 나쁜 인연도 인연이니 좋게 마무리하려고 해야 해, 라던 조의 말을 주술처럼 되뇌곤 했다. 조, 너는 나쁜 년이야, 생각하며 나는 열 오른 뺨을 식혔다.

자꾸 이따위로 일할 거야, 이따위로? 부장은 매일 아침마다 빨간 동그라미가 쳐진 달력을 들이밀며 모이를 쪼듯 입을 내밀었다. 따위, 라는 말은 부장의 입버릇이었다. 마감일을 조금만 넘겨도 이따위로 굼떠서야…… 제출한 카드의 문구가 식상하다고 생각되어도 그따위로밖에 머리를 못 굴려…… 하다못해 점심식사를 마치고 돌아와 커피믹스를 타 마시고 있는 걸 봐도 하여간 눈치가 저따위로 발바닥이니…… 하며 대놓고 못마땅해했다. 아니 회사가 다방인가요, 자기도 한 잔 달라든가 듣기 좋게 말하면 될 걸 가지고 눈치가 발바닥이라니요? 김은 발을 동동 구르며 부장을 불만스러워했지만 두 평 남짓한 여직원 휴게실 안에서만 한정된 분노였다. 부장은 타인을 향해 내보이는 어떤 기색이나 태도와 같은 걸 속으로 감추는 법이 없는 사람이어서 나 또한 그의 앞에만 서면 은근한 주눅이 들었다. 상대를 낮잡거나 얕잡아보는 부정적인 시선을 가득 담고 바라보는 그의 눈은 곤혹스럽고도 지겨운 것이었다. 부장의 '따위'는 '나부랭이'라든가 '하여간 여자들이란' 같은 말로 변경되기도 했다.

출근 시간이 다 되어 사무실은 곧 부산스러워졌다. 김이 들어서고 그림자처럼 곧바로 신이 따라 들어왔다. 신은 자리에 앉기가 무섭게 다시 일어나 가습기의 물통을 채워 왔고, 김은 믹스커피를 홀짝이며 세상이 무너지는 듯한 표정을 지었다. 항상 절망스러운 얼굴을 하는 김에게 처음엔 뭣도 모르고 무슨 일 있느냐고 고민 끝에 물었는데, 알고 보니 그건 그이의 습관이었다. 어제 과음했어요, 지하철에 인간이 너무 많아요, 아침을 걸렀더니 허기져요, 더 쓸 카드 문구가 없어요, 아이디어가 바닥났고 겨울이 싫어요…… 김의 절망은 매일같이 제각각의 이유로 찾아왔다. 고교 동창의 부고나 부모의 골절로 인한 입원 같은 소식도 김에게는 더워요 제길, 춥다고요 젠장, 하는 것과 다르지 않은 무게의 절망처럼 보였다. 하도 그러다보니 매번 김에게 무슨 일이야? 하고 묻는 건 내게도 일과가 되었다.

오늘은요…… 김이 입을 뗐었다. 아무래도 이상해서요, 좀더 신중히 알아봐야 할 것 같은데, 딱히 좋은 방법이 떠오르지 않아요. 김은 양손 검지로 관자놀이를 눌렀다. 최근에 김은 지인의 소개로 은행원을 만나 사귀었는데, 그것이 영 확실치 않은 것 같다는 거였다. 그것이라니? 직업 말이에요, 은행에 다니는 건지 은행 콜센터에 다니는 건지 모르겠다니까요. 김의 말에, 가습기의 분무량을 미세히 조절하려 애쓰던 신이 돌아보며 싹싹하게 말을 보탰다. 어머, 그거 정말 신경 쓰이겠어요. 신은 연말에만 단기적으로 채용하는 아르바이트생이었는데 건조해 죽겠어요, 라는 말을 버릇처럼 달고 살았다. 그러니까요, 하고 김이 이마 주름을 좁히며

더욱 절망스러운 표정을 지었다. 분명히 은행에 다닌다고 하는데 얘기를 해보면요, 콜센터 직원이나 알 수 있고 또 할 수 있을 것만 같은 말을 들려준다니까요? 말투나 억양은 또 어떻고요.

소개를 받았다면 주선자에게 물어보면 되지 않느냐고 내가 물었더니 김은 그게, 하고는 또 숨을 길게 내쉬었다. 주선자 남편의 후배의 고향 친구의 사촌의 건너 건너 친구여서 막상 소개를 시켜준 이도 자세히는 모른다, 는 것이 요지였다. 직업보다 사람을 봐야 하는 거 아니에요? 신이 해맑게 묻자 김의 낯빛은 어두워졌다. 아니지. 김이 결연히 말했다. 진실을 봐야 하는 거지. 대화의 끝은 언제나 피로했다. 그러면요, 날 잡아서 은행에 찾아가보는 건 어때요? 막상 갔는데 그 사람 없으면 어쩌지? 둘의 이야기를 듣다가 참, 오늘은 오후 반차를 썼어, 하고 내가 끼어들었다. 김과 신이 눈을 둥그렇게 떴다.

구내식당에 들러 점심을 먹고 나올 수도 있었지만 그러고 싶지 않아서 오전 근무를 마치고 자리에서 일어섰다. 중요한 약속이라면서 왜 바지야? 박이 졸린 듯 웅얼거리는 걸 들었다. 때릴까…… 싶은 유혹을 거두며 고개를 돌렸다. 김은 선배가 반차라니, 하고 이유를 모르겠는 절망스러운 얼굴을 해 보였고, 신은 쫓아나오며 재잘거렸다. 부장님이 새 학기 축하 카드 어쩌고 하며 찾으셔도 절대 전화하지 않을게요. 말이라도 귀여워서 나는 웃었다. 파티션 너머로 부장이 허리를 주춤거리며 일어나 있는 모습이 보였다. 나는 눈짓해 보이고 돌아섰다. 부장과는 어제 퇴근 전 이미 인사를 나누었다. 위로하는 방법을 모르는 그는 내 앞에서 괜한 헛기침만을 반복하고는 몸 잘 챙기고, 소릴 했다. 더는 보지 않을 사이에 아무런 미움 가질 것도 없어서 나는 괜찮았다. 한 달 전쯤 일찌감치 제출해둔 사표는 곧 수리될 거였다. 어서 가서 점심 먹어, 오늘 메뉴 설렁탕이더라, 하고 말한 뒤 사무실을 빠져나왔다.

잦아들었나 싶던 바람은 여전했다. 오후가 되니 볕이 길어져 조금 따뜻한 느낌이 들었을 뿐. 지하철역 안으로 되돌아가서 캐리어를 꺼냈다. 조금 고민하다가 지퍼를 열고 신발을 바꿔 신었다. 정장 바지에 흰 운동화는 어쩐지 언밸런스하게 느껴졌으나 그뿐이었다. 두 발이 가벼워지니 움직임도 편하고 몸이 한결 가뿐해졌다. 가볼까. 나는 캐리어를 쥐고 방향을 틀었다. 급하지는 않았다. 급할 것은 없고 그저 한참을 느긋이 걸어도 됐다. 종로에서 대학로까지는 가까운 거리였고, 약속 시간에는 여유가 있었고, 무엇보다 신발이 편했으니.

그다지 춥지 않은 거리를, 그새 낙엽이 치워져 말끔해진 거리를 무리 없이 걸어갔다. 간간이 캐럴이 흘러나오는 매장들을 지나쳤다. 바람이 불어오는 걸 느꼈다. 앞섶을 여미는데 바람 말이야, 바람, 하던 조의 목소리가 반사적으로 떠올랐다. 바람? 그래, 바람. 바람이 가장 중요해. 조가 떠난 지도 어느 덧 네 해. 이제는 조의 말투라든가 어조라든가 성량이라든가 하는 것들마저 바람처럼 찬찬히 곁을 스쳐지나가버린다는 걸 절감한다. 해가 다르게 조는, 조의 모든 것은, 흩어지고 옅어지고 바래지고…… 때마침 신호가 바뀌어 멈칫거리며 횡단보도를 건넜다.

가급적 천천히 이동했는데도 약속한 두시에서 시간은 한참이나 남아 있었다. 배도 고프지 않고 해서 대학로 예술극장 골목의 이층 카페로 올라왔다. 평일이고 점심시간이라 그런지 널찍한 내부를 채우고 있는 손님은 많지 않았다. 나는 창가 자리를 골라 가방과 캐리어를 내려놓고 앉아서 라테 한 잔을 주문했다. 메뉴판과 함께 가져다준 물 한 잔을 바라보며 코트 주머니에 넣어둔 진통제를 만지작거렸다. 혹시 모르니 싶은 마음으로 두 알을 꺼내 입에 넣곤 물을 다 마셨다. 그게 누구든 마주앉은 상대 앞에서 얼굴이 일그러지는 걸 보여주고 싶지는 않으니까.

통유리창 밖으로 사람들이 멈춰 섰거나 혹은 바쁘게 움직이는 모양을 내다보았다. 감색 코트를 입고 꽃다발을 들고 선 저이는 감성적으로 보이는데, 저 꽃다발 속엔 카드가 들어 있으려나. 부장은 회의 때마다 소리치곤 했다. 사람은 두 부류가 있어, 카드를 쓰는 사람과 쓰지 않는 사람, 우리는 어느 쪽을 생각하며 일해야 하나? 박이 입 다물면 내게, 김에게, 신에게마저 차례로 눈을 맞추며 부장은 고압적으로 말했다. 카드 따윈 알지도 못했던 사람을 쓰게 만드는 쪽, 정확히는 쓰고 싶어지게 만드는 쪽, 그런 걸 생각하며 일하란 말이야, 생각이라는 걸 좀 하면서 일하라고! 그런 심기 불편한 날엔 카드 따위…… 중얼거리며 김의 얼굴은 더욱 어두워졌고, 저는 그냥 알바일 뿐인데……라며 신은 겁을 먹었다.

나는 누군가 카드를 쓴다는 건 두 가지의 상황을 전제로 한다고 생각했다. 하나는 상대를 생각하며 카드를 고르는 것, 또하나는 고심해 고른 카드를 상대에게 건네는 것. 고심苦心. 애를 쓰고 마음을 쓰는 시간을 홀로 가지는 행위. 어쩌면 카드의 아름다움이란 그게 전부이지 않을까. 애쓰고 마음 쓴 시간을 상대가 알아주면 더 좋겠지만 그러지 못한다고 해서 아쉬울 건 없는 일. 카드를 만드는 건 그래서 썩 좋았다. 낭만적이야! 조가 해맑게 떠들었던가, 아닌가. 낭만 타령은 조가 즐거워하는 거였다. 낭만이 있어, 낭만적인 걸, 낭만의 나무라고…… 아 저 이파리의 이름이 그러니까. 음.

기다려 받은 라테는 백색의 크고 둥그런 도기 찻잔에 담겨 있었다. 생각보다 뜨거워 잠시 손안에 감싸쥐었다. 흐트러짐 없는 하트 모양의 라테 아트를 오래 바라보았다. 평소였다면 하트는 어쩐지 좀 낯간지러워서 싫었을 텐데 오늘은 달랐다. 나는 산뜻한 기분으로 한 모금 마셨다. 속이 뜨끈해지는 기분이 들어서 좋았다. 시간에 맞춰 오나 아니면 조금 늦으려나, 긴장이 되었다.

나는 배우를 기다리는 중이었다. 인터넷으로 검색해 사진으로만 본, 서른다섯 명의 역할을 단 한 사람이 맡아서 세 시간 가까이 공연한다는 모노극의 주연배우를. 그리고 무릎까지 오는 짙은 잿빛의 후드점퍼를 뒤집어쓴 그가 카페로 들어와 내 앞에 털썩 앉았을 때, 그때 나는 잠시 숨이 잘 쉬어지지 않는 걸 느꼈다. 찰나였다. 가까이서 보니 이렇구나, 이런 얼굴이구나, 놀랐다. 머리칼과 수염이 덥수룩해서 어딘지 모르게 복슬복슬하다는 인상이었다. 사진보다 조금 더 주름졌는데 그것이 어떤 생의 굴곡을 돌아온 증거처럼 느껴졌고, 사진보다 말라서 눈이 더 커 보였는데 윤이랄까 하는 것이 흐르는 듯했다. 나는 순간 멍해졌다. 테이블에 물컵이 놓이고 같은 걸로요, 하고 그가 내 찻잔을 눈으로 가리켰을 때에야 정신이 들었다.

그런데 누군지는 알고 앉으신 거예요?

나는 의아해서 물었다.

나야 그쪽을 알지만……

말꼬리를 흐리니 그는 아 뭐, 그냥 직감으로요, 하고는 배시시 웃으며 딱딱했던 표정을 금세 풀었다. 그 얼굴이 소년같이 순해 보여서 나도 마음이 슬쩍 풀어졌다.

배우의 얼굴이시네요.

내가 말했다.

그런가요.

그는 마른 손바닥으로 제 얼굴을 거칠게 비볐다. 피곤하고도 나른해 보였다.

잠을 잘 못 자서요.

그가 어울리지 않게 제법 씩 웃었다. 연습 때문이냐고 나는 물었다.

대개는 그런 이유죠, 주말에도 쉬지 않고 온종일 무대 위에 서 있으니까요.

그가 말했다. 혼자서 서른다섯 명이나 되는 사람을 연기해야 한다면 어지러운 불면에 시달리는 게 당연하지 않을까 나는 생각했다. 그 많은 인물들이 제 몸에 포개지는데 그걸 견딘다는 게 대단해 보였다.

연출이 여자분인 줄 알고 승낙했는데 남자분이시더라고요, 그게 가장 힘들어요.

그가 표정 하나 바꾸지 않고 농담했다. 서른넷으로 알고 있는데 열일곱의 짓궂은 소년 같은 모습이었다. 그 연극적인 태도에 긴장이 조금 누그러졌다. 내가 다시 찻잔을 그러쥐었을 때 그의 라테도 테이블 위에 놓였다. 희고 풍성한 거품 위로 나뭇잎 한 장이 그려져 있었다. 나뭇잎…… 나는 실례일까 여기면서도 후르르 그려진 이파리 한 장을 보았다.

그분을 아주 잘 기억하고 있어요.

그가 라테를 마시며 말했다. 뜨거운지 찻잔에서 잠깐 입술을 뗐다가 찬찬히 또 마셨다. 기억하고 있다…… 나는 그 말을 입안에 넣고 오래오래 물었다가 삼켰다.

바람이 꽤 부네요.

그는 왼손으로 턱을 괴고 몸을 틀어 창밖으로 눈을 돌렸다. 처음 만난 사이가 아니라 계절이 바뀌면 연락해 한번 보자, 하는 사이처럼 지극히 자연스러운 태도여서 침묵도 어색하게 느껴지지 않았다.

그러네요. 꽤 불어요.

나도 따라서 시선을 두며 대답했다.

아니요, 내 머릿속에요. 내 머릿속에도 늘 바람이 불어요.

그가 말했다. 장난기를 내보이듯 고개를 돌리며. 나는 새어나오는 미소를 감추지 못하고 그를 관찰하듯 바라보았다. 엉뚱한 사람이라고 조는 말했었다. 이상한 사람이야, 그런 이상한 기운을 가지고 있는 사람이라서 배우인지도 모르겠어, 그것이 또 배우가 풍기는 마력 같은 건지도…… 조가 떠들었던 장면이 떠올랐다.

조와는 스무 살 이후에 만나 오랜 시간을 함께했다. 나는 국문과 조는 영화과였는데, 우연히 인문대학의 교양 수업에서 만난 뒤로 가까워졌다. 어떤 계기로 가까워졌는지, 그 순간에 대해 이따금 얘기할 때면 서로 기억하는 것이 달라서 내가 맞고 네가 틀리네, 나는 맞고 너만 틀리네, 언쟁하곤 했다. 필기 노트를 보여달라고 했든 펜을 빌려달라고 했든 어쨌든 사실이 무엇인지는 그다지 상관없었다. 기억은 변형되고 왜곡되기 마련이라서 인간은 가끔 무엇으로부터인가 놀림당하는 느낌을 받곤 하는 거니까. 진실은 어느 너머로 가버리고 중요하다 믿었던 것들은 사라져버리고 다만 우리가 만났다는 사실, 그 아름다움만 남았다. 조, 그렇지 않니.

나도 조도 혼자라서 졸업 즈음에는 자연스레 빌라를 구해 같이 지냈다. 조는 이제 막 태어난 지 두 달이나 되었을까 말까 한 새끼 고양이와 함께 몸을 옮겨왔다. 고양이 사료며 모래, 화장실, 장난감…… 제 물건이라고는 백팩에 담긴 옷가지 몇 벌밖에 없고, 고양이 것으로만 온갖 걸 다 실어 왔기에 너 화장실 따로 쓰려고 하는구나? 장난했는데 조는 내가 좀 깨끗해서 말이지, 하고 웃었다. 보리야, 이모한테 인사해. 고양이의 작고 하얀 발을 들어 짓궂게 흔들던 조, 그랬던 기억…… 그랬던 우리의 시작이 있었다.

내가 몇 군데의 아동 서적 출판사를 옮겨다니다 지금의 회사에 머물게 된 반면에 조는 영화 제작사의 말단부터 착실히 경력을 쌓아 제작부 캐스팅 디렉터로 일했다. 감독은 아무나 되는 게 아닌 것 같다며 캔맥주를 홀짝이던, 졸업 후 몇 해 동안 차마 단념되지 않던 조의 긴 밤들을 그녀가 떠난 뒤에야 나는 자주 떠올리곤 했다.

뭔가, 뭔가가 있어야 하는데.

그건 조의 말버릇이었고, 나는 그래서 언제나 그녀가 제 손에 쥐지 못했거나 쥘 수 없었던 그 '뭔가'에 대해 내밀히 생각하는 습관이 들었다. 분명 빛나고 반짝이는 그러나 어스레히 도무지 잡히지 않는 그 무엇. 조의 그 '뭔가'란 대체로 멀리 있는 것이었고, 그것이 멀리 있다고 여기는 순간 쓸쓸해져버리고 마는 어떤 심정적 상태를 의미한다는 걸 나는 알았다. 그런 순간에는 아까운 마음이 들었다. 한계에 다다라 제풀에 지쳐버린 이의 피로는, 어떤 형태로든 외로운 속성을 띠었다.

그분도 그랬죠, 바람이 중요하다고 했어요.

나는 대꾸 없이 그를 바라보았다.

바람이 중요하고 또…… 내가 중요하다고요.

고개를 주억거리며 그의 말을 들었다. 그런 오글거리는 말도 당연하다는 듯, 하지 않을 수 없다는 듯 당당히 내뱉곤 하던 조를, 나 역시 알고 있었다. 그는 단 한 번뿐이었던 조와의 만남을 떠올리는 데 골몰하는 듯 보였다. 누군가와 만났던 때, 기억나는 시간, 잊히지 않는 순간을.

뭔가 있다고 했어요.

그가 힘주어 말했다. 나도 모르게 웃음이 나왔다. 그러지 않으려고 했는데 씁쓰레 웃고 말았다. 뭔가 있다고 했을 것이다. 그것만은 틀림없이.

뭔가, 뭔가라고 했는데요, 나한테요……

그가 눈알을 굴리는 걸 보았다.

그랬을 거예요.

나는 대답했다. 그것만은 결단코 마술 같은 조의 언어였으니까. 겉으로 드러내지 않을 뿐 지나치게 소심하고 후회가 많은 성격인 내가 이리 치이고 저리 치이고 집에 돌아와 머리칼을 쥐어뜯을 때마다 조는 단호히 말해주곤 했었다. 괜찮아 기다려, 뭔가 있을 테니 말이야, 라고. 저 자신에게는 엄격하고 고지식하게 굴면서 타인에게는 하염없이 너그럽고 다정한 조에게 나는 많은 걸 의지했다. 조가 내게 밑도 끝도 없이 바보 같은 확신을 보여주는 순간에는 그녀의 곁에 있는 내가 어쩐지 아주 조금쯤은 마음에 들었으니까.

그때는 단순히 칭찬하는 말로 여겼는데 돌이켜보니 고마워지더라고요.

그가 라테 한 모금을 넘기며 말했다. 나는 그가 고마워졌다는 사람에 대해 생각했다. 조의 영화사는 모크버스터 제작소였다. 메가 히트한 영화를 패러디해 B급 비디오 시장을 선점하는 방식으로 영화는 분기마다 빠르게 만들어졌다. 신작보다 먼저 출시되어 소비되는 경우도 많았고, 그래서 캐스팅 디렉터로서 조의 역할이 중요했다. 장소를 헌팅하고 스태프를 꾸리고 배우를 섭외하는 데 공을 들여 완성도를 높이면서도 누구보다 신속히 움직여야 했는데 조는 지치지 않고 일했다. 임신 육 개월이 넘어가며 부쩍 눈에 띄게 배가 불러오기 전까지는.

그 영화는 어떻게, 마무리가 잘 됐어요?

그가 물었다.

아니요, 흐지부지 됐다고 들었어요.

대답은 했지만 사실 확실하지 않았다. 조가 담당했던 영화였고, 당시엔 제작이 중단되었다고 했지만 이후로 관심을 끊어버렸기 때문에 다시 만들어졌는지는 알지 못했다.

그렇군요…… 아쉽네요.

그가 입을 다물었다. 조는 폭풍우를 소재로 한 할리우드 블록버스터의 패러디 영화를 준비중이었다. 제작자는 기획 단계에서부터 배경이 무조건 제주여야 한다고 했다. 꼭 제주여야 하나요? 제주도는 촬영 허가를 받기가 쉽지 않아서. 다른 곳도 있어요, 울릉도나 아니면 정말 무인도 같은 곳도 찾아보면…… 하고 조가 난감해했지만 통하지 않았다. 바람이 달라요. 그것이 촬영지가 제주여야만 하는 단 하나의 이유였다. 사이코야 뭐야, 투덜거리면서도 조는 이리 뛰고 저리 뛰어 제주도로부터 촬영을 허가받았다. 그러나 제작자는 제주에서도 가장 서쪽에 있는 마을이 아니면 안 된다고 고집을 부렸다. 최대 풍속이 13.9m/s가 넘어요. 나흘에 한 번씩 몰아치죠. 그곳의 바람이 아니라면 영화에 어울리지 않을 겁니다. 발 빠른 제작자는 투자자의 동의까지 얻어와 어깨에 힘을 잔뜩 줬다고 했다. 바람이 뭐라고 그렇게까지 하는 거야. 고개를 갸웃거리는 내게 조는 입을 삐죽였다. 바람이고 뭐고 최악인 건, 우리 영화가 모크버스터라는 걸 뒤늦게 알고는 어렵게 얻어냈던 허가도 바로 취소됐다는 거야. 너무 치사하지. 조는 퉁퉁 부은 다리를 주무르며 말했었다. 내 손에 쥐어진 차디찬 맥주 캔에서 눈을 떼지 못하며.

그 영화에 조가 캐스팅하려 애썼던 배우가 내 앞에 앉은 그였다. 있어, 뭔가 있다니까. 조는 흥분했었다. 관계자로부터 우연히 얻은 티켓이었고, 미팅이 갑자기 취소되는 바람에 시간을 때우러

들어간 공연이라고 했다. 체호프의 무대, 그리고 무명의 연극배우에게서 조가 무엇을 보았는지는 정확히 모르지만 그때 발견한 '뭔가'를 그녀가 귀하고 애틋하게 대했다는 것만은 잘 알고 있다. 망설이는 그를, 조는 정답고도 알뜰하게 설득하려 했으니까. 비록 B급 영화이지만 영화 제작 환경을 접해보는 좋은 기회가 될 수도 있지 않겠느냐고, 조는 그를 직접 만나러 가던 날 아침에 현관문을 나서기 직전까지도 거울 앞에서 최면을 걸듯 중얼거렸다. 그때에 조의 얼굴에 어렸던 따스한 빛, 자기에게 드러내는 신뢰와 존중의 빛을 그도 잊지 않고 있을 거였다. 그것만은 분명히. 그러니 여태 고마워하는 걸 거라고, 기억하고 있는 걸 거라고 나는 짐작했다.

고마워지더라고요. 배곯는 연극판에서 비루하게 굴러가는 일상이 달라지진 않았는데, 그분을 만나고 나서는 뭐랄까요. 뭔가 있다는 말을 듣고 난 뒤로는, 내가 딛고 나아가는 인생의 길바닥이 조금은 단단해진 것 같은 기분…… 그런 걸 느꼈어요. 그래선지 그때 받았던 명함을 지갑에 항상 넣어 다녔어요. 부적처럼.

나를 바라보기도, 습관처럼 창밖으로 고개를 돌리기도 하면서 그는 천천히 말했다. 뭔가. 뭔가라는 단어를 나는 입안에 넣고 굴려보았다.

쥐스킨트의 소설을 연극으로 고쳐서 무대에 올렸던 적이 있었어요. 전시회에 온 평론가가 예술가에게 이 친구는 '깊이'가 없군,

한마디를 남기고 예술가는 좌절해요. 깊이, 깊이란 게 뭘까, 하고요. 끝내 죽어버리고 마는데 평론가는 자신이 그런 말을 했는지도 기억 못하는 아이러니가 나오죠. 인생이 그렇잖아요. 타인이 생각 없이 하는 말에 휘둘리고, 의기소침해지고, 잊히지 않아 스스로 괴롭고, 자책하게 되고…… 그분의 그 '뭔가'는 나한테 '깊이' 같은 거였어요. 난생처음으로 내게 깊이가 있다고 말해준. 그러니 조금 더 해도 된다, 나아가도 좋다, 라고 격려해준.

나는 동의하듯 고개를 끄덕였다. 주조연급의 배역은 여러 번이었지만 단독으로 맡은 모노드라마는 이번이 처음이라고, 연습이 이어지는 내내 그래서 이태 전 한 번 만났을 뿐인 그분이 줄곧 생각났고 프리뷰 첫날에 꼭 초대하고 싶었다고도 그가 덧붙였다.

그런데 돌아가셨다고 해서…… 놀랐어요.

그는 고개를 떨어뜨려 찻잔 속을 빤히 들여다보았다. 그의 말줄임표 뒤에 따라온 단어를 나 역시 쓸 수 있다면 좋겠다고, 나는 무심히 그런 마음이 들었다. 아, 놀랐어. 놀랐지 뭐야. 타인의 부고를 안타까이 여기며 마음으로부터 깊이 놀라워하는, 그 정도의 거리감 섞인 감정을 가질 수 있다면. 그러나 연락을 받고 병원으로 달려갔을 때 나는 전혀 놀라지 않았고 다만 절망했다. 끝도 없이 바닥을 치는 절망의 나락에서 헤어나오기가 힘들었다. 연애하는 줄도 몰랐는데 어느 날 뚜껑을 따서 건넨 맥주 캔을 붙들고는 나 이제 이거 마시면 안 될 것 같아, 하고 그녀가 말했을 때도 그 정도의 절망감을 느끼진 않았었다. 사랑은 아니었으니 사고 같은 거라고 해두자면서도 혼자서 아기를 낳아 키우겠다고 빙그레 웃어 보였을 때, 화가 나 등짝을 내려치면서도 그만큼은 아니었다.

괜찮아, 내가 볼 때 얘는 뭔가 있거든! 심장 뛰는 소리가 심상치 않아. 제 배에 손을 대고 종알거리는 조 앞에서 나는 어쩌려고 이러냐며 캥거루처럼 날뛰었었나. 결혼에 얽매일 생각은 전혀 없지만 내게 우연히 찾아와준 생명을 평생 귀하게 여기며 살고 싶어졌어, 라며 싱글거리는 조에게 너는 언제 철이 드느냐고 한숨을 쉬었었나. 심란함에 한동안 수면 보조제를 절반으로 잘라서 먹고서 잠들곤 했다. 도무지 이해되지 않는 신파적인 현재를, 빤히 상상될 수밖에 없는 상투적인 미래를, 이 모든 걸 스스로 선택한 조를…… 처음에는 견디기가 어려웠다. 그리고 무엇보다 가슴이 아팠다. 일생을, 조는 마음 기대고 살 곳을 찾느라 애를 써온 듯싶어서. 그런 날 바라보며 조는 밤마다 시무룩해했지만 그러나 우리는 얼마 지나지 않아 이내 평안을 되찾고 낄낄댔을 거였다. 이 밤에 딸기를 왜 나한테서 찾아, 라며 면박을 주고 그럼 벽에다 대고 얘기할까? 으르렁대기도 하면서. 그런 장면들이, 그가 보낸 문자를 들여다보면서 한동안 온기를 담고 부풀어올랐다. 오래돼서 기억하지 못할지도 모르겠지만 고민 끝에 연락드린다고, 시간 되시면 연극에 초대하고 싶다고, 와주시지 않겠느냐고 조에게 보낸 정중한 문자를 읽고 또 읽었다.

장례를 치르고도 사 년이 넘도록 나는 조의 휴대전화를 해지하지 못하고 있었다. 배터리가 닳아 꺼지지 않도록 충전을 되풀이했고, 어느 날엔 전원이 켜지지 않아 서비스 센터에서 수리를 받았고 그리고 틈날 때마다, 제대로 정돈되지 않은 사진첩을 들여다보았다. 이때 이랬었지, 그때 그랬었지…… 추억은 난삽해서 웃음과 울음을 동시에 불러일으켰다. 사진첩엔 산부인과에서 받아온 초음파 사진이나 동영상도 들어 있었다. 한 주, 두 주 또는 한 달 간격으로 달라지는 아기의 모양새를 바라보던 조, 입가에서 풍선이 터지듯 바람 소릴 내며 흐뭇해하던 조를 어떻게 잊을 수 있을까, 조, 어떻게 내가. 너를 사랑하지 않았다고는 나는 말할 수가 없다.

조는 그저 어어, 하면서 바닥에 주저앉았다고 더듬더듬 말했다. 그게 다였다고, 물론 조금 놀랐고 엉덩이도 바닥도 차갑고 딱딱해서 어어 차갑네, 멍이 들려나, 그 정도의 일이었을 뿐이라고. 그를 만나고 돌아선 뒤 주차장으로 가기 위해 걷다가, 파란불을 놓치지 않으려고 조금 뛰듯이 움직이다가, 급브레이크를 밟은 자동차 앞에서 어어, 하고는 횡단보도 아스팔트 위에 잠깐, 부딪힌 것도 놀라 나뒹군 것도 아니고 잠시, 어어. 그런데 유산이 되었다. 임신 칠 개월의 시기에도 뱃속의 아기가 잘못될 수 있다는 걸 나도, 조도 몰랐다. 심장 뛰는 소리도 예사롭지 않다던, 뭔가 있는 것 같다고 믿던 조의 아이는 사십 센티미터 정도의 크기로 수

술대 위에서 끄집어내졌다. 장갑 낀 손을 자궁 안으로 넣어 질기고도 물컹한, 차갑게 젖은 것을 끌어당겨 밑으로 쭉 내리는데, 조는 극심한 살의를 느꼈다고 했다. 간호사의 무감한 눈동자 속에 담긴 달아오르고 부풀어오른 제 얼굴이 너무나 끔찍해서 견딜 수가 없었다고.

내가 서툴게 끓여와 내민 미역국을 뜨는 둥 마는 둥 하며 조의 시선은 허공에서 흔들렸다. 몸부터 먼저 추스르게 하고 싶어 나는 마음이 졸아들었는데 조는 뜬금없이 말했다. 혼인 신고서를 내라더라? 그러고는 웃는 듯 우는 듯 어깨를 옴츠렸다. 평소에도 못마땅하다는 티를 내보이던 대표가 조에게 예정일이 언제냐고 묻고는 대뜸 혼인 신고서를 제출하라고 했다는 거였다. 출산휴가라든가 육아휴직을 받으려면 그게 필요하다나? 조는 습관적으로 팔로 배를 감싸며 몸을 동그랗게 말았다. 기혼을 증명할 길이 없었는데 차라리 잘된 걸까…… 하고 웅얼거리는 조의 목소리를 들었다. 비명인 듯 통증인 듯 조의 한 세계이자 전부였던 뭔가가 뭉그러지고 물크러져버리는 소리를.

그리고 조는 내게 물었다. 너는 별일 없지? 오래전에 소식이 끊겼던 동창과 만나기라도 한 것처럼 형식적인 어투로 너는 요즘 어때, 별일 없니, 라는 듯. 힘없이 말아쥐고 있던 숟가락을 조에게서 거둬내며 나는 부러 경쾌히 말했다. 별일이 없기는, 입사하자마자 호구로 찍힌 기분이야, 하고 웃어 보였다. 첫 월급을 받으면 쏘라고, 원래 그런 거라고 한 턱, 한 턱 아주 노래들을 부르기에 내 딴엔 고민이 됐거든. 그래서 간식거리를 좀 사서 돌렸잖아. 너도 알지? 뜻 모를 화가 배꼽 부근에서부터 올라오는 걸 참으며 나는 애써 재잘거렸다. 조는 나와 같이 초콜릿을 포장해주기도 했으면서 잘 모른다는 얼굴로 고개를 끄덕거렸다. 조의 풀려버린 동공을 바라보며 나는 침착하게 말을 이었다. 그랬더니 누구는 낄낄대더라, 나한테 관심 있어요? 이러면 곤란한데. 옆에 또 누구는 그러지, 결혼 날짜 잡은 게 대수야, 안팎으로 '열일'하라고! 미친놈들이라고 조가 분개해주길 바랐는데 졸리네…… 하며 조는 손바닥을 비벼 마른세수를 했다. 나는 레버를 돌려 침대의 등받이를 낮춰주고 이불을 덮어준 뒤, 조가 잠든 걸 확인하곤 의사와 대면했다. 이 정도 개월 수라면 조산과도 비슷하니 몸을 잘 추슬러야 합니다. 의사는 염려 가득한 내용을 무미건조하게 말했다.

나는 집과 병원을 바쁘게 오갔다. 보름 만에야 조를 데리고 집으로 돌아올 수 있었다. 보리는 조의 발목 부근을 꼬리로 휘감고 머리를 비볐다. 조는 보리의 머리를 슬쩍 쓰다듬고는 내가 미리 펼쳐둔 이불 안으로 들어가 누웠다. 하루는 엇비슷이 흘렀다. 조는 이불 속에서 꼼짝하지 않았고, 보리는 밤낮으로 조의 머리맡이나 발밑에서 둥글게 몸을 말고 잠들었다. 퇴근해서 돌아와보면 줄어든 건 보리의 물과 사료뿐이었다.

너 정말 왜 이러는 거야. 속이 상해서 조의 어깨를 잡아 흔들면 조는 혼몽한 눈빛으로 대꾸했다. 어, 잠깐만…… 나 자꾸 잠이 쏟아져. 잠으로 무언가 보상받기라도 하려는 것처럼 조는 잤다. 이불로 파고드는 조를 막무가내로 끌어다가 죽 같은 걸 먹이고, 잠든 조 옆에서 간간이 보리와 놀아주었다. 보리는 푸른 꼬리털이 달린 낚싯대를 전투적으로 쫓아다니고 야광 고무공을 굴리며 마룻바닥을 쓸고 다녔다. 고양이는 어쩜 이렇게 한평생 잘 노는 걸까? 놀이 본능을 잃지 않는다는 게 신기하지 않아? 나도 좀 이렇게 신나게 놀고 싶어. 나이 먹고 늙어도 우리 열심히 놀러다니자, 어때? 내가 목소리를 키워 떠들어도 조는 잘 깨지 않았다. 벽을 보고 누워 고집스럽게도 깊은 잠에 빠져들었던 조, 그랬던 기억…… 그랬던 우리의 마지막이 있었다.

그로부터 석 달이 채 되지 않아서 축축한, 동그란 자리를 남기고 조는 죽었다. 사무실에서 신던 슬리퍼를 갈아 신지도 못하고 달려온 내게 경찰은 찍어둔 사진을 내밀고, 내밀어진 그걸 보고, 방안에 웅크려 태아처럼 모로 누워 있던 조의 동그랗고 붉디붉은 자국이 도무지 잊히지 않아서, 나는 울었다. 생이란 것이 참으로 무참해 진절머리가 났다.

내가 말없이 시간을 흘리는데도 그는 재촉하지 않고 앉아 있었다. 창밖으로 바람이 거세지는 걸 보며 어, 입간판 날아가요…… 혼잣말하기도 했다. 상대를 어려워하거나 어렵게 대하지 않고 편안히 있도록 내버려둘 줄 아는 것도 재능이라는 생각이 들었다. 마침 주머니에서 휴대전화의 진동이 울렸다. 꺼내어 슬쩍 확인하니 선이 보내온 메시지였다. 이제 너만 생각해야 돼. 그게 가장 중요하니까. 선이 손가락을 움직여 꾹꾹 찍었을 글자들을 여러 번 곱씹어 읽었다. 나만 생각하는 것이 가장 중요하다…… 뜻밖에도 선의 말을 명심하고 싶어져서, 나는 속으로 중얼거려보았다. 메시지에 첨부된 파일은 보리의 사진이었다. 병원의 커다란 유리창에 붙여놓은 푹신한 해먹에서 햇빛을 받으며 졸고 있는 모습이었다. 크림색 해먹 위에 웅크리고 앉은 검은 줄무늬 고양이라니 귀엽네. 잘 있구나. 다행이라고 느끼는 사이에 그의 목소리가 불쑥 들려왔다.

오늘 뭐 쏟아진다고 했나요?

어, 비 소식은 없었는데.

나는 전화기에서 눈을 거두고 급히 대답했다.

그렇게 심각해질 건 없고요, 날이 흐린 것 같아서.

그가 빙긋 웃었다. 눈 밑에 인디언 보조개가 살짝 드러나니까 가뜩이나 주름진 얼굴이 더 장난스러워 보였다.

비가 오는 날엔 극장의 냄새가 달라지거든요, 공기의 흐름이 바뀌는 게 느껴져요.

그가 말을 보탰다.

아……

나는 말을 잇지 못했다.

괜찮아요?

그가 눈을 크게 떴다.

아, 괜찮아요.

별다른 것은 아니었다. 냄새가 달라! 하고 소리치던 조의 모습이 떠올라서였다.

그애도 그랬거든요.

그애요?

그분이요.

내가 정정하는 동시에 그가 다시 아, 했다.

냄새가 달라, 그랬었죠. 당신과 같이 하고 싶어했던 영화 때문에 제주에 가서는 일이 분 남짓한 동영상을 찍어서 보내왔었어요. 정말 달라, 바람이 다르고 냄새가 달라! 여긴 진짜야! 귀가 따갑도록 소리를 질러대면서요.

영상 속에서 말하고 웃고 움직이는 조의 얼굴은 내 안에 너무나 선명히 각인된 것이었다. 머리칼은 죄 산발에, 카메라를 들지 않은 다른 손으로 쥐고 있던 외투가 바람에 날아가 엄마야, 하고 뛰어가던 모습까지.

맞아요, 촬영지가 제주도라고 하셨는데.

위험하다고 했는데도 일욕심이 많아서, 로케이션 매니저를 따라 기어이 다녀오더라고요.

어디였더라, 아 그래, 제주의 가장 서쪽 해안 끝이라고 했어요.

기억의 어느 지점을 더듬는 듯 그가 눈을 굴리며 말하는 걸 보는데 문득 쓸쓸해지고 말았다.

충분히 근사해!

바람 속에서 흔들리고 뒤엉키며, 중심을 잡으려 휘청거리며, 조는 떨리는 목소리로 근사해, 여긴 정말 근사하다고! 소리를 높였었다. 나는 고개를 떨어뜨리고 망연히 생각했다. 근사한 것은 너였지, 조……

눈앞에 있던 근사한 것은 어느 쪽으로든 사라져버린다. 세상은 결국 이런 식으로 남아 있는 자들에게 가혹하다. 아름다운 것을 아름다웠다고 정의 내리게 하고, 아름다움이 사라진 뒤편에서야 쭈그리고 앉은 채로 부재의 잔여물을 그러모으도록 만든다. 뭔가 일어났으면, 하고 바라지만 가능하지 않다는 사실만을 절실히 깨닫는다. 조, 그리움이 이런 거라면 너는 정말이지 나쁜 년이야.

여긴 진짜야, 라고 했다니.

아주 먼 데를 떠올리는 듯 골똘히 말하던 그가 이내 내 캐리어를 슬쩍 가리켰다.

가시는 거죠?

아……

나는 망설이다가 머리를 끄덕였다.

가보고 싶어서요.

뒤늦은 안부를 묻는 사람처럼 나는 말했다. 그는 수긍하듯 별말 없이 눈을 껌벅이다가 귀를 훌쩍 가리도록 자라난 긴 머리칼을 쓸어올렸다. 손이 아주 커서 나도 모르게 멍하니 바라보았다.

손 크다는 얘기 많이 들어요.

그가 내 시선을 눈치채곤 앞뒤로 뒤집어 보이며 흔들었다.

밖에도 손 많잖아요.

네?

나는 당황했는데,

자루 안에 그득그득.

그가 창밖을 바라보며 눈짓해 보였다. 가로수의 이파리들을 자루에 쓸어담아놓은 걸 말하고 있었다.

아, 저 이파리…… 이름을 알아요?

물었더니 그는 어깨를 으쓱하며 어어 글쎄요, 하고 입을 다물었다. 그러고 보니 저게 뭐였나 싶어 고민이 되었는지 제법 미간을 찌푸렸다. 생각이 날 듯 나지 않는지 주먹 쥔 손으로 테이블을 통통 두드리기도 했다. 이마에 설핏 패는 주름마저도 배우로선 개성적이라는 인상을 받았다.

서른 명이 넘는 역할을 연기하려면 힘들지 않아요?

내가 화제를 바꿨는데,

바람 같은 거죠.

그가 다시금 그런 말을 했다.

아까 머릿속에서 바람이 분다고 했던 말은 진짜예요. 정말로, 늘 바람이 불어와요.

얼마나 여럿이서 어지러이 드나들며 그 안의 뭔가를 쥐고 흔들어대면 바람이 분다고 느낄까, 그건 조가 말했듯 냄새부터가 다른 진짜의 바람일까, 진짜야!라고 소리치던 조의 그 바람이라는 건 대체 무얼까, 무엇인지 몰라도 매일같이 바람이 분다면, 불어온다면 그렇다면 이 사람은 또 매일같이 춥지 않을까……

혼란스러울 것 같아요, 하고 말하려다가 나는 마음을 바꿨다.

근사하네요.

나는 말했다. 충분히 근사해, 여긴 정말 근사하다고…… 소리치던 조의 목소리가 아스라이 들려오는 듯했다. 내 말에 그는 잠깐 머뭇거렸다. 그러고는 쑥스러운 표정으로 답해왔다.

매일 연습하니까요. 바람이 불어도요.

나는 대꾸 없이 머리를 위아래로 끄덕여 보였다.

만나러 와줘서 고맙습니다.

그러다 갑작스레 그가 말해온 탓에 이번에는 내가 멈칫거리게 되었다. 그의 입장에서는 당연히 할 수 있는 말인데 가슴 한쪽이 콕콕거리듯 아팠다. 만나러 온 건, 그 이유는…… 나는 단지 궁금했을 뿐이었다. 잘 지내세요? 라고 조의 안부를 묻는 사람…… 뵌 지 오래됐죠, 라며 조를 보고 싶어하는 사람…… 시간 되세요, 하고 조를 만나려 하는 사람 그리고 조, 그녀를 부르는 사람. 나와 같은 사람을. 그러니 자성에 이끌리듯 그를 보러 오지 않을 수 없었다.

나는 가방의 버클을 풀고 준비해온 것을 테이블 위에 내밀었다.

이게 뭐예요?

그가 집어들고 물었다.

축하 카드…… 내가 만든 거예요.

잘 묶인 보랏빛 리본을 풀면 상자가 카드처럼 펼쳐지는 팝업 카드였다. 좋은 연기를 기대한다고, 많은 박수 받기를 바란다고 나는 짧게 적었다. 인간은 스스로 고독해하는 동물이라서 보다 완전해지고 싶은 갈망으로 배우를 찾는대. 배우가 있어서 때로는 외로워지지 않고 싶다고 생각하게 된다나…… 조가 언제 어느 때 했던 말인지는 또렷하지 않지만 그래도 기억에 남아 있는 말을 꺼내 들려줄까 하다가 그만두었다.

안쪽의 점선을 따라 뒤집어 접으면 리본으로 매듭지어 걸어서 보관할 수도 있어요.

내가 설명하자,

아…… 여기 뭔가 들었나봐요, 좋은 향기가 나요.

카드 뒷면에 코를 대고 그가 킁킁거렸다.

방향제가 덧입혀진 특수 종이라서 그럴 거예요.

깜빡 잊고 있던 지난날의 앨범을 뒤적이듯 그는 이리저리 살펴보았다.

재밌는 일을 하시네요.

그의 눈매가 둥글게 휘어지는 걸 보며 나는 그저 카드인데요,

말했다. 한동안 우리는 따뜻한 기운 속에서 조금씩 식어가는 라테를 마셨다. 머리가 아프거나 손발이 저리거나 가슴이 들끓듯 하는 통증은 전혀 없이, 그저 같은 이를 보고 싶어하는 사람과 마주 앉아 보낸 평온하고도 편안한 오후의 어느 한때…… 떠나기 전에 이런 시간을 가진 게 나쁘지 않다고 나는 생각했다. 섣불리 좋다고 말할 수 없는 허룩한 마음에 쓸쓸해지면서도 그래도 이만하면 나쁘지 않지…… 나는 나를 조금 위로했다.

바람이 잠시 수그러든 새에 우리는 카페를 나왔다. 마로니에공원까지 걷다가 지하철역 앞에서 담담히 헤어졌다.

반가웠어요.

저도요, 감사합니다.

그런 인사를 나누고 돌아섰다. 프리뷰가 시작되면 보러 와주세요, 별일 없으시면요, 하고 그가 내민 티켓을 손에 쥐고 나는 걸어온 길을 다시 되돌았다. 아마도 공연을 보러 가는 일은, 내가 그의 연기를 볼 일은 없을 거였다.

바람은 그침 없이 불어왔다. 떨어져버릴 시기마저 놓친 낙엽들이 서둘러 나뒹굴었다. 행여나 밟을까 조심하며 빙 에둘러 걸었다. 코트 앞섶을 재차 여미고, 한 손을 주머니에 넣었다. 충분히 근사해, 여긴 정말 충분히 근사하다고! 흥분에 휩싸여 소리치던 조의 목소리에 기대어 나는 움직였다.

근사하다…… 그게 무슨 뜻일까요?

어쩌면 그에게 묻고 싶었던 말을, 차마 묻지 못했던 말을 떠올리며 걸었다.

나는 지금 내 존재 자체를 뒤흔드는 위태로운 바람 앞에 서 있어, 조.

주머니에 넣어둔 진통제 통을 습관처럼 잡아 쥐었다. 병원에서 처방해준 알약들은 캐리어에 가득 들어 있다. 이게 뭐냐고 어린애처럼 투정이라도 부리고픈 마음으로 나는 조를 생각했다.

혼자였던 날 아끼고 보듬어주었던 조. 닮고 싶고 이야기하고 싶고 함께 있고 싶었던 조. 살아 있던 나날에 조는 말할 수 없이 근사한 사람이었는데, 그래서 지금도 이렇게 애가 끓도록 보고 싶기만 한데, 나는. 나는 어떨까.

나는 지금 근사할까.

근사한 인간이고 싶었는지는 잘 모르겠다.

그런 건 바라거나 생각해본 적도 없을 정도로 그저 바쁘고 정신없는 삶을 살아왔는데, 성실히 하루의 축을 움직여왔을 뿐인데, 어느새 이런 허탈한 결말에 이르렀다니. 반문하지 않을 도리가 없었다. 나의 인생은 여태 무엇이었나. 뭔가. 뭔가 있었나. 뭔가 없었나. 뭔가 있었어야 하나. 뭔가 없었어도 되나. 무의미한 질문만을 반복하게 되네, 조…… 나는 진짜 바람이 분다는 그곳으로 가고 싶어졌어. 바람이 다르고 냄새가 다르다는 그곳, 떨리는 네 목소리가 진짜 바람 속에서 흔들리고 뒤엉키던 그곳으로 가서 나도 좀 꼿꼿이 서 있어 보려고 해.

나는 역사 아래로 내려가 바로 들어오는 지하철을 탔다. 얼마 지나지 않아 다른 방향으로 갈아타는데 전화기의 진동이 울렸다. 열어보니 그에게서 온 문자였다. 플라타너스. 이파리 이름이에요. 날이 추운데 잘 다녀오세요. 손바닥처럼 생긴 나뭇잎에 대해 물은 걸 계속 생각하고 있었던 것 같아서 괜히 애틋한 마음이 들었다. 고마워요. 나는 답장했다. 플라타너스. 그래 그런 이름이었지, 고개를 절로 끄덕거리게 되었다.

낭만적인 나무래, 멋지지 않아? 어느 날의 조가 무성히 늘어진 가로수를 올려다보며 떠들어대던 게 그제야 떠올랐다. *꿈을 아느냐 네게 물으면*……* 모르는 새 중얼거리다가 나는 깜짝 놀랐다. 이런 구절들이 남아 있구나, 온전한 파열은 불가능하구나, 흔적처럼 조, 네가 가버리고 나는 점차로 많은 걸 잊고 또 무수히 잃어버려왔다고 생각했는데 남아 있는 건 여전히 남아서 결코 지워지지 않는 뭔가를 만드는구나. 뭔가…… 뭔가가 남는구나. 전동차에 실려 이동해가는 시간에, 리듬을 타며 노랫말처럼 시구를 흥얼거리던 조의 목소리가 기억 속에서 끄집어내졌다. *먼 길에 올 제 홀로 되어 외로울 제 플라타너스 너는 그 길을 나와 같이 걸었다*……** 조, 그러네, 근사하네.

나는 손에 쥔 전화기의 창을 열고 선이 보내왔던 메시지에 늦은 답장을 보냈다. 나 이제 가려고. 다녀올게, 라는 말을 쓸까 말까 고민하다가 잘 부탁해, 라는 말만을 써넣었다. 뭔가. 뭔가 더 말할 게 있을까. 뭔가…… 메시지 창의 커서가 무한히 껌벅였다.

* ** 김현승, 「푸라타나스」(『김현승』, 지식산업사, 1982)에서.

해설

오은교
(문학평론가)

딛고 선 땅이 흔들릴 때

염승숙이 그리는 세계는 자주 흔들거린다. 지진이 나고, 건물이 무너지고, 구멍 속으로 떨어지고, 몸의 기울기가 비뚤어진다. 물리적으로도 흔들거리고 심리적으로는 더 휘청거린다. 그래서 이곳의 인물들은 모두 비스듬한 자세로, 갸우뚱한 마음가짐으로 살아간다. 불균형은 공평하지 않은 세계가 우리 모두에게 공평하게 들려주는 삶의 조건이다. 물리를 완전히 타파할 수 있는 성인은 세속에 없다. 흔들리고 휘청거릴 수밖에 없는 건 모두의 운명이니 우리에겐 언제나 그 세계와 함께 무너지지 않기 위한 전략이 필요하다.

삶의 무게중심을 잡기 위해 소설이 선사하는 전략은 크게 두 가지이다. 하나는 중력 작용으로, 그것은 현실의 땅 위에서 버티고 견디는 힘을 말하며 다른 하나는 상상 작용으로, 그것은 공상의 나래 속에서 부유하고 유영하는 힘을 말한다. 평생을 노동운동에 헌신했던 사회운동가였지만, 한편으론 종교적 신비주의에 깊이 심취하기도 했던 철학자 시몬 베유는 이 힘을 '중력'과 '은총'이라고 불렀지만, 세속화 시대의 장르적 글쓰기 관습을 유비할 때에는 이 두 갈래의 힘을 '중력'과 '상상'으로 고쳐 써도 좋을 듯싶다. 중력 작용 하에서 우리는 사뿐히 날아오르는 기적을 소망하고, 상상 작용 하에서 우리는 가만히 착지하는 안정을 염원한다. 환상성을 가미하는 방식으로 현실의 문제를 버르집는 작가 염승숙은 "여기서는 뭔가 일어날 수 없나?"(53쪽)라고 물으며 언제나 그래왔듯 고유한 자신만의 리듬 속에서 이 두 힘 사이를 오간다. 그는 현실의 엄연한 질서들을 묵과하지 않으면서도 이 땅에 아직 도래하지 않은 다른 힘을 상상함으로써 흔들리는 이 세계를 가만히 괴어놓는다.

박탈당한 사람들: 노동 세계의 불안정성과 관계의 지연

이 소설집에서 이 세계를 흔드는 가장 큰 요인은 박탈과 모욕인데, 그것은 주로 노동의 세계에서 벌어지는 온갖 갑질과 비인격적인 대우 때문에 발생한다. 성과를 내지 못하면 지체 없이 인간이 프레스햄으로 변해버리는 전작 『여기에 없도록 하자』와 마찬가지로 이번 소설집에서도 노동 세계의 폭력성은 여전하다. 비정규직 용역 전환, 상사의 언어폭력, 남성 동료들의 성희롱, 장기 대기 발령으로 모멸 주고 내쫓기, 공공연한 스펙 차별, 치사스러운 복지 축소, 심지어는 워라밸을 권장하겠다며 취미생활을 강요하기까지 하는 곳이 바로 이 작가가 그리는 노동 세계다. 이곳에서 작은 개인들은 굴욕과 모멸감에 이미 내성이 생겨 무력해진 지경이다.

이 참혹한 노동의 세계를 가장 극명하게 보여주는 작품은 환상성이 가미된 우화 「빗소리와 무無의 소리」다. 회사는 비용 절감을 위해 식대를 줄이고, 책임을 전가하기 위해 막내를 괴롭힌다. 그곳에서 누군가는 상사의 비위를 맞추기 위해 손과 발을 비벼대고, 누군가는 모든 사태를 못 본 척 삼키고, 누군가는 끊임없이 눈치만 살피는데, 누군가는 돌연 잿빛 주머니가 된다. 인간이 다른 물성을 가진 존재로 변신하는 것은 염승숙이 즐겨 사용하는 모티프로, 이 소설에서도 이 세계를 끝내 견디지 못한 인물 문은 어느 날 문득 사물이 되어버린다. "대단히 정의롭다거나 심지 굳고 단단한 사람"(182쪽)이라기보다 그저 "정 많고 유약하며 우유부단한 가장 보통의 인간"(같은 쪽)이었던 문은 그러나 도장을 만드는 업무를 '존재의 증명'이라는 말로 상징화할 줄 알았던 사람이다. 주머니는 다른 것들을 품는 너그러운 사물이지만 우유가 야쿠르트로 바뀌고, 네 명이서 삼인분치 식사를 먹어야 할 만큼 빡빡한 곳에서 그 관대한 속성은 잉여일 뿐이다. 낙오와 저항 사이에서 주머니가 된 문은 이후 완전히 물건 취급을 받게 된다. 회사 "창고 안에서 주머니가 되어 의자에 앉아 있는 문"(161~162쪽)을 본사와 가족들의 합의에 따라 P시로 이송시키는 업무를 맡은 것은 말단 직원 김이다. 문은 정육 식품으로 취급되며 택배 서비스를 통해 상하차되어 단계적으로 이송되어 가고, 문의 이송을 담당하게 된 김은 문을 자꾸만 배송 조회 해보다 자신도 문처럼 주머니가 되어 가는 악몽에 시달리며 아무것도 아닌 무無존재들의 소리를 가려듣고자 잠에서 깨 창밖으로부터 들려오는 빗소리에 귀를 기울인다.

인간이 비인간 존재로 취급받아 게토로 치워져버리는 일은 환상의 세계에서만이 아닌 현실의 세계에서도 언제나 일어나는 일이고, 작가는 글쓰기를 통해 그들을 소환하여 입을 부여해줄 수 있는 힘을 가진 존재이다. 미미한 존재들을 간단하게 말소해버리는 이 폭력에 예민하게 반응하는 이들은 타성의 센서로는 좀처럼 잡히지 않는 무존재들의 엄존을 감지하는 어떤 파수꾼들이며, 이 소설집 곳곳에는 그와 같은 인물들이 종종 등장하여 작가의 눈길이 머무는 곳을 지시해주고 있다.

지진이 오기도 전에 흔들림을 감지하고, '머리카락이 난 개구리'와 같이 없는 존재를 상상하는 「거의 모든 것의 류」의 류가 대표적이다. 류는 가난한 고졸 여성이라는 이유로 인해 노동 현장에서 언제나 겹겹의 폭력과 차별하에 억압되어왔던 하진이 사랑했던 전 직장 동료로, 노동과 인간관계에 대한 희망을 처음으로 예시해주었던 사람이다. 오랜 투병 생활로 무기력하게 죽어간 엄마, 친지들의 결혼 종용, 불안정한 고용 조건과 멸시적 시선들 속에서 정당한 분노와 환멸조차 자신의 것으로 만들지 못했던 하진은 그를 인격적으로 존중해주는 류와의 관계에서 초조함을 느낀다. "극강의 호감을 느끼는 찰나의 자기방어 태세"(25쪽)를 보이는 하진은 "모르는 사람이 너무 갑자기 마음에 들어버리면 말로 표현 못할 자기혐오가 동반"(같은 쪽)된다고 여길 정도로 자존감이 낮기 때문이다. "애초에 무언가 갖는 건 불가능"(40쪽)하다고 말하는 하진의 낮은 자아 존중감은 류와 자신의 마음을 상호 확인했음에도 불구하고 더 내밀한 관계로 나아가지 못하게 하는 결정적인 장애물이 된다. 그러나 류는 그런 하진을 재촉하지 않는다. 서로를 사랑하지만 종내 어긋나는 이 관계 내에 작동하는 주요한 태도는 '기다림'으로, 그것은 상대방의 감정적 준비를 돕는 존중의 방식으로, 하진은 그의 생애에서 받아보지 못한 종류의 배려를 받아 어쩔 줄을 몰라 하며 둘은 회사가 정리되는 동시에 헤어지고 만다. 하진은 작가인 류가 소설을 쓰기 위해 적어놓은 편린들, 즉 아직 하나의 완전한 이야기가 되지 못한 파편들 속에 자신의 이름을 몰래 적어놓는 방식으로, 그 배려에 조심스럽게 응답하고 기다림을 의미화한다. 아무래도 헤아리기 어려운 자신의 마음이 류가 짓는 이야기 속에서 자리를 찾아가기를 바라는 마음을 쪽지에 몰래 담는 것이다. 그들에겐 아직 시간이 필요하다. 현재 류는 소설을 집필하기 위한 여정을 떠났고, 하진은 새로운 직장에서 대기 발령을 당한 상태로 벽만을 마주보며 그를 끊임없이 떠올린다. 존중의 경험은 미래완료적이어서 당장의 문제를 해결하진 못해도, 우리가 스스로를 긍정하며 부당한 대우에 저항하고 타인과 깊은 관계를 쌓아갈 수 있는 힘을 준다. 이 소설에서 류와의 사랑은 끝내 이루어지지 않고, 그 어긋남이 슬픔을 주기도 하지만, 그가 알려준 존중과 기다림의 힘은 하진에게 남아 다시 정처 없이 흔들리고 마는 하진의 세계를 고정시켜주는 동력이 되어준다.

오해의 윤리학: 이해의 불가능성과 오해의 가능성

사회 내에서 한 사람 몫의 자리를 차지하기 위한 엄연한 생계노동과 인정투쟁을 구차하고 염치없는 것으로 만드는 폭력적 시선에 맞서 작가는 죽음과 실종과 같이 어떤 상실과 부재 상황에 맞서고 있는 이들의 이야기를 반복해서 직조해낸다. 이 소설집에 등장하는 거의 모든 인물들은 누군가를 잃은 사람들로, 작가는 이 폭력적인 세계에서 가뭇없이 사라진 이들을 끊임없이 상기하는 방식으로 제자리를 박탈당한 자들을 위한 자리를 만들어준다. 문제는 그 애씀을 통해서도 타인이라는 존재는 쉽게 '나'라는 자아의 현상 속에서 복원할 수 없는 영원한 타자로 남는다는 것이다.

연작소설 「오래전 고독」과 「비하인드 더 신즈—오래전 고독」은 세월호 참사를 담론적 배경으로 하여 온전히 가닿을 수 없는 타인에 대한 진실에 관한 주제를 확장시킨다. 진실이라는 것이 사태 그 자체가 아니라 사태와 판단의 종합이라는 해석학의 오래된 교훈을 따라, 이 연작은 타인에 대한 진실된 앎으로부터 소외된 주체의 고독에서 출발하여 판단이라는 실천으로 나아가는 주체의 행위성의 궤적을 보여준다. 계오와의 관계에서 충격을 경험한 후 홀로 긴 여행을 떠났다가 결국 집으로 돌아오지 못한 기영과 그의 아내인 세이, 그리고 세이의 동생인 제이의 이야기를 통해 작가는 떠나간 이를 기억하고 상처와 더불어 살아가는 이들의 느린 애도의 시도를 담아낸다.

이 연작에서는 누구도 누구를 온전히 이해한다는 것은 불가능하기에 슬픔은 '고독'이라는 존재론적으로 필연적이고 근원적인 감각으로 내려앉는다. 지금의 고독은 태곳적부터 존재했던 고독의 재상영일 뿐이다. 계오는 기영을 사랑했지만, 기영은 계오를 오직 모델로만 여겼으며 그들 관계에서 이루어졌던 누드사진 작업에는 사랑의 권력관계에 기댄 모종의 착취가 있었으며, 계오는 기영에게 공개적인 폭언을 쏟아붓고 사라진다. 그리고 기영은 홀로 긴 여행을 떠났다가 비행기 사고를 당해 집으로 돌아오지 못하고, 반복되는 유산으로 힘든 계절을 보내고 있던 세이는 남편까지 잃게 된 상황에서 큰 절망에 빠진다. 그리고 일찍이 부모의 죽음으로 유달리 각별하게 의지해온 세이의 여동생 제이는 그런 언니를 살피며 지쳐가는 한편 직장 동료 윤으로부터 지속적인 구애를 받는다. 이 연작소설에 등장하는 모든 커플 중 두 사람 간의 마음이 일치하는 행복한 상황은 단 한 번도 일어나지 않는다.

그렇다면 타인을 이해할 수도 스스로를 이해받을 수도 없는 고독한 인간은 타인과 어떻게 관계 맺을 수 있나. 작가가 이 연작에서 제시하는 잠정적인 해답은 오해를 지속적으로 거듭하는 것이다. 단번에 이해에 도달하려는 오만을 부리지 말고, 오해라는 필연의 굴레 속에서 관계를 지레 포기하지도 말고, 그것을 실마리 삼아 끊임없이 이해를 짓고 허물려는 태도가 중요하다는 것. 이르게 어린 자매를 두고 떠난 부모의 불화와 언니의 비극적인 결혼생활을 지켜보며 사랑을 믿지 않았던 「오래전 고독」의 제이는 오래된 포스터를 복원하는 작업을 하며, 복원 작업의 방점은 '원래대로 해놓다'가 아니라 '회복하다'에 있는 것이며 오늘의 복원 작업 또한 영구적인 것이 아니고, 시간이 흐르면 다시 복원되어야 하는 한시적인 것이라는 것을 받아들이게 된다. 그리고 작품 말미에서 자신을 오해하고, 사랑하는 윤의 마음을 조금씩 받아들인다. "짐작에 짐작을 거듭해, 최선을 다해 오해하지 않을 수 없는 것이다. 누군가를 사랑한다는 건 그래서 그의 고통을 짐작하려고 노력하는 것에 다름"(112쪽) 아니기 때문이다. 세이 또한 마찬가지다. 부모로부터 아무것도 애쓸 것 없다는 "체념과 자조와 무력"(126쪽)을 유산으로 물려받아 그 말의 자장으로부터 쉽게 벗어나지 못했던 세이는 유산의 아픈 경험을 하고도 남편에게 자신의 힘든 상태를 공유하지 못했다. 그러던 세이는 「비하인드 더 신즈—오래전 고독」에서 계오의 전 애인으로부터 "금을 밟거나 넘어가지 않으면 게임은 끝나지 않"(143쪽)는다는, 사랑이라는 사태에 필연적으로 얽혀 있는 자의적 판단, 즉 오해의 기능을 배우고, 스스로가 "간직하거나 혹은 누렸던 한 세계가 무너져버리는 듯"(147쪽)한 기분을 느끼며 새로운 오해의 집을 짓기로 마음먹는다. 이해는 불가능한 과제이지만 이해하려는 시도를 멈추는 순간 폭력과 소외가 발생하고, 아무것도 하지 않으면 우리는 실수할 리도 상처받을 리도 없지만, 어디에도 갈 수 없기도 하다. 그리하여 오해는 타인을 향한 관심과 사랑의 시작점이 된다. 세이는 동생 제이에게 편지를 남기고 기영의 자취를 따라가는 여행을 떠난다.

> 다만, 나는 이해하고 싶어. 오해로 그칠지라도. 짐작에 불과할지라도. 그게 나를 괴롭게 하더라도. (……) 이건 자책이 아니야. 다시 사랑하기 위해서, 다시 시작하기 위해서야. 이해하고 오해한 고독의 시간들을 내 것으로 그려 오려 한다.(149쪽)

마음 하나 먹는 것조차도 쉽지 않은 사람들을 위해 작가는 마음이란 완성하기 위해 세우는 것이 아니라 허물기 위해 짓는 것이라는 것을 알려준다. 이해가 결말이라면 오해는 과정이고, 이해가 기만적인 인식이라면 오해는 겸손한 태도이다. 이해가 닿을 수 없어 슬픔을 주는 이별의 생리라면, 오해는 그 슬픔을 생의 힘으로 바꾸어내는 사랑의 역학이다. 우리는 모두 홀로이며 타인을 진정으로 이해하는 것은 불가능하지만, 타인으로 향해가는 무수한 불가능의 길 위에서 충분히 근사해질 수도 있다. 상처받은 이들의 마음의 결을 더듬으며 염승숙은 비루하고 고귀한 그 자리를 조용히 짚어낸다.

상처와 연대: 현재에도 가능한 것들

개인들이 세우고 부수는 오해 혹은 이해에는 시간 차가 존재하기 마련이고, 그 순간이 맞아떨어지는 합일의 순간은 염승숙 소설에서는 흔히 일어나지 않는 기적이다. 일치하는 대신 어긋나고, 나아가는 대신 돌아보고, 다가서는 대신 지켜보는 이 지난한 각자만의 시차 속에서 타인을 향해 "기다려줘"(65쪽)라는 부탁의 말은 그리하여 굉장한 요구가, "충분히 근사해!"(259쪽)라는 외침은 가장 큰 위안이 된다.

옛 연인의 한나절 해후를 담은 「추후의 세계」는 폭력과 상처의 전개 방식, 그리고 회복의 가능성을 타진하는 느린 소설이다. 폐업 위기에 몰린 오래된 영화관을 살리기 위한 관객 운동에서 만나 연인 사이로 발전한 동갑내기 우중과 '나'는 이십대 후반 짧은 연애 끝에 헤어진 사이다. 이로부터 십 년 후인 현재 우중은 한 십대 소녀가 호기심에 '그냥' 저지른 유괴 살해로 아이를 잃고 극심한 자책감에 휩싸인 아내와 함께 살아가며 슬픔과 피로에 지쳐 있는 상태이며, 사진작가인 '나' 또한 타인의 생명이 위협받고 있던 마지막 순간을 절묘하게 담은 사진을 통해 유명세를 얻었지만, 그것이 건물 붕괴 사고와 데이트 살해 직전의 상황이었다는 것을 깨닫게 된 후 짙은 죄책감에 빠져 작업을 접고 이혼을 한 상태이다. 맥락이 없는 폭력을 당한 이와 맥락을 삭제하여 폭력을 저지르게 된 이들의 만남은 단면 너머의 컨텍스트를 헤아리지 않으려 하는 태도 자체가 폭력이며 그것이 돌이킬 수 없는 비극을 낳는다는 점을 일러준다. 비극적인 일이 '그냥' 반복해서 일어나는, 이 "극진하달 정도로 엄혹"(70쪽)한 세계는 "일이 지나간 얼마 뒤에 이전의 시기를 돌아보는"(78쪽) 메타적 추후의 세계가 될 수 없으며 "진정한 위로라는 게, 타인이 타인을 위로한다"(같은 쪽)는 건 전혀 가능해 보이지 않는다. 그럼에도 작가는 두 인물의 만남을 통해 우리가 할 수 있는 작은 태도의 힘들을 조용히 부려놓는데, 그것은 다음과 같다. 각자만의 시차 속에서 차마 "변형되고 왜곡될까 두려워 쉽게 하지 못했던 위로"(80쪽)나마 끊임없이 주고받는 것이 중요하다는 것, 춥다는 말에 "왜 이렇게 춥게 입었어, 라고 하지 않고 내일부터 따뜻해진다고"(62쪽) 말하며 타박하는 대신 서로를 보듬고 내일을 기약하는 것이 필요하다는 것, 이 연인이 즐겨 불렀던 노랫말처럼, 길을 찾지 못해 헤매는 사람 곁에서 묵묵히 기다리는 것이 힘을 준다는 것이다. "길이 없어, 길이"(52쪽)라는 말을 입버릇처럼 하던 십 년 전 우중은 현재 길을 잃고 헤매는 아내를 지근거리에서 가만히 기다리는 과정을 보며 또다른 길 잃은 자인 '나' 또한 죄책감과 위안의 눈물을 흘린다. 회복에는 시간과 에너지가 필요하고, 그것을 존중하지 않을 때 우리는 다 함께 몰락할 것이다. 이 소설집 전반을 휘도는 죽음의 그림자와 긴 애도의 시도는 피해자와 유족의 회복을 충분히 기다려주지 않았던 현실의 상황을 환기시키며 존중의 시간을 절박하게 촉구한다.

「충분히 근사해」의 '나'도 함께 동거했던 조가 유산 후 세상을 떠나자 그에 대한 끝없는 생각에서 빠져나오지 못한 채 어둡고 긴 터널을 통과하는 중이다. 죽은 조는 "뭔가 있다"(247쪽)라는 말을 입버릇처럼 자주 내뱉던 사람으로, "자신에게는 엄격하고 고지식하게 굴면서 타인에게는 하염없이 너그럽고 다정한"(247~248쪽) 사람이어서 사회생활을 하며 마모되어갈 수 밖에 없는 주변인들을 지지해주는 강하고 명랑한 여성이었다. 조는 갖은 성희롱, 비합리적인 업무 처리, 맞지 않는 동료들과의 대화 등의 관계 내에서 이리저리 치이며 사는 '나'에게 항상 "괜찮아 기다려, 뭔가 있을 테니 말이야"(247쪽)라고 말해주는 삶의 동반자였다. 그런 조가 유산 후 우울증을 겪다 세상을 떠났고, '나'는 다시 홀로 힘겹게 살아가고 있는데, 어느 날 '조'의 안부를 물어 오는 한 연극배우의 연락을 받게 된다. 그는 영화 일을 했던 조가 일전에 캐스팅했던 배우로, '나'가 조에게서 받았던 것과 같은 동일한 감정적 지지를 조로부터 받았던 사람이다. '나'는 조에 대한 그리움에 이끌려 그를 만나 "같은 이를 보고 싶어하는 사람과 마주앉아 보낸 평온하고도 편안한 오후의 어느 한 때"(263쪽)를 보내게 된다.

그분을 만나고 나서는 뭐랄까요. 뭔가 있다는 말을 듣고 난 뒤로는, 내가 딛고 나아가는 인생의 길바닥이 조금은 단단해진 것 같은 기분…… 그런 걸 느꼈어요. (……) 그분의 그 '뭔가'는 나한테 '깊이' 같은 거였어요. 난생처음으로 내게 깊이가 있다고 말해준. 그러니 조금 더 해도 된다, 나아가도 좋다, 라고 격려해준. (250~251쪽)

조는 아직 확실치 않은 '뭔가'라도, 그 가능성을 품고 있는 것만으로도 이미 충분히 근사하고, 그 가능성을 믿고 나아가는 것이 중요하다고 말해준 사람이었다. 조가 건너간 죽음의 세계로부터 배제된 채 '나'는 버려진 듯 이곳에 존재하지만, 조가 남겨놓은 사랑과 시구의 흔적들을 곱씹으며 나는 알게 된다. "온전한 파열은 불가능하구나. (……) 남아 있는 건 여전히 남아서 결코 지워지지 않는 뭔가를 만드는구나. (……) 조, 그러네, 근사하네"(265쪽). 소설 속 연극배우처럼 거센 바람이 부는 곳에서 서서 여러 사람에게 이입해보며 스스로의 중심을 찾아가는 훈련을 지속할 수 있다면, 궁극적 '뭔가'와 '이해'에 도달해가는 과정과 노력 자체를 긍정할 수 있다면, 우리는 종내 그것에 도달하지 못했어도 이윽고 괜찮아질 수 있다. 조가 세상 사람들에게 넉넉히 남겨놓은 그와 같은 긍정의 마법은 이 여정을 견딜 수 있게 해주는 용기의 원천이 된다.

언어와 삶: 막말의 폭력과 부사의 저항

이 소설들 위에서는 자주 국어사전이 열린다. 작가는 일상적 입말에 내재되어 있는 폭력성의 함의를 재차 곱씹으며 이에 대항하는 다른 말을 세워본다. 무신경하고 몰인정한 언사를 통해 희미한 존재들을 지워내는 세계에서 그들의 엄존을 알려주는 지표는 다름 아닌 어떤 부사들이다. 가령 「빗소리와 무無의 소리」는 하찮은 존재를 나타낼 때 쓰는 '뿐'이라는 의존명사에 맞서 '여러모로'라는 부사를 내세우고, 「충분히 근사해」에서는 '충분히'가 '따위'에 맞선다. 「거의 모든 것의 류」는 '나란히', 「추후의 세계」는 '제대로'가 무엇을 가능케 하는지를 알려주는 소설들이다. 부사는 문장의 향방을 결정적으로 바꾸지 못하는 작은 성분일 뿐이지만, 주성분으로만 이루어진 문장에 정서와 태도를 부여해준다. 염승숙은 다정하고 끈기 있는 부사들을 끼워넣는 방식을 통해 막말로 점철된 폭력적 언사들에 저항한다.

글쓰기 작업에 대한 작가적 단상이 포함되어 있는 작품 「작가와 그의 문제들」을 지배하는 부사는 '기어코'이다. 공무원인 호재는 자기계발과 워라밸을 높이겠다는 취지로 강제로 운영되는 과외 활동의 일환으로 소설 창작 교실에 억지로 들어가게 된다. 그는 매일이 동일하게 반복되는 생활을 하고 있다. 그의 일상에는 육아로 인해 완전히 탈진 상태에 놓인 아내, 했던 말을 또 하고 또 하는 동료와 어떤 대답이든 동일한 문장구조로 말하는 상사가 있고, "구구단이라도 외듯"(214쪽) 판에 박힌 업무가 있다. 그것은 반복적인 일이지만, 단순히 그 일을 수행하는 것도 간신히 가능하다. 그런 그에게 글쓰기 강사는 "반복이야말로 아름다운 운율을 만들어내죠. 우리의 일상은 전혀 지루하지 않아요. 누구든 소소한 일상에서라도 소설의 소재를 찾아낼 수 있"(같은 쪽)다고 말하며 "항상 자신과 자신 주변의 모든 것에 관심을 가지세요. 안부를 묻고 근황을 나누세요"(221쪽)라고 권유한다. 호재는 글쓰기 과제를 해내기 위해 자신의 일상을 빤히 들여다보는데, 그럴수록 자신이 그 반복의 타성에 젖어 사람들에게 관심을 기울이지 않았다는 사실을, 자신 또한 과거 노량진에서 만났던 형과 같이 주변 사람들과 스치는 방식으로밖에 관계 맺지 못했다는 사실을 깨닫는다. "좀더 물어볼걸. (……) 호재는 새삼 자신이 묻지 않은 것에 대해 안타까움을 느꼈다. 백과 O, P, Q만이 아니라도 이제껏 살아오며 묻지 않고 외면했던 무수한 순간들에 대해"(223~224쪽) 호재는 그렇게 자신의 일상을 들여다보며 글짓기를 시도할수록 바닥에 난 구멍에 빠지는 기분이 든다. 워라밸을 위해 소설쓰기를 시작했지만, 창작은 오히려 밸런스가 전혀 맞지 않는, 마치 구멍에 빠지는 것과 같은 일이었는데, 호재가 그렇게 구멍으로 추락하면서도 기꺼이 "예"(226쪽)라고 말할 수 있는 것은 글쓰기가 일상의 의미와 일상에서 만나는 사람들의 마음을 더 잘 헤아릴 수 있게 해주는 삶의 방식이 되기 때문이다. 자신의 삶을 관찰하던 그는 우산에 깃들어 있던 아내와의 추억을 기억해낸다. 그는 '잘 쓰기 위해서'가 아니라 '잘 살기 위해서' 소설쓰기를 기어-코 시작한다. 소설 말미에서 그는 '호재는'이라고 쓴 부분을 '그는'이라고 고쳐 적고, "구멍에 빠져 버렸다는 사실을 잊"(227쪽)은 채 자신이 관찰한 삶의 일부를 가리사니 삼아 소설을 쓰기 시작한다.

보이지 않는 자들을 보고, 들리지 않는 자들의 소리를 들으며, 존재하지 않는 구멍에 자발적으로 빠진 이 작가의 밝은 눈과 귀와 손이 빚어내는 세계는 "'자리'를 갖는다는 건 단순히 면적이나 공간을 차지했다는 의미는 아니"(17쪽)라 어떤 인정과 온정, 지속적인 노력을 통해서만 가까스로 가능해진다는 것을 알려주는 곳이다. 이 세계의 요동과 비뚜름을 가장 먼저 눈치채지만, 또한 가장 늦게 똑바로 서는 염승숙의 예민함과 신중함이 빚어내는 이 굄돌 같은 소설들을 쥐면 아직 오지 못한 미래의 힘들을 예감해볼 수 있다. "지구라도 꽉, 붙들고 싶은 심정이 되어서."(46쪽)

작가의 말

소설을 쓴다는 건 사람과 사회와 나아가 이 세계를 어떻게 바라보고 해석할 것인가에 관한 문제이지만 그에 앞서 나 자신을 비롯한 타인과의 관계 맺기에 대해서도 분명히 고심하지 않을 수 없게 된다.

나의 경우에 그러지 않으려고 해도 일상의 틈새 곳곳에서 나 자신과, 나의 어떤 부분을 구성하거나 차지하고 있는 이들을 꾸준히 떠올리게 되는데 어느 날엔 내가 아니라 타인에 대해 더 많이 생각하는 나를 본다. 나와 가깝고 친밀하고 그리운 이들이거나 아니면 전혀 알지도 못하는 낯선 이들인 경우도 있다. 때때로 괴롭지만 대체로는 혼란한 그 마음을 보듬고 달래며 이 소설들을 썼다.

인간은 타인을 자신보다 더 오래 생각할 수 있는 존재인가? 그것은 가능한가? 무엇인가 우리에게 벌어졌고 끝이 났다고 믿는 순간에도 그 '이후'가 계속되는 거라면, 남아 있는 것은 여전히 남아 결코 지워지지 않는 뭔가를 만드는데 그러한 세계 속에서 우리의 자존과 안온은 어떻게 지켜지는 것인지?……

질문의 답을 구해보고 싶어서 소설을 써나가다가 가끔은 깨달았다. 내가 많이 슬프고 그것을 이겨내기 위해 자꾸만 묻고 있다고.

나는 해마다 무언가 잃었고 내 안에서 불타올랐던 무엇이 점차 사그라지는 걸 느리게 알아채며 시간을 지나왔다. 이를테면 아름다움 같은 것. 이 책에 실린 일곱 편의 단편 모두를 아이를 갖고 낳아 기르면서 썼는데 그제야 나는 차마 읽어낼 수 없는 아름다움이 이 세계에 존재한다는 걸 알았다. 그것은 눈부신 두려움. 슬픔을 넘어서는 두려움에 이르러서야 나는 얼마쯤 더 미안하고 절실해졌다. 절박한 심정이 되었다고 말하는 게 옳을까.

아이가 잠든 밤의 고요에 기대어 소설을 쓸 때면 좋아하는 일을 평생 한다는 것과, 좋아하지만 마음이 빈번히 괴로워지는 일을 계속해나가고 있다는 것에 대해 생각했다. 그리고 아이와 함께할 나날, 아이가 혼자 살아갈 먼 미래 같은 걸 떠올렸다. 그러다보면 소설을 쓰는 인간이라는 사실을 애원하듯 이해받고 싶어졌고, 보다 강렬하고도 아름다운 이야기를 쓰고 싶다는 소망을 품게 되었다.

어쩐지 아주 고요히 한 시절이 끝나간다는 느낌을 받는다.

오랜 슬픔은 슬픔으로 두고 조금만 더, 몇 걸음만 더 앞을 향해 가고 싶다.

2019년 여름

염승숙

| 수록 작품 발표 지면 |

거의 모든 것의 류 …… 『쓺』 2019년 상권

추후의 세계 …… 문장웹진 2018년 5월호

오래전 고독 …… 『현대문학』 2015년 6월호

비하인드 더 신즈—오래전 고독 …… 『작가와 사회』 2016년 겨울호

빗소리와 무無의 소리 …… 『현대문학』 2017년 1월호

작가와 그의 문제들 …… 『현대문학』 2018년 8월호

충분히 근사해 …… 『문학들』 2018년 봄호

문학동네 소설집
세계는 읽을 수 없이 아름다워
ⓒ 염승숙 2019

초판인쇄 2019년 8월 16일
초판발행 2019년 8월 23일

지은이 염승숙
펴낸이 염현숙
책임편집 김봉곤 | 편집 강윤정 김영수
디자인 강혜림 유현아 | 마케팅 정민호 박보람 나해진 최원석 우상욱
홍보 김희숙 김상만 오혜림
제작 강신은 김동욱 임현식 | 제작처 영신사

펴낸곳 (주)문학동네
출판등록 1993년 10월 22일 제406-2003-000045호
주소 10881 경기도 파주시 회동길 210
전자우편 editor@munhak.com | 대표전화 031) 955-8888 | 팩스 031) 955-8855
문의전화 031) 955-3576(마케팅) 031) 955-1920(편집)
문학동네카페 http://cafe.naver.com/mhdn | 트위터 @munhakdongne
북클럽문학동네 http://bookclubmunhak.com

ISBN 978-89-546-5751-8 03810
* 이 책의 판권은 지은이와 문학동네에 있습니다.
이 책 내용의 전부 또는 일부를 재사용하려면 반드시 양측의 서면 동의를 받아야 합니다.
* 이 도서의 국립중앙도서관 출판예정도서목록(CIP)은 서지정보유통지원시스템 홈페이지(http://seoji.nl.go.kr)와 국가자료공동목록시스템(http://www.nl.go.kr/kolisnet)에서 이용하실 수 있습니다.(CIP 제어번호: CIP2019030752)
* 이 책은 서울문화재단 '2017년 문학창작집 발간사업'의 지원을 받아 발간되었습니다.

www.munhak.com